KB185117

천 년 집사 백 년 고양이

천 년 집사
백 년 고양이

추정경 장편소설

래빗홀
RABBIT H🅞LE

차례

프롤로그   7

I   두썸띵 동물병원   11

II   인간 테오와 백호 티그리스   37

III 모자란 그놈   69

IV 고덕의 이중생활   97

V   테오의 기다림   111

VI   이고덕 집사의 시작   139

VII 연두와 분홍   171

VIII 아파트의 터줏대감들   191

IX   2회차와 3회차의 방문   215

X   노묘의 눈과 히말라야의 설표   239

XI   삶의 약속   269

XII 보은과 목숨   281

프롤로그

인간에게 일부일처제가 있다면 고양이에겐 '일묘일집사'란 제도가 있다.

고양이는 밥 준 이를 주인으로 섬기지 않고, 친절히 잠자리를 내준 이도 경계한다.

인간의 착각과 달리 고양이는 그들이 돈을 주고 사 오든, 길에서 주워 오든 절대 소유되지 않는다.

오히려 제 마음이 가는 이만이 자신을 주인으로 섬길 집사라 생각한다.

고양이는 오직, 스스로 간택할 뿐이다.

인간이 단지 귀엽게 생겼다는 이유만으로, 비싼 품종이라는 이유만으로 고양이를 선택하듯 고양이 역시 하찮은 이유로 집사를 선택한다.

모래를 잘 갈아 줄 관상이라서, 몸에서 개 냄새가 나지 않아서, 집 안에만 처박혀 있을 성격이라서 따위의 하찮고 시시한 이유로, 수십 가지 먹이 중에서 좋아하는 맛 하나를 선택하듯 제 취향대로 집사를 고른다.

그러나 단 한 명의 집사만을, 제 한목숨을 바쳐 택한다.

만약 목숨을 내놓지도 않고 집사를 갈아타는 고양이가 있다면 그놈은 고양이계에서 지조 없는 하급묘로 본다. 주인이나 집사 없이 이 집, 저 집, 밥 주는 대로 기웃거리며 집사가 아닌 자유를 선택한 길고양이는 열외로 친다.

생쥐 맛 집사를 선택했다가 생선 맛 집사로 갈아타는 것은 하찮은 취향에 그 하나의 목숨을 내놓는다는 뜻이다.

그래서 고양이가 그대를 콕 집고 쫓아와 자신을 키우라고 매달리는 것은 아홉 가지 목숨 중 그 하나의 목숨을 온전히 그대에게 걸었다는 뜻이므로, 그대는 최선을 다해 거부하거나 최선을 다해 이를 받아들여야 한다.

왜냐하면, 이건 잘 알려진 비밀인데, 고양이에게 보은과 복수는 동급이며 그들에게 선택지는 딱 두 가지뿐이기 때문이다.

당신이 그의 집사가 되면 고양이는 제 마음 내키는 대로 보은하지만, 어설프게 키우다 버린다면 그 죄과에는 열과 성을 다해 복수할 것이다.

고양이의 복수는 피의자의 죄에 대해 공소시효를 적용하지 않으며 그 죗값은 복리로 계산된다.

그러니 부디, 스스로 격을 갖춘 뒤 고양이를 만나길.

이 모든 어려움과 고난을 감내하고 최고의 집사가 될 마음가짐이 없다면 그냥 말 잘 듣는 개나 예뻐하며 살아가시길 바란다.

나는 이 모든 것을 밝은 달빛에 내 목숨 하나를 걸고 맹세한다.

—천 년 집사

두썸띵
동물병원

인간 캣닙, 말하는 츄르, 하악질계의 시조새. 이 모든 것이 길연주 한 사람을 가리키는 별명이다.

과거에 그랬고 한때 그랬으며 지금도 그러한, 대과거에서 현재 진행형까지 10여 년 동안 고양이가 사족을 못 쓰는 온갖 것들의 이름으로 불린 길연주는 그 이름의 무게대로 동물병원의 원장이 되었다.

하늘이 준 소명과 자신의 재능, 돈벌이까지 삼박자가 딱 맞아 떨어진 행운아 길연주의 병원에는 유독 고양이 손님이 많을 수밖에 없었다.

생각과 본능과 행동이 삼위일체가 되어 동물을 사랑하는 길연주였으나 그 중에서도 더 정성껏 진료하는 것은 고양이였다.

학창 시절, 친구들이 아이돌 콘서트를 찾아다닐 때 그녀는 지하 주차장과 빌딩의 실외기 사이를 헤맸다. 사람을 경계하는 길

고양이에게 밥을 주기 위해 두 시간을 기다린 일이나 배수구에 갇힌 새끼 고양이를 꺼내기 위해 교복을 입은 채로 좁은 배수구를 10미터나 기어간 일화는 지금도 가족들의 안줏거리였다.

남다른 고양이 사랑 때문에 길연주는 자연스럽게 수의학과에 진학했고, 학교를 졸업하고도 더 많은 고양이를 구조하기 위해 모두가 기피하는 동물병원 응급센터에 자진해서 들어갔다. 그렇게 10년의 세월을 보내고 마침내 완성된 대하드라마급 서사가 자신의 힘으로 개원한 동물병원이었다.

이름하여 '두썸띵(Do Something) 동물병원'.

여기까지가 두썸띵 동물병원으로 향하는 동안 형 서준이 테오에게 짧게 들려준 동기 길연주란 사람에 대한 이야기였다. 대학 동기지만 그렇게 친했던 사이는 아니어서 지금도 친근하게 인사할 정도는 아니라는 것만 빼고.

"그분은 형이 왜 가는지 알아?"

"아니. 짐작도 못 할걸?"

"미리 얘기해 주는 게 낫지 않을까?"

"그럴까 했는데 입이 떨어지지 않아서."

"형 대학 다닐 때 고백 많이 받았다고 하지 않았어? 혹시 길연주라는 사람도 형에게 고백했던 사람이야?"

"아니, 유일하게 안 했던 사람."

"아……."

테오는 서준이 길연주라는 사람을 찾아가는 이유를 알 것 같았다. 사람에게 무언가를 부탁하는 걸 싫어하고, 사람의 마음을 이용하는 걸 더 싫어하는 형이기에 가장 얽히지 않았던 동기를 고른 것이라 짐작했다.

"우리를 반가워할까?"

"우릴 보면 내치지는 못할 거야. 걔가 아프고 약한 것들에 무장 해제되는 지병이 있어."

"아……."

테오는 서준의 말에 또 한 번 수긍하며 고개를 끄덕였다.

"근데 왜 병원 이름이 '두썸띵'이야? '좀 해 봐' 동물병원?"

같은 시각, '두썸띵 동물병원'에 방문한 고객이 연주에게 테오와 똑같은 질문을 하고 있었다. 9개월 된 고양이 랙돌의 중성화 수술을 꺼리는 보호자를 안심시키기 위해 연주는 침을 튀기며 열변을 토했다.

"병원이 아무리 예약제라고 하나 다급하게 아픈 아이 데리고 들어오는 보호자분이 많잖아요. 동물은 제각각이고 증상도 제각각인 데다 애들이 어디 아프다는 말은 못 하지, 저희도 검사에

15

검사를 하고도 뭐가 잘못됐는지 찾지 못하는 경우가 많아요. 이미 손을 쓸 수 없이 늦은 경우도 많고요. 그때 보호자들이 가장 많이 하는 말이에요. 뭐라도 좀 어떻게 해 봐요! 두썸띵! 미국인 보호자도 경기 일으키는 강아지를 끌어안고 '두썸띵!' 그러더라고요."

"아—."

그러나 시큰둥한 보호자의 반응에 길연주는 넥카라를 낀 랙돌의 아랫도리 방울을 가리키며 말했다.

"하늘이 두 쪽 나도 아이들을 살리는 게 제 소명이거든요. 또한 우리 방울이가 중성화 수술로 황금 방울을 떼고 나서 겉에서 봤을 때 수술 자국이 전혀 드러나지 않게, 방울이가 그 방울을 아무리 흔들어도 소리가 나지 않고 아무 표시도 남지 않게 매몰법으로 완벽하게 수술을 해 드린다. 두썸띵! 뭔가를 했는데 한 것 같지 않게! 그런 의미도 있죠."

"그럼 다행이긴 하지만……. 얘네들도 고환 상실 증후군 이런 게 있다고 하던데, 넥카라 빼고 자기 물건이 없어진 걸 알면 상실감이 클까요?"

"예민한 친구들은 그러기도 하는데 방울이는 워낙 살집이 있어서 살에 묻혀 있다고 여길 겁니다."

"듣고 보니 그렇네요. 너무 이른 시기에 수술해서 미안한 마음이 있었는데 원장님 말씀 듣고 나니 안심이 돼요."

"보통 한 살 요맘때쯤 많이들 하십니다. 너무 일찍 하면 비만이 되고, 너무 늦게 하면 공격성이 심해져서 가족들이 힘들어할 테니 지금이 딱 좋은 시기죠."

"가만 보면 우리 원장님이 소문 속 '천 년 집사' 같아요."

"천 년이 아니라 처녀 집사입니다. 일만 하느라 남자친구도 없는."

연주는 어색한 이야기를 더 어색한 농담으로 미봉하며 끝맺었다. 손님이 수술 예약 날짜를 잡고 떠난 뒤 다음 예약 명단을 확인하던 원장 연주가 지윤을 불러 세우며 말했다.

"지윤 샘, 나 대출을 천 년 갚아야 할 수준인데 보호자한테 헛소리나 하고 아직도 정신 못 차린 거 같죠?"

"그만큼 열심히 일하신다는 뜻으로 받아들였겠죠."

"보호자들이 집 나간 고양이처럼 우리 병원으로 안 돌아올까 봐 걱정이에요."

"동물들을 너무 잘 치료해 주셔서 그런 거죠. 게다가 고양이는 아픈 걸 티 내는 애들도 아닌 데다 동물병원은 질색하잖아요."

"그러게 말이야. 고양이들은 꼭 아픈 걸 참고 숨기는 여든 살 할머니처럼 군다니까."

지윤은 스르륵 다가가 의기소침해진 연주를 힘껏 안아 주며 말했다.

"일만 하느라 남자친구도 없고 대출만 천 년 갚아야 할 우리 원장님, 걱정하지 마세요. 제가 원장님 빚 다 갚고 마흔에는 꼭 결혼하시도록 물심양면 도와드릴게요. 물론 저부터 먼저 가고요."

"불혹 전에 다 갚을 수 있을까?"

연주와 지윤은 서로를 바라보며 피식 웃음을 흘렸다.

"근데 원장님, 천 년 집사 소문 말이에요. 요새 좀 심하다 싶을 정도로 SNS에서 떠들어 대고 띄워 주는 것 같지 않아요? 다들 자기가 천 년 집사라니, 백 년 집사라니. 캣타워가 없으면 초보 집사, 캣휠이 있어야 프로 집사, 또 다들 열심히 계급 나누기에 돌입하시더라고요."

"그러게요. 근데 그 말은 정말 공감 가더라고."

"뭐요?"

"'부디, 스스로 격을 갖춘 뒤 고양이를 만나길' 이 대목. 사람은 반려동물을 들일 때 자격이 있어야 한다고 생각하지 않으니까요. 그 격이라는 말, 참 많은 생각이 들게 만드는 말이더라고."

"품격, 인격, 성격. 이걸 다 갖춘 사람은 드물죠."

"지윤 선생, 내가 자기는 없지만 내 음(音)을 알아주는 종자기(鍾子期)* 같은 지윤 선생이 있어서 얼마나 다행인지 몰라. 비록

---

* 중국 춘추 시대의 거문고 명인 '백아(伯牙)'의 친구로, 백아의 거문고 소리를 잘 알아들었다고 한다.

거문고는 못 타지만 맛있는 커피 한 잔은 바로 타 줄게요."

"또 무슨 풍월을 읊으시는지는 모르겠지만 커피는 환영입니다."

말의 결이 있다면 두 사람은 흔히들 말하는 '티키타카'의 결이 잘 맞았다. 연주와 지윤은 '24시 메디컬 동물병원' 시절부터 함께 일해 온 10년 차 동료이기도 했다. 연주가 개인 병원을 차린다고 했을 때 그곳의 좋은 연봉을 버리고 연주를 따라오겠다고 발 벗고 나선 이가 지윤이었다. 어딜 가든 월급은 쥐꼬리이니 행복한 쥐꼬리로 살아가겠다는 게 이유였다.

고양이로 가득 찬 동물병원에서 행복한 쥐꼬리라니. 연주는 한 입에 사라질 몸통보다, 늘 걱정하는 머리보다 그저 살아남을 쥐꼬리의 인생을 택한 것이 백만 배쯤 현명하지 않나 싶었다. 이렇게 인생을 달관한 극적인 비유가 또 있을까.

반면에 지윤은 사람과 동물을 대하는 품격과 친근한 성격을 갖춘 연주야말로 좋은 천 년 집사 감이라고 생각했다. 고양이보다 더 자존감 높고 독립적인 이 사람이 행복하도록 진심으로 돕고 싶었다. 그리하여,

"근데 원장님, 저희 지난번에 면접 본 선생님은 안 오세요?"

"그러게, 연락이 없네요. 먼저 연락해 볼까요?"

"됐어요. 면접 볼 때 집이 멀다고 생각해 본다고 했잖아요. 눈빛을 보고 아니구나 싶었어요."

"무슨 눈빛?"

"소개팅 끝나고 헤어질 때 나중에 연락하겠다고 말하는 눈빛. 분명 얘기도 잘 통하고 재미있었는데 마지막에 인사하면서 눈을 피하며 보이는 그 진심, 아니구나 싶었어요."

"눈을 피했나? 그 선생님 꼭 올 것처럼 말하더니. 말도 되게 친절하게 하고 집에서 여기 오는 교통편도 알아보고 적극적이었잖아요."

"그랬어요? 난 아닌 것 같던데."

연주는 지윤의 말이 믿기지 않았다. 면접을 본 선생님은 친절하고 호의적이었다. 그러나 그것이 자신의 진심을 드러내지 않는 가면이었을까. 동물을 오래 봐 온 연주지만 사람 마음을 읽는 것은 이상하게도 별개의 감각으로 인식되었다.

사람의 진심을 읽는 것.

자신 역시 인간이지만 동족의 속마음을 읽어 내는 건 완전히 다른 차원을 공부하는 것과 같다는 생각이 들었다.

사람의 말은 뿌연 안개와도 같아서 들으면 들을수록 속내와 깊이를 종잡을 수 없었다. 함께 사는 가족조차 입에서 나오는 말과 진심이 다르다는 것을 그녀는 스무 살의 문턱에서 알았다.

가족 중 유일하게 명문대 수의학과에 진학했을 때 친척들이 모인 자리에서 수많은 축하와 격려가 오갔지만 그 사이에는 질투

와 시기심이 배어 있었다. 연주는 처음으로 사람의 말 뒤에 도사린 또 다른 진심을 파악했다.

"길씨 집안 최초의 의대 진학 아니냐? 집안에 판검사, 의사 하나 정도는 있어야 든든한데 이제 의사 하나 생겼네."

"아이고 이 양반이, 연주는 수의학과라도 그러네. 하긴 술 마시면 개가 되는 양반이니. 얘, 연주야! 네 고모부 술 드시면 진료 한번 해 드려라."

"반려동물 인구 천만 시대라잖아. 환자가 의료보험 안 돼, 말 안 통해, 게다가 수명은 짧아. 이런 VIP 고객이 어디 있어! 앞으로 연주가 완전 돈 긁어모으겠구먼."

마뜩잖은 표정의 고모는 배 한 조각을 베어 물며 말했다.

"연주 너는 전교 다섯 손가락 안에 들었다면서. 그 성적으로 공부 좀 더 해서 의대를 가지. 같은 의사라도 송아지 받고, 광견병 예방 주사 놓는 수의사는 좀 떨어지잖니."

누구도 그 말에 호응하지 않았으나 고모는 아랑곳하지 않고 뒷말을 이었다.

"하긴 의대 나와서 페이 닥터를 해도 대학 레벨로 급이 나뉘니까. 이름도 못 들어본 지방 의대보다 인서울 수의대가 더 나을지도 모르겠다. 네 엄마 아빠한테 그 비싼 6년 치 등록금은 돌려드리고 시집가야지."

친척들의 얘기를 들으며 한쪽에서 조용히 배를 깎아 접시마다 놓기 바쁘던 연주의 엄마가 입을 열었다.

"그러니까요. 좋은 학교 간판은 대학 다니는 4년이 좋고, 좋은 학과는 대학 졸업하고 40년이 좋다잖아요. 종훈이 스카이 가고 대학 다니는 4년 동안 주변에서 다들 고모 부러워했잖아. 자식 농사 잘 지었다고. 난 연주 재한테는 등록금은 바라지도 않고 제 밥벌이나 열심히 해서 서른 넘어서 부모 등골이나 안 빼먹었으면 좋겠어요."

"그러게. 연주 너 대학 가서도 공부 열심히 해야겠다."

"고모, 근데 종훈이 군대 갔다 와서 작년에 대학원까지 졸업했잖아. 종훈이도 6년 뒷바라지였네. 지난번에 어디 인턴으로 근무한다고 하지 않았어?"

"어, 시험만 치고 아직 발표는 안 났어."

"아, 지난 설에 그래서 지금쯤 인턴이 끝난 줄 알았지."

고모가 입을 다문 까닭은 황금 같던 4년에 추가 수혈 대학원이 끝났음에도 그 아들 종훈이 여전히 취업 준비생으로 용돈을 받고 있었기 때문이다. 그리고 그 사실을 알고 있었음을 연주의 엄마가 은근슬쩍 상기시켜 줬다는 걸 깨달아서였다.

고모의 침묵에 쐐기를 박듯 엄마의 말이 이어졌다.

"아유, 고모. 다음부터는 이 가게에서 배 사 오지 말아요. 아는 가게라면서 어째 단골한테 이런 물건을 팔아. 다음부터는 내가 아는 데서 사서 집으로 보내 줄 테니까 여기서 사지 마요. 고모도 남들이 하는 말 그대로 따라서 탈이야."

배가 좋다는 말을 그대로 믿어서가 아니라 같은 의사라도 수의사는 좀 떨어진다는 말을 그대로 읊은 것, 그게 탈이라는 걸 그 누구도 모르지 않았다. 또한 명절 때마다 싸구려 과일 한 상자를 들이밀며 체면치레하는 그녀에게 울며 겨자 먹기로 과일값 20만 원 씩을 뜯겼던 엄마의 거래 중지 선언이자, 빛 좋은 개살구 같은 아들 얘기는 다신 꺼내지도 말라는 엄포가 뭉근히 깔린 말이었다.

엄마 말에 따르면, 직접 타격은 없지만 부채질을 해 주다 실수인 척 뺨을 때리는 것과 같은 고도의 기술이 응집된 '으른들의 대화'라나.

온갖 말로 된 칼이 난무하는 가운데 덩그러니 앉아 있던 연주는 속으로 생각했다. 엄마의 말은 고모에게 하는 말인 동시에 자신에게도 해당되는 얘기구나. 부모님에게서 빼먹은 등골을 채워 드리려면 앞으로 40년 동안 소처럼 일을 해야겠다. 또한 앞으로 명절 과일과는 안녕이고.

다시 대출 천 년 병원장의 현실로 돌아온 연주는 이렇게 일할 사람들이 오지 않는다면 내가 뭐라도 해야 하는 게 아닐까, 출퇴근용 법인 차라도 한 대 뽑아 줄 것처럼 굴어야 하는 걸까 생각했다.

어쨌거나 마지막으로 면접을 본 의사도 물 건너갔다면 새로운 선생을 다시 찾아야 할 텐데. 공고를 올리고 면접을 보는 게 몇 날 며칠 야근하는 일보다 더 피곤하게 느껴졌다. 지윤은 볼멘소리로 아쉬움을 전하며 말했다.

"이건 뭐, 사택이라도 제공해야 온다는 건지. 페이가 적은 것도 아니고 환경이 나쁜 것도 아닌데 서울에서 조금 벗어난 경기도라고 너무 지방 취급하는 것 같아요."

"여기 아니어도 갈 동물병원은 넘치잖아요. 우리는 소규모 병원이고. 아닌 말로 나라도……."

그 순간 불현듯 어제 퇴근길에 받았던 전화 한 통이 생각났다.

병원으로 찾아온다는 동기와의 약속이 몇 시였던가. 연주가 다급하게 시계를 보는 순간 딸랑— 소리와 함께 문이 열리면서 한 남자가 병원 안으로 들어왔다.

무려 10여 년이 지났음에도 연주는 한눈에 그를 알아볼 수 있었다. 워낙 외모도 출중했지만 특유의 무심하고 멋쩍은 분위기가 예전 그대로였다.

평범했으면 꿔다 놓은 보릿자루로 보였겠지만 출중한 그 외모 덕에 쭈뼛거림조차 범접할 수 없는 아우라로 보이는 게 신기할

따름이었다.

두 사람은 한참 동안 서로를 바라본 채 말문을 떼지 못했다. 사회성이 떨어지기는 연주나 그나 매한가지였다. 그 광경을 보고 있던 지윤이 자연스레 인사를 건넸다.

"안녕하세요, 어떻게 오셨어요?"

"저 얘를……."

"네?"

동물병원에 찾아와서 개나 고양이가 아니라 다짜고짜 화분을 내미는 남자를 본 지윤의 표정이 어리둥절해졌다. 지윤이 화분을 받지 않자 남자는 다시 다소곳하게 화분을 안아 들고 연주를 바라보았다.

"어, 지윤 선생. 여기는 내 대학 동기. 오늘 온다고 했는데 얘기해 준다는 걸 까먹고 있었어."

"아, 동기시구나."

지윤이 반갑게 인사를 건네는 동안 연주가 말없이 서 있기만 하자, 보다 못한 지윤이 원장실 문을 열며 말했다.

"지금 진료 없으니까 원장실에서 편히 말씀 나누세요."

연주는 서준을 원장실로 안내하며 말했다.

"뭐, 커피나 차라도 한잔할래?"

"난 아무거나."

연주가 탕비실에 들어가자 지윤이 따라 들어와 물었다.

"동기 맞아요? 왜 저렇게 생겼어요?"

"글자 하나 빠졌는데 말이 되게 이상하네? 왜 저렇게 잘생겼냐는 거죠?"

"내 말이요. 영화배우 밥그릇 빼앗는 얼굴인데 원장님 동기라고요?"

"말의 앞뒤 인과가 이상한데? 내 동기면 잘생기면 안 되나요?"

"아니, 완전 연예인같이 생겼는데 수의사 선생님이 맞는지 궁금해서 그렇죠."

"원래 그걸로 유명했어요."

"안 친했죠?"

"보다시피."

"근데 어쩐 일로 오신 거예요? 설마 예전에 사귀었던 전 남친?"

"그럴 리가 있나. 쟤는 아무도 넘볼 수 없는 방탄 막 씌워진 국보였어요. 왜, 성베드로대성당에 있는 〈피에타〉 조각상 같은 존재요. 다가가지 말고 보기만 해라 이거지. 들이대는 여자마다 거절하고 아무랑도 안 사귀어서 별명이 수의학과 스님. 혼자만 성불하고 더럽게 인류애가 없는 애였죠."

"근데 원장님을 왜 찾아왔어요? 인류애가 없는 분이?"

"글쎄, 그걸 나도 모르겠어요. 졸업하고 바로 미국으로 갔다고 들었고 동기들도 소식을 모른다고 했는데 어떻게 날 찾아왔지?"

"돈 빌려 달라고 하면 대출 당겨서 빌려주세요. 그리고 이참에 원장님이 파계승으로 만들어 버리세요."

"무슨 실없는 소리예요, 지윤 선생!"

말은 그렇게 했지만 연주도 속으로 의아한 마음이었다. 연주의 기억 속에 윤서준은 동기들과 조금 다른 형태로 각인되어 있었다.

연주가 원장실로 들어와 서준 앞에 앉자 그는 멋쩍게 들고 있던 꽃 화분을 내밀었다. 예쁜 화분보다 그걸 내미는 사람의 하얗고 긴 섬섬옥수가 더 눈에 들어오니 신기한 일이었다.

"오다가 근처에서 샀어. 개업 인사치곤 늦었지만 빈손으로 찾아오기 뭐해서."

"아, 뭘 이런 걸 다."

그 말을 끝으로 두 사람 사이에 어색한 침묵이 감돌았다. 공통점도 없고 연락을 주고받던 사이도 아닌 두 성인 남녀의 재회는 왠지 쑥스러운 구석이 있었다.

"우리 졸업하고 거의 10년 정도 됐나?"

"그쯤 되겠네."

"넌 졸업 때 그대로네. "

"그래? 난 졸업식은 못 갔는데."

사회성이 좀 떨어진 두 사람이 노력해서 이어 가는 대화는 제삼자에게는 겉도는 대화로 들릴 법했다.

서준은 주변을 둘러보았다. 개인 병원치곤 규모가 있는 중급 동물병원이고 신축이라 깔끔한 인테리어가 인상적이었다. 그는 딱히 인테리어를 둘러보는 눈치는 아니었다. 연주는 이상하게도 그런 서준의 모습에 긴장감을 느꼈다. 확실히 그는 준수한 외모와 큰 키, 수의사라는 직업까지 어디를 가도 환영받을 수밖에 없는 인물이었다.

그럼에도 학부 시절 이렇다 할 스캔들 없이 사생활이 깨끗했던 몇 안 되는 동기이기도 했다. 많은 여자 동기가 그에게 고백하기도 했지만 한결같은 태도로 거절했다는 일화는 수의학과의 전설처럼 전해져 왔다.

과 내 여왕벌로 불리던 예쁘고 콧대 높은 한 여자 동기가 거절당한 뒤 그가 게이라는 소문이 퍼지기도 했지만, 거절당한 남자도 많다는 소문이 앞선 소문을 잠식시켜 주었다.

심지어 연주조차 신입생 시절 그에게 약간의 호감이 있었던 것도 사실이다. 남자 동기들이 서준은 돈 많고 나이 많은 아줌마들만 만나고 다닌다는 헛소문을 퍼뜨리기도 했지만 그 역시 확인된 바는 없었다.

서준과 같은 사립고를 나온 동창들 말로는, 가족 모두가 미국으로 이민을 갔다가 고등학생 때 홀로 한국에 돌아와 할머니와 함께 산다는 것 정도만이 알려진 사생활의 전부라고 했다.

둘 앞에 따뜻한 아메리카노 두 잔이 날라져 왔다. 절대 커피 심부름을 하지 않겠다고 선언했던 지윤 선생이 손수 내려 온 커피였다.

커피만 홀짝이다 먼저 말을 꺼낸 것은 연주였다.

"……난 좀 의외였어. 네가 나한테 연락을 한 게."

"왜?"

"너는 동기들이랑 연락도 잘 안 하고 살았잖아. 졸업하고 뭐 하는지 아는 동기도 없었고."

"그랬지. 졸업하고 나선 가족이 있는 미국으로 돌아갔어. 거기 현지 연구소에서 근무하다가 한국 들어온 지는 이제 얼마 안 됐고."

"그렇구나."

둘 사이에 다시 어색한 침묵이 흘렀다. 먼저 말을 꺼낸 건 또 연주였다.

"근데 구직 사이트에서 우리 병원 이름만 보고 내 병원인 줄 알았다고?"

"응. 고양이 특화 동물병원인데 원장은 길연주, 이름은 두썸띵 동물병원. 누가 봐도 너잖아."

"아―. 그런데 일하려고? 한국에서?"

"응, 한국에서 지내보려고."

"미국에서 일한 경력으로 우리나라 톱 동물병원에 지원하면 여기 월급의 두세 배는 더 받고 갈 수 있는데 왜 여길…… 아, 미안. 이건 내가 나를 까는 것 같네."

"한국에 아는 사람도 없고, 이제 와 다른 애들한테 동기라고 연락하기도 우습고, 대형 병원 가서 정치질 하는 건 피곤하고. 그냥 네 이름을 보니까 반가웠어."

연주는 피식 웃음이 새어 나왔다.

"너 한국 왔다고 하면 당장이라도 뛰어나올 애들 한두 명이 아닐 거거든. 근데 나는 그럴 것 같지 않으니까 연락한 거 아냐?"

서준이 그 말을 부정하지 않고 웃어넘기자, 연주는 명치 끝을 두어 대쯤 훅으로 맞은 것처럼 뻐근했다. 곡해하자면 '넌 나한테 들러붙을 것 같지는 않아서'란 의미가 담긴 미소였다. 연주는 자기 객관화가 잘되는 편이었다.

'무엇보다 난 수학에서 확률과 통계를 제일 잘했어. 고백이 먹힐 확률, 잘생긴 남자가 평범한 여자를 만나는 통계치를 잘 안 거지.'

그 생각을 하니 씁쓸했지만 서준의 마음이 이해되기도 했다.

"나 페이 많이 못 줘. 일도 많아. 직원 복리후생이라곤 어쩌다 하는 삼겹살 회식, 냉장고에 가득 채워 두는 홍삼이랑 음료수가 전부야. 게다가 여기는 서울이랑도 멀어서 출퇴근 시간도 오래 걸릴 거고."

"아직 한국에 집 못 구했어. 일을 하게 되면 병원 근처에 얻을 거니까 걱정하지 마. 월급은 네가 알아서 주면 되고."

"근데 미국 연구소랑 한국 동물병원은 근무 환경이 많이 다를 거야. 너 실망할까 봐 미리 말해 주는데 여긴 수의사에 미용사에 때에 따라선 호텔러어도 되어야 하는 스리잡 수준이야. 몸은 몸대로 힘들고 해야 할 일은 산더미지."

열린 문 틈으로 대화를 엿듣던 지윤은 연주의 입을 틀어막고 싶었다. 다른 면접자에게는 이것저것 좋게 부풀려 말했으면서 정작 자기 동기에게는 근무 환경을 훨씬 나쁘게 폄하해 말하고 있는 연주의 저의를 알 수 없었다.

"'이런 데도 일할 거냐?' 이렇게 돌려 말해 퇴짜 놓으려는 거면 좀 먹히네."

"그런데도 굳이?"

"대형 병원 피하는 이유를 말했는데, 그래도 네 마음이 불편하면 돈을 좀 더 주든가."

두 사람은 묘한 신경전 속에서 면접을 보는 셈이었다. 서준은 친하지 않은 동기가 불쑥 찾아와 일자리를 구하는 것을 불편하게 여기는 연주의 마음을 읽었다. 연주는 돈을 더 줄 의향이 있지만 왠지 그 돈을 얹어 주겠다고 하면 오히려 서준이 거절할 것 같아 두려웠다.

"……일단 우리 석 달만 같이 일해 보자. 인턴인데 월급은 다 주는 걸로."

"좋아."

"그럼 업무 관련 세부 내용이랑 계약서는 오늘 중으로 메일로 보내 줄 테니까 천천히 읽어 보고 사인해."

"괜찮으면 지금 프린트해서 줘."

연주는 컴퓨터 폴더를 뒤지다 마우스 쥔 손을 멈췄다. 그가 여기서 일하고 싶은 다른 이유가 있을 것 같았다. 그건 오랫동안 동물을 상대해 온 그녀의 촉이었다. 고양이처럼 감추고 있는 뭔가가 있구나. 고양이들은 늘 자기가 아픈 곳을 감추고 아무렇지 않은 듯 굴지만 연주의 눈을 속일 수는 없었다.

동기, 남자, 사람이라는 전제를 덮고 병원을 찾아온 동물처럼 바라보니 서준은 어딘가 매우 불편해 보였다. 서준을 아픈 고양이로 바라보는 순간, 이상하게도 자신을 찾아온 이유가 무언가의 치유 때문이라는 생각이 들었다.

"너 왠지 나한테 더 할 말이 있는 것 같은데."

"……"

"윤서준, 내가 자기 객관화가 좀 되는데 너 정도 스펙을 가진 애가 이런 조그만 병원을 찾아오는 게 이상하거든. 아무리 내가 대학 동기라고 해도 말이야. 네가 동네 동물병원에서 페이 닥터를 하겠다는 건 10년 만에 나타나 돈을 빌려 달라는 말보다 더 황당한 거잖아. 그리고 계속 뭔가를 확인하듯 창문 밖만 바라보는 것도 수상하고."

두 사람 사이에 정적이 감돌았다.

"도박하니?"

"아니."

"약 하니?"

"아니."

"돈 필요해?"

서준은 피식 웃으며 고개를 저었다.

"미안, 내 상상력이 그 정도 수준이라."

"……"

"이렇게 물었는데도 넌 말할 생각이 없네?"

"……"

"말할 생각이 들면 그때 다시 와."

연주가 일어서자 망설이던 서준이 그녀를 불러 세웠다.

"잠깐만."

"할 말이 생각났어?"

서준은 대답 대신 주머니 속에서 휴대 전화를 꺼내 연주에게 건넸다. 배경화면에는 초등학생쯤으로 보이는 남자아이의 사진이 있었다. 얼굴은 분명 서준과 닮았는데 머리카락은 갈색에 혼혈로 보였다. 연주가 어안이 벙벙한 얼굴로 서준을 바라보며 물었다.

"설마…… 아들?"

"아니, 동생이야. 이번에 한국 들어올 때 같이 왔어. 몸이 약해서 한국에서 치료받는 동안 내가 돌볼 거야. 당분간 학교는 다니지 않을 거고."

"얘가 정말 네 친동생이라고? 아, 미안."

생각 없이 가족사를 캐물은 자신이 한심하기 그지없었다.

"배다른 남동생이고 아버지가 미국에서 재혼해서 태어났어. 난 아버지가 재혼할 때 한국에 돌아와서 정작 동생을 본 건 한참 뒤야."

그제야 윤서준에 관한 어려운 퍼즐이 꿰맞춰지는 기분이었다.

배다른 어린 동생의 존재를 알게 된 순간, 윤서준이 왜 그토록 사람들과 어울리지 않았는지 미루어 짐작되는 바가 있었다. 대학생이 될 무렵 태어난 동생은 서준의 인생에서 어떤 존재였을까.

"지금은 내가 동생의 유일한 보호자야. 그 이상의 얘기는 좀 개인사고. 아까도 말했지만 난 페이가 중요한 게 아니야. 동생은 치료 중이고 유일하게 마음을 여는 상대가 동물들이야. 그래서 내가 일하는 동안 테오가, 아 동생 이름이 테오야. 애가 여기서 지낼 수 있도록 해 줘. 네가 허락만 한다면 일을 시켜도 상관없어."

"그러니까 지금 네 처지가 애 딸린 홀아비나 마찬가지라는 거네. 직장도 필요한데 동시에 애를 맡길 곳도 필요한."

서준이 갑작스레 찾아온 일보다 숨겨진 동생의 존재가 더 놀라웠다. 게다가 병원이 보육 시설도 아닌데 종일 그를 데리고 있어야 한다는 건 또 다른 문제였다.

연주가 망설이는데 서준의 휴대 전화가 울렸다.

"어, 미안. 동생인데 잠깐 통화 좀 하고 올게."

윤서준이 자리에서 일어나 원장실 밖으로 나갔다. 유리문 너머로 서준의 동생 테오가 보였다. 어린아이일 거라고 생각했는데 예상과 달리, 형만큼이나 큰 키에 갈색 곱슬머리를 한 천사 같은 미소년이 미소를 띤 채 서 있었다.

'사진은 어린 걸로 보여 줘 놓고. 저게 애냐?'

연주는 속엣말을 하며 이를 갈았다. 서준은 먼발치에서 연주에게 자신의 동생 테오를 소개했다.

그 순간 머릿속에 수의대 교수님이 강조했던 '3B'가 스쳤다.

사람들을 무너뜨릴 최고의 무기인 Baby, Beast, Beauty. 테오는 이 모든 것을 다 갖춘 소년이었다.

이토록 아름다운 아기 짐승이라니!

아기와 동물과 미남미녀는 동서고금을 막론하고 사람들의 심장을 녹인다. 그리고 연주에게는 빙산보다 더 커다란 병원 대출금이 존재한다. 아름다운 아기 짐승이 뭔가를 녹일 거라면 다른 사람의 심장이 아니라 연주의 대출금을 녹여 줬으면 하는 바람이었다. 그러면 마흔 전에 대출금을 다 갚을 수 있지 않을까. 튕겨진 주판알이 유리문 너머 테오에게 날아갔다.

"형, 얘기 잘 했어?"

"어, 뭐 대충."

"근데 저 누나 어금니를 꽉 깨물고 있는데?"

"잘 안 보이는데?"

"……윤서준, 작정하고 데려왔네, 라고 하는데."

"그 소리가 들린다고?"

"아니, 입 모양 보고. 나 시력 좋잖아."

"지금은 뭐래?"

"아픈 고양이?"

형제는 연주가 중얼거리는 '아픈 고양이'라는 말이 무얼 뜻하는지 몰랐지만 환한 웃음이 테오를 받아 준다는 의미임은 알았다. 그리하여 연주에게는 두썸띵 동물병원의 진정한 1막이, 서준과 테오 두 형제에게는 천 년 집사를 향한 첫 발걸음이 시작되었다.

인간 테오와
백호 티그리스

서준과 테오가 두썸땅 동물병원에 출근한 이후 병원 이름은 '두썸남' 동물병원으로 바뀌어 불리기 시작했다.

연주는 그 흔한 전단지 한 장 뿌리지 않은 채 테오를 이용한 최강의 마케팅을 펼쳤다. 학생들이 하교하는 오후 4시 이후에 일부러 거리가 좀 있는 카페로 테오에게 커피 심부름을 시켰다.

두썸땅 동물병원 유니폼을 입은 채 네 잔의 커피를 들고 오는 미소년의 존재는 금세 인근 학교에 퍼졌다.

테오가 커피를 사러 가는 시간에 그 카페는 장사진을 친 여학생들로 넘쳐 났고 어느 순간부터 사장님은 테오에게 돈을 받지 않았다. 영문을 몰라 하는 테오에게 연주가 그 이유를 설명했다.

"양봉업자와 과수원 주인의 공생이랄까."

"꿀벌을 보내 사과 농사가 잘되게 하는 양봉업자에게 그까짓 사과 한 박스가 아까우랴."

지윤이 연주의 말을 받자 서준은 빙그레 웃을 뿐이었다.

두 '썸남' 중에 아이돌 외모 뺨치는 미소년을 보기 위해 찾아오는 여학생들은 말할 것도 없고, 잘생긴 서준을 보기 위해 찾아오는 동네 주민들로 병원 앞은 늘 문전성시였다.

아프지도 않은 강아지와 고양이를 데리고 찾아오는 것은 약과였고 자신이 아프다고 찾아오는 이들도 있었다. 그들은 숫제 자신도 동물이니 동물병원에서 치료가 가능하다는 억지 주장을 펼치기도 했다.

테오는 인근 4킬로미터 근방 중고등학교에서 그를 모르는 여학생이 없다며 일명 '십리미남'으로 불렸다. SNS에는 몰래 찍은 테오의 사진들이 돌아다녔고, 사진을 찍기 위해 학교도 가지 않고 진을 친 여학생들이 아이돌의 사생팬처럼 들러붙었다. 덕분에 병원 맞은편 가게들은 그들을 구경하려는 사람들로 때아닌 호황을 누렸다.

예약과 상담 문의 전화가 빗발쳐 수화기를 내려놓을 새도 없었다. 지윤은 짬이 나는 시간에 식은 커피를 들이붓듯 마시며 푸념 아닌 푸념을 했다.

"원장님, 두 썸남의 파급 효과가 너무 커요. 커피 한 잔 제대로 마실 시간도 없네요."

"왜? 지윤 선생이 강력하게 추진했던 일이잖아요."

"저는 그저 팍팍한 일상에 약간의 기름칠이나 해 보자는 정도 였지 이렇게 유전이 터져 만수르급이 되겠다는 뜻은 아니었다고 요. 만날 야근에 휴일 특근에 이렇게 일만 하다 소가 되어 죽을 것 같아요."

연주는 흐뭇하게 미소 지으며 말했다.

"덕분에 대출금 줄어드는 속도가 더 빨라지고 있잖아요. 내가 지윤 선생 보너스도 올려 줄게요."

"보너스는 제가 아니라 두 썸남에게 주셔야 할 것 같은데요. 매 출 상승 일등 공신은 그 두 사람이잖아요."

"그렇지. 무엇인들 아깝겠어요."

두 사람은 흡족하게 고개를 끄덕였다. 연주는 마지막 남은 쿠 키 하나를 지윤에게 밀어 주며 말했다.

"이건 지윤 선생, 보너스."

"아이고, 이렇게 하찮고 귀한걸."

"고양이들에게 들키기 전에 얼른 쏴서 넣어요."

연주는 지윤이 마지막 남은 쿠키를 야무지게 먹고 주변 정리 하는 걸 도우며 말했다.

"근데 난 그게 꼭 외모 때문만은 아닌 것 같아요."

"뭐가요?"

"테오 말이에요. 이상하게 동물들은 테오 손만 닿으면 얌전해지고 안 먹던 밥도 잘 먹고 그런단 말이지. 마치 두리틀 박사처럼. 엑스레이 찍기 전에 갈비뼈에 금이 간 걸 안다든지, 털로 덮여 안 보이는 곳에 피부병이 생긴 걸 안다든지. 그리고 고양이들이 테오만 보면 냐옹냐옹 울어 대잖아요. 자기 아픈 곳 하소연하는 환자처럼."

"저는 동물들도 잘생긴 사람한테 끌리는 거라고 봐요."

두 사람의 눈빛이 동시에 테오에게 가닿았다.

누가 시키지도 않았건만 테오는 방금 우유를 먹인 새끼 고양이의 항문을 톡톡 두드리며 배변을 유도하고 있었다. 어린 새끼 고양이가 야생에서 어미를 잃고 살아날 수가 없는 이유는 먹고 마시고 배설하는 모든 것이 그 어미의 손에 달려 있기 때문이다. 아마 새끼 고양이는 테오를 잘생긴 어미쯤으로 인식하는 모양이었다.

제 힘으로 기름지고 병든 털을 그루밍하지 못하는 고양이를 위해 두 시간 동안 빗으로 정성스럽게 그루밍하는 것도 테오의 일이었다. 몇 시간이고 싫은 기색 없이 고양이들을 빗겨 주니 누군들 마음이 안 갈까 싶을 만큼.

서준 역시 두썸띵 동물병원에서의 삶이 만족스러웠다. 미국에서는 집 밖으로 나가는 걸 두려워했던 테오가 두썸띵 동물병원에서 활기를 되찾았기 때문이었다. 서준에게 테오는 돌아가신 아버지를 대신해 돌보아야 할 유일한 피붙이였다. 테오가 학교에 들어갈 무렵 테오의 친모는 집을 나갔고 그 이후 다시는 찾아오지 않았다. 서준이 대학을 졸업할 즈음이었고 그는 미국행을 택했다. 그리고 또다시 미국에서의 삶을 정리하고 한국으로 돌아온 가장 큰 이유 역시 테오를 위해서였다.

사실 테오와 서준에게는 두 사람만의 비밀이 있었다.

테오가 자신의 모든 것을 걸고 찾고자 하는 이, 바로 그가 이곳에 있었다.

테오는 그를 '백 년 고양이'라고 불렀다. 그것은 그들만의 암호이자 죽은 백호의 애칭이기도 했다.

미국에 있을 때 서준은 동물 복제 연구소에서 비밀리에 진행되는 개체 연구에 참가했다. 복제 양 '돌리'처럼 살아 있는 모든 동물의 DNA를 완벽하게 복제하여 다음 세대가 아닌 그 개체를 또다시 성체로 태어나게 만드는 일이 그의 연구였다.

그리고 동물원을 끼고 합법적으로 진행되는 듯 보였던 그 프로젝트의 가장 큰 수혜자이자 피해자가 바로 백호였다.

하얀 호랑이…….

그 완벽한 개체 하나를 만들기 위해 얼마나 많은 장애를 가진 호랑이들이 태어나 버려지는지 대중은 알지 못했다. 이뿐만 아니라 수많은 근친 호랑이를 교배하고 그 과정에서 생기는 돌연변이들이 부산물로 취급되어 연구소 한편에서 안락사당하기도 했다. 서준은 그걸 지켜보며 괴로워했다.

새끼 대부분은 태어난 직후 죽거나 기형으로 살아가는데, 개중에 가장 큰 구개 기형을 안고 태어난 백호 새끼 한 마리가 서준에게 배당되었다. 자연에서라면 1만분의 1의 확률로 태어날 정도로 희귀하지만 연구소는 혈연관계인 백호를 근친 교배시켜 인위적으로 태어나게 했기에 높은 확률로 태어날 수 있었다.

'TA1297'로 불리는 그 기형 호랑이에게 절대 해선 안 되는 한 가지는 그를 생명으로 대하고 이름을 붙이는 일이었다. 그러나 우연히 서준의 휴대 전화 속에 저장된 새끼의 동영상을 본 테오는 금기를 깨고 이름을 지어 주었다.

티그리스.

서준이 이유를 물었을 때 테오의 대답은 단순했다.

"호랑이지만 없는 게 많아서 리스. 티거리스보다는 티그리스가 더 귀엽잖아."

이름이 생긴 후로 서준은 매일매일 티그리스의 동영상과 사진을 테오에게 보여 줘야 했다. 직원이 없을 때는 몰래 데리고 들어와 티그리스를 먼발치에서라도 만날 수 있게 도와줬다. 그리고 얼마 후 온 도시가 핼러윈 축제로 들떠 있을 때 서준은 테오와 함께 사육 구역 안까지 들어갔다. 일반인에게 공개되지 않는 구역이지만 핼러윈데이 당일에 사육 시설은 텅텅 비어 있었다.

핼러윈 복장을 한 테오는 서준을 따라 CCTV 사각지대로만 이동했다.

모두가 떠나 버린 사육장 속, 몇 개 켜지지 않은 조명 아래에 티그리스가 몸을 웅송그린 채 있었다.

3개월밖에 안 되었다지만, 여느 호랑이보다 조금 작은 체구였다.

사육장 안으로 낯선 냄새가 들어서자 티그리스는 코를 킁킁대며 반응을 보였다.

테오가 다가가 눈높이를 맞추며 앉자 티그리스는 다른 연구원에게 보였던 그 어떤 위협도 없이 그저 빤히 테오를 바라보았다.

테오 역시 티그리스의 사시 눈을 마주 바라보았다.

티그리스는 시력이 좋지 않았지만 이 아이가 유리 벽 바깥에서 자신과 눈 맞춤을 하던 소년임을 한눈에 알아보았다. 그것은 둘만이 나눌 수 있는 이상한 교감이었다.

서준은 티그리스를 데려와 테오의 품 안에 안겼다. 티그리스를 안아 든 테오의 눈동자에 티그리스의 눈부처가 나타났다. 눈을 통해 서로의 영혼에 가닿은 둘은 묘한 유대감을 느꼈다.

둘의 모습을 말없이 지켜보고 있던 서준은 다음 달에 티그리스가 안락사당한다는 사실을 차마 말할 수 없었다. 그래서 위험을 감수하고 이렇게라도 티그리스와 테오가 만날 마지막 기회를 주는 것임을.

그러나 티그리스의 마지막은 서준의 예상보다 더 빨리 찾아왔다.

누군가의 제보로 연구소 안에서 DNA 복제뿐만이 아닌 근친교배의 비윤리적 동물 실험이 자행되고 있었다는 사실이 알려졌고 연구소장은 하루빨리 증거물들을 인멸코자 했다. 그리고 연구소가 비는 핼러윈데이를 디데이로 잡았다.

연구소장이 보낸 가면을 쓴 사람들이 사육 시설로 들이닥쳤다. 그들은 아무런 설명도 없이 다짜고짜 티그리스를 빼앗아 그 자리에서 녀석에게 약물을 투여할 준비를 했다.

서준이 막아섰지만 그들은 저항하는 서준의 두 팔을 뒤로 꺾은 채 벽에다 밀어붙였다. 티그리스를 빼앗긴 테오가 달려들어도 소용없었다.

그들은 주사기를 꺼내 아무런 감정도 없이 주사 약물을 채웠다.

마치 예방 주사를 놓듯 덤덤하게 주삿바늘을 꽂은 그 순간, 티그리스가 테오에게 달려들었다.

쓰러진 테오를 내려다보던 티그리스는 그의 분홍코를 테오에게 가져다 대고 입술을 핥았다. 바로 그때 티그리스의 마지막 숨결이 테오의 입으로 전해졌다. 그 와중에도 티그리스의 몸 안으로 약물이 계속 주입되고 있었다. 약물은 서서히 모든 장기의 기능을 정지시키고 마지막으로 심장마저 멎게 만들었다. 고통을 참으며 앞발을 버둥대던 녀석은 테오의 품 안에서 조용히 숨을 거두었다.

그들은 테오의 손에서 티그리스를 빼앗아 이미 집행한 다른 백호들의 사체와 함께 연구소 뒤편 소각장에서 불태웠다. 마지막 주검을 처리하고 나서는 마치 이것이 하나의 과업인 양 서로의 어깨를 두드리며 사라졌다.

그날은 핼러윈데이였고 죽은 자의 날이었다.

그 일이 있고 난 후 테오는 식음을 전폐하고 제 방에서 나오지 않았다.

정신과 상담을 받아도 그날의 트라우마로부터 테오를 구해 낼 수 없었다. 테오는 티그리스의 죽음에 죄책감을 느끼며 나날이 야위어 갔고 서준의 절망은 매일매일 커졌다.

그렇게 반년의 시간이 흐른 어느 날, 테오가 서준을 제 방으로 불렀다. 한국의 한 동물원에 사는 백호의 존재에 대해 물어보기 위해서였다. 인터넷에서 백호의 동영상을 본 테오는 몇 달 만에 처음으로 서준에게 먼저 말을 걸었다.

"형…… 저 호랑이, 티그리스 닮지 않았어?"

"……백호는 다 비슷해 보이니까 닮아 보이지만 확실히 쟤는……."

서준이 뒷말을 아낀 것은 티그리스가 가졌던 수많은 장애가 그 아름다운 백호에게서는 단 하나도 발현되지 않았기 때문이다. 저 완벽한 백호 한 마리가 수면 위에 등장하기 위해 철창에 갇힌 돌연변이 백호가 얼마나 많을지. 서준은 잠시 과거를 회상하다 이내 머릿속에서 떨쳐 내었다.

"……나 한국 가고 싶어."

의외의 말이었다. 테오는 단 한 번도 자신이 살고 있는 도시를 떠난 적이 없었고 그 어떤 외부 세계에도 관심을 두지 않았다. 가족끼리 떠나는 근교 여행에서조차 차창 밖으로 시선을 주지 않던 아이였다.

한국에 가고 싶다는 게 아니라 저 백호를 보고 싶다는 뜻임을 알았지만 테오의 그 말 한마디가 서준에게는 어둠 속에서 만난 구원의 빛과 같았다. 아무것도 원하지 않던 아이가 살아갈 힘을 내고 있다면 자신이 그 백 배, 천 배라도 해 줄 수 있을 것 같았다. 테오가 원하는 곳이 어디든 그는 함께할 준비가 되어 있었다.

그렇게 한국으로 돌아온 서준은 경기도에 있는 동물원 근처 호텔에 짐을 풀고 테오와 함께 매일 백호를 보러 갔다. 그들이 일주일째 출근 도장을 찍자 사파리 버스를 운전하는 기사가 두 형제를 이상하게 바라본다는 걸 눈치챘다.

더욱이 테오의 외모가 어딜 가도 눈에 띄니 줄만 서 있어도 힐끗거리는 사람들의 시선이 느껴졌다. 하지만 동물원이 아니라면 매일 동물을 만날 수 있는 곳이 있을까. 있다면 그런 곳은 어디일까.

고민에 대한 대답은 그리 먼 곳에 있지 않았다.

지리멸렬하지만 서준과 테오에게 가장 어울리는 일상은 직장과 학교, 이 두 곳이었다. 서준은 구인 구직 사이트를 뒤지다가 운명처럼 '두썸띵 동물병원'의 구인 공고를 보게 되었다. 그 이름을 보자마자 강의실이 떠나가게 소리치던 한 사람의 목소리가 자동 재생되었다.

"입만 나불대지 말고 네가 해 보든가! 해 봐! 해 보고 말하라고! 두썸띵!"

조별 과제를 할 때 타의로 조장이 되어 궂은일을 도맡게 된 길연주가 참고 참다 폭발하여 외친 말이었다. 서준은 타인의 일에 관심도 없고 먼저 나서는 일도 없었지만 제 팀원들에게 쌍욕을 해 가며 악바리처럼 팀 과제를 해내는 연주에게는 관심이 갔다. 자료를 집어 던지고 악쓰며 내지르던 말들이 어찌나 통쾌하던지.

그 '두썸띵' 사건 이후 길연주의 별명이 '두썸띵'이 된 걸 본인은 알고 있던 걸까? 내친김에 그 별명대로 살아 보겠다고 인생의 전환점으로 삼은 건지 궁금하기도 했다.

테오가 티그리스의 기억에서 완전히 헤어 나올 수는 없겠지만 다른 좋은 기억들로 나머지 자리를 채운다면 그 슬픔이 조금은 희석되지 않을까도 싶었다.

그리고 서준의 예상은 절반쯤 맞았다.

테오는 미국에 있을 때보다 표정이 밝아졌고, 더 건강해졌다. 더 많이 웃고, 더 많이 먹고, 눈에 띄게 자라게 만든 원동력이 이 동물병원에 있었다.

그러나 예상과 달리 테오의 마음을 건강하게 만들어 주는 것은 동물이 아닌 길연주였다.

아닌가. 길연주란 존재는 사람보다 동물 쪽에 더 가까운가.

고양이의 골골송을 기막히게 흉내 내고, 성질부리는 고양이에게 하악질을 하며, 이유 없이 자신을 때리는 고양이에게 똑같이 냥냥 펀치를 날리는 길연주란 사람은 테오에게 백호만큼이나 경이로운 생명체였다.

먹고, 치료하고, 욕하고, 웃는 길연주 옆에서 테오는 변했다.

쭈뼛거리며 말 한마디 못 하던 테오에게 똥오줌 닦는 걸레를 쥐여 주고, 수십 킬로그램짜리 동물 사료를 나르게 하며 허튼 생각이 끼어들 틈이 없게 만들었다. 무엇보다 길연주는 시골 할머니 집에 놀러 온 삐쩍 마른 손주를 대하듯 테오를 먹이고 또 먹여 댔다.

기름진 치킨에, 피자에, 떡볶이와 순대를 먹였고, 생크림을 듬뿍 얹은 케이크 같은 달달한 디저트를 테오의 입에 넣어 댔다.

음료를 시킬 때마다 연주는 테오의 의견을 묻지 않았다. 가장 달고 열량이 높은 음료에 친히 빨대를 꽂아 테오의 입에 밀어 넣었다. 매일 친절히 메뉴를 바꿔 가며 하루는 캐러멜마키아토, 또 다른 날에는 흑당라테, 어떨 때는 본인도 마셔 본 적 없는 이름 조차 생소한 벨지움생초콜릿라테를 굳이 주문해 먹였다. 처음 보는 아인슈페너라는 음료를 받아 든 테오가 이게 뭐냐고 물었을 때 연주는 친절히 답했다.

"몰라, 그냥 먹어."

날카롭던 테오의 턱선이 부드러워졌고 몸집이 커져 미국에서 가져온 티셔츠와 바지가 맞지 않을 정도였다. 깡말라 툭 치면 톡 하고 부러질 것 같던 몸에 살이 오르자 테오는 그제야 사람다워 졌다.

이제 테오는 길연주와 함께 한국 드라마를 보며 눈물을 흘렸고, 비빔밥에 참기름이 안 들어갔다고 화를 냈으며 떡볶이와 순대를 누구보다 좋아하는 열여덟 살 한국계 미국 소년이 되었다.

그리고 그 변화를 누구보다 잘 느끼고 있는 사람 또한 연주였다.

처음 만난 순간부터 길연주는 테오에게 말할 수 없는 사정이 있음을 간파하고 있었다. 연주에게 테오는 버려지고 아픈 길고양이와도 같았다. 상처 입은 채 말없이 구석에 가 찌그러져 있는 연약한 생명.

연주에게는 아픈 이유 따위는 중요하지 않았다.

몸보다 마음이 아픈 사람에게 가장 필요한 처방은 건강한 일상임을 그녀는 누구보다 잘 알고 있었다. 하루가 건강하게 되풀이되고, 그날들이 쌓이다 보면 마음의 병은 점차 치유될 수 있다. 마음을 치유하기 위해선 무엇보다 몸을 건강하게 쓰는 일이 필요했다.

테오에게 가장 무거운 사료 포대를 나르게 했고, 하루에도 수십 번씩 바닥을 닦게 했다. 뒤돌아서면 금세 또 바닥에 고양이나 강아지들이 대소변을 보았지만 화내거나 푸념하지 않고 그 상황을 받아들이게 했다.

그저 갈 곳이 마땅치 않아 형을 따라온 군식구임에도 연주는 테오의 이름을 새긴 직원 유니폼을 맞춰 주었다. 출퇴근 카드를 찍게 하고 테오의 아르바이트 비용을 책정해 격주 주급으로 내주었다. 단 한 번도 직접 일을 해 돈을 벌어 본 적 없는 테오는 처음으로 땀 흘려 일하고 받은 돈봉투를 보자 묘한 기분에 휩싸였다.

"뭐 해, 안 받아?"

"누나, 전 돈 받는다고 안 했는데."

"누나 말고 원장님. 병원에서는 원장님이라니까. 암튼 나도 준다고는 안 했어. 근데 너도 자원봉사라고는 안 했으니까 받는 게 맞아. 법정 시급으로 계산했어."

"근데 누…… 원장님. 미국에서는 애니멀 테라피라고 마음이 힘든 사람들이 동물과 시간을 보내게 하는 프로그램이 있어요. 그거 되게 비싼데, 나는 여기 고양이 친구들 도움을 받은 거라 오히려 돈을 내야 하는 거잖아요."

"아, 듣고 보니 그렇네. 그래, 돈봉투 다시 돌려줘."

테오가 돈봉투를 잡은 손끝에 슬그머니 힘을 주자 연주는 거 보라는 듯 피식 웃어넘겼다. 테오는 손에 든 봉투가 핫팩처럼 느껴졌다.

물론 연주가 일부러 천 원짜리로 빽빽이 채워 봉투를 두툼하게 만들었다는 걸 테오는 알지 못했다.

묵직한 돈이 든 봉투는 마법이 깃든 것처럼 이상하게도 마음을 안정시키는 힘을 발휘했다. 세상을 두려워하던 테오의 움츠러든 어깨를 펴지게 했고 무겁던 발걸음을 가볍게 했다. 자신이 무의미하게 보내던 시간에 숫자가 매겨지니 그 시간이 값어치 있게 느껴졌다. 몸을 써서 받는 돈은 단순한 숫자가 아니라 이 세상이 자신의 쓸모를 인정해 준 값어치였다. 정신과 의사의 괜찮다는 수십 번의 말보다 땀 흘려 번 얼마 되지 않은 돈이 테오의 상처받은 마음에 더 효과적이었다.

그런 소중한 돈이었기에 테오는 제 돈봉투에서 천 원짜리 한 장 꺼내지 않은 채 서준의 카드로 고기를 사고 야채를 사며 월급날의 직장인 기분을 누렸다.

주급 날이 낀 주의 금요일은 동물병원 문을 일찍 닫고 회식을 하러 가는 날이 되었다. 마지막 손님이 나가고 고깃집으로 향한 동물병원 직원들은 모처럼 만의 소고기 회식에 한껏 들뜬 모습이었다.

"이야, 만날 돼지 씨만 만나다가 소고기님을 영접하니 신분 상승이라도 한 기분이에요."

"동물을 살리는 병원 직원치고 다소 앞뒤가 맞지 않는 얘기지만 역시 고기를 먹어 줘야 회식다운 회식이죠."

고기가 익기도 전에 술로 배를 채워 혀가 꼬이기 시작한 지윤의 말이었다. 지윤은 소고기 회식의 일등 공신인 테오의 잔에 콜라를 가득 따라 주며 말했다.

"테오야, 누나가 네 이름으로 삼행시를 지어 봤거든. 자, 운을 띄워 봐."

"삼행……시가 뭐예요?"

"네 이름 세 글자로 기막힌 시를 짓는 거지. 윤! 윤기가 자르르르 흐르는."

지윤은 본인 입으로 첫 운을 띄우고 다음 문장을 만들었다.

"테, 태가 달라요, 아주 그냥 사람이 말이야."

사람들이 지윤을 뜯어말렸지만 한번 흥이 오른 그녀를 말릴 수는 없었다. 테오도 그 삼행시가 싫지 않은 모양이었다.

"어, 그럼 오!"

"……오전 근무도 같이 하자, 테오야!"

연주는 수의테크니션이자 병원의 유능한 영업 실장인 지윤을 향해 엄지를 추켜올렸다. 고기가 익고 술이 몇 번 더 돌아도 연주는 술 한 모금 입에 대지 않았다. 위급 환자가 발생할 경우를 대비해 병원 전화를 개인 휴대 전화로 연결해 두었기 때문이다. 다른 직원들은 두고 연주는 언제든지 병원으로 돌아갈 준비를 하고 있었다.

"아이, 그러지 말고 원장님도 한 잔만 드세요. 병원까지 5분도 안 걸려요."

"거리 문제가 아니잖아. 의사가 어떻게 술을 마시고 진료를 해. 지윤 선생 많이 먹어."

취기가 잔뜩 오른 지윤이 말했다.

"원장님, 이제 그만 그때 기억은 내려놓으세요. 당직 바꿔 주기로 해 놓고 술 마시고 뻗은 그 선생 잘못이지 원장님 잘못이 아니라고요."

연주는 말이 없었다.

"아닌 말로 그 추운 날씨에 새끼 고양이를 병원 밖에 두고 초인종만 누르고 간 놈의 잘못이지, 문을 열어 주지 않은 병원 잘못은 아니잖아요."

사회 초년생 시절이라 병원에서의 당직은 늘 있는 일이었다. 서로가 원하는 날짜로 당직을 바꾸는 일이 비일비재했고 무게감 또한 가볍던 시절이었다. 그랬기에 연주는 술에 취해 당직실에서 잠자던 동료를 원망하지 않았다.

하지만 아침 일찍 출근하던 길에 마주친 소년의 원망스러운 눈빛이 잊히지 않았다. 죽은 고양이가 든 상자를 안고 돌아서던 소년은 울고 있었다. 연주는 한눈에 어떤 일이 일어난 것인지 알아차렸다. 원망과 자책, 다섯 마리 고양이의 죽음 앞에 두 사람 모두가 그 마음을 나눠 가졌다. 바로 그때 연주의 휴대 전화가 울렸다. 다급히 진료를 요청하는 전화를 받은 연주가 일어서자 서준이 따라 일어났다. 하지만 연주는 테오를 두고 일어서려는 서준의 어깨를 눌러 앉히고 혼자 병원으로 뛰어갔다. 그 모습을 본 지윤은 끝내 받지 않던 연주의 빈 술잔에 술을 따르며 말했다.

"우리 길 원장님은 고양이를 위해 본인 일평생을 바친 분이라니까. 마치 그때의 죄를 참회하려는 사람처럼 너무 책임감이 강해."

"좋은 수의사 선생님이네요."

테오의 말에 지윤은 불쾌한 얼굴로 목소리를 높였다.

"우리 원장님은 좋은 수의사를 넘어섰어! 길연주라는 사람 자체가 고양이 대하소설을 쓸 수 있는 진짜 천 년 집사라고!"

그 단어를 듣는 순간 서준과 테오가 얼어붙었다.

"무슨 집사요?"

"천 년 집사! 뭐 천 년에 한 번 이 세상의 모든 생명의 윤회를 돕는 그런 집사가 나온다 어쩐다는 구라 있어요. 그거 요즘 되게 핫해서 계정도 있는데 구독자 수 장난 아니래요. 대한민국에 애묘인이 얼마나 많아요. 다들 자기가 백 년 고양이가 찾는 천 년 집사라고 우기지."

그 말에 테오와 서준은 서로의 얼굴을 바라보았다.

우연일 수 있겠지만 조금 묘했다.

무엇보다 백 년 고양이가 천 년 집사를 찾는다는 이상한 이야기에 두 사람은 놀란 표정을 숨기느라 애를 써야 했다. 계속된 근친 교배로 태어난 티그리스야말로 백 년 고양이나 진배없었다.

그날 밤 집으로 돌아온 두 형제는 누가 먼저랄 것도 없이 노트북을 켜고 천 년 집사 계정을 찾았다. 익명의 운영자는 고양이를 키우는 애묘인이라고 소개되어 있었다. 운영자의 얼굴이나 사는 곳이 공개되지는 않았지만 수많은 댓글이 그가 경기도 일대 동물원 인근에 거주 중임을 유추하고 있었다.

그곳은 다름 아닌 '두썸떵 동물병원'이 있는 도시, 서준과 테오가 있는 곳이기도 했다.

자신을 '삼십 년 집사'라고 소개하는 영상에서는 코에 분홍색 얼룩이 있는 회색 고양이가 출현했는데, 한쪽 눈과 귀만 검은 얼룩이 있는 것이 마치 티그리스를 닮은 듯 보였다.

삼십 년 집사는 고양이 품종을 설명하며 자신이 겪은 여러 고양이의 영역 싸움을 말하고 있었다. 그의 동영상은 시종일관 고양이의 그루밍을 돕고 고양이들을 관찰하는 게 대부분이었다.

별다른 내용이 없는 평범한 장면이었지만 화면을 유심히 지켜보던 테오는 심각한 얼굴이었다. 서준은 혹시나 백호에 관한 이야기가 있을까 영상 목록을 뒤졌지만 대부분이 고양이에 관련된 영상들이었다.

"뭐, 별거는 없네. 그냥 고양이 일상 보여 주는 집사인가 봐."

"……아니야. 저 사람, 자기 엄마랑 고양이 죽인 살인범 쫓고 있어."

테오는 조금의 웃음기도 없는 얼굴이었다.

"그걸 어떻게 알았어? 검색해 봤어?"

"검색해도 안 나올 거야. 저 사람, 경찰이야."

서준은 동생 테오가 하는 말에 어리둥절해졌다. 아니 믿기지 않았다. 댓글 어디에도 이 사람의 신분이나 가족 이야기는 드러나지 않았는데 테오는 마치 그의 이야기를 다 아는 사람처럼 말했다.

"무슨 근거로."

"저 사람 옆에 있는 회색 고양이가 얘기하고 있어. 이 영상은 그냥 평범한 고양이의 일상을 보여 주는 것 같지만 사실 저 회색 고양이가 우리 말을 들을 수 있는 사람들에게 이야기를 하려는 거야."

"우리 말이라니?"

그 대목에서 테오는 잠시 말을 멈추고 생각에 잠겼다. 그리고 이내 무겁게 입을 뗐다.

"고양이 말. 티그리스처럼 고양잇과의 모든 동물 말을 할 수 있는 존재들이 쓰는 말이야."

서준은 테오가 하는 얘기들이 당황스럽고 한편으로 두려웠다. 테오가 그 사건 이후로 변한 것은 알았지만 고양이 말을 한다는 게 무슨 의미인지 감이 오지 않았다.

"너 방금 우리라고 했잖아. 그건……."

"나도 들을 수 있어. 고양이들이 하는 말."

"……너 언제부터 그런 걸, 그런 능력이 있었던 거야?"

"티그리스가 떠난 날, 그날 티그리스가 나한테 주고 갔어. 이 고양이 말을."

동물병원을 찾아온 수많은 고양이가 유독 테오를 따랐던 숨은 이유를 알게 되자 서준은 자신도 모르게 소름이 돋았다.

당황한 서준과 달리 테오는 지금부터 자신이 해야 할 일을 알았다. 티그리스가 자신에게 넘겨준 이 능력을 쓰기 위해 누굴 찾아야 하는지.

"형, 나 저 사람을 만나러 가야겠어."

"누군지 안다고 해도 어디에 사는지는 모르잖아."

"고양이들이 알려 줄 거야."

테오의 시선이 재생되고 있는 동영상에 고정되었다. 동영상 속에는 그가 키우는 분홍 말고도 이고덕이 촬영한 동네 고양이들이 간간이 비쳤는데 그들의 이름은 누룽지, 메리, 줄무늬였다.

서준은 테오를 따라 무작정 시장 골목을 걸었다.

노후화된 다가구주택촌을 끼고 있는 오래된 시장은 수백 미터를 따라 형성된 가게들의 집합촌이었다. 과일 가게부터 만두 가게, 반찬 가게, 그릇 가게, 보신탕 가게까지 없는 게 없는 시장이었다. 최신 스마트폰 가게에서 고춧가루와 쌀가루를 빻아 주는 방앗간까지 수십 년 동안의 시간이 시장 안에 한 묶음으로 진열

된 느낌이었다.

테오는 주위를 두리번거리며 마치 나들이를 나온 사람처럼 여유롭게 주변을 탐색 중이었다.

분명 동영상 속 남자를 만나러 가겠다고 나선 길인데 테오는 그의 집이나 직장이 아닌 시장으로만 발걸음을 옮겼다. 한참 주위를 두리번거리다가 무언가를 발견한 듯 가게 안으로 들어갔다가 빈손으로 나와 다른 가게로 발길을 돌리기를 반복했다.

시끄러운 시장통이지만 서준은 누가 들을새라 조심스레 테오에게 물었다.

"또 고양이 말이 들리는 거야?"

"시끄러워서 안 들려."

"그럼 뭐 하는데?"

"냄새 좀 맡으려고."

수많은 냄새가 뒤섞인 시장에서 무슨 냄새를 쫓아가는 건지 대답도 없이 테오는 다음 가게 안으로 들어갔다.

냄새를 맡는다면서 코를 킁킁거리지도 냄새가 나는 쪽으로 고개를 돌리지도 않았다. 그저 물건을 사러 온 평범한 사람처럼 가격을 묻고 이곳저곳을 돌아다닐 뿐이었다. 서준은 테오에게 이런 시끄럽고 혼란스러운 자극이 또다시 예전 기억을 상기시킬까 불안해졌다. 핼러윈데이의 그 소란스럽던 소음 속에서 일어났던 모든 악몽처럼.

그러나 형의 걱정과 달리 테오는 자신의 등 뒤를 부지런히 쫓아오는 형의 체취에 안도감을 느끼고 있었다. 매일 아침 쓰는 똑같은 비누 냄새, 몇 년째 바뀌지 않는 토너와 로션, 향수를 쓰지 않아 온몸을 뒤덮다시피 한 섬유 유연제 냄새, 땀에 전 정수리 냄새, 옷에 밴 고양이들의 침 냄새까지.

이 모든 냄새가 서준이 얼마나 규칙적이고 성실하게 바른 생활을 해 온 사람인지 알려 주었다. 심지어 발바닥의 무좀 냄새까지 단정하고 은은했다.

그의 냄새는 성정만큼 따뜻하고 무해했고 타인의 냄새를 받아들일 자리도 비워 두고 있었다. 목소리가 크고 강하면 주변 사람들이 다가오기 힘들 듯 향 또한 적당히 코가 쉴 수 있는 여지를 두어야 사람들이 다가갈 수 있다.

테오는 익숙한 냄새가 적정 거리를 유지하며 잘 따라오고 있다는 사실을 알기에 뒤돌아볼 필요가 없었다. 그리고 이 모든 걸 형에게 이야기하기엔 아직은 시기상조란 생각이 들었다.

이질적이어서 매혹적인 냄새들이 테오의 코를 자극했다. 한국의 시장은 테오에게 총천연색 컬러의 집합소나 다름없었다. 이렇게 다양하고 생기 넘치는 냄새가 시시각각 그 농도를 달리하며 진열된 축제의 장에 서 있자니 몸 안에서 이상한 열기가 솟구쳤다.

개만큼 뛰어난 후각은 아닐지라도 고양이의 그것은 인간보다 우월해 보통의 사람은 경험하지 못하는 새로운 세계였다.

냄새, 냄새, 또 다른 냄새.

쫓고 싶은 온갖 냄새들의 향연 속에서 테오는 이상한 욕망이 들끓었다. 체취를 풍기는 모든 생명체가 테오를 끌어당겼다.

민낯의 진실과 맞부딪쳤을 때 형이 느낄 충격을 알기에 말할 수 없을 뿐이었다. 테오가 무려 6개월 동안 입을 열 수 없었던 건, 티그리스에게 약물을 주입하던 가면을 쓴 무장 괴한들이 형의 연구실 동료 하퍼와 제이슨이란 사실을 말하지 않은 것과 같은 이유였다. 그들이 티그리스를 죽이는 동안 CCTV를 삭제하고 길을 열어 준 토끼 가면이 테오가 연구소를 방문할 때마다 다정하게 인사하며 문을 열어 주던 경비원이라는 것도.

인간은, 인간이란 동물은 탈을 뒤집어쓰지 않고도 돌변한다.

어쩌면 그 얼굴 앞에 뒤집어쓴 기괴한 가면이 그의 본모습일 수도 있다. 티그리스가 숨결을 불어 넣어 준 다음에야 하퍼가 즐겨 피우는 마리화나 냄새와 제이슨의 오래된 향수 냄새가 그들의 가면을 벗겼다. 티그리스를 죽이고 사체를 처리하기로 약속한 뒤 먼저 받은 계약금이 달러 묶음으로 뒷주머니에 꽂혀 있는 채였다.

이렇듯 냄새는 모든 복잡다단한 이해관계와 배신의 이유를 단

한 번에 설명해 주었다. 어떠한 미사여구도 없이, 어떠한 거짓도 없이.

온갖 동물 실험이 자행되던 그곳에서 유일하게 가면을 쓰지 않고 맨얼굴이었던 형을 위해, 그리고 자신의 죽음 앞에서도 테오를 구원하고자 했던 티그리스를 위해 테오는 입을 닫아 버렸다. 테오가 자신의 방 밖으로 한 발짝도 나갈 수 없었던 이유는 바깥세상에 넘쳐 나는 거짓과 위선 때문이었다.

그들의 눈과 입은 거짓 웃음을 짓고 거짓을 이야기하지만 냄새는 진실을 가리지 못했다. 테오는 그 위선을 참아 낼 수가 없었다.

테오를 상담하는 정신과 의사조차 책상 옆 두 번째 서랍에 보드카가 담긴 조그만 병을 숨겨 두고 있었다. 환자를 상담하는 그의 정신도 벼린 칼날 위에 서 있기는 마찬가지라는 사실을 알게 된 이후로 테오는 더 이상 인간에게 의지하고 싶지 않았다.

그러다 우연히 한국의 어느 동물원에 있는 '화양'이라는 백호의 동영상을 통해 그 목소리를 듣게 된 것이다. 그는 쳇바퀴처럼 같은 자리를 돌며 같은 말을 되풀이하고 있었다. 그의 또렷한 눈매는 카메라를 통해 자신을 볼 누군가의 이름을 부르고 있었다.

"천 년 집사는 자신의 과업을 받아들여라. 와서 억압받는 생명을 해방시켜 눈먼 이들을 깨어나게 하라. 진실의 냄새를 쫓아라. 그 냄새는 고약하다. 위선과 위악이 진실을 가리고 있으니 그 추

악한 냄새들을 쫓아라."

테오는 천 년 집사의 냄새를 쫓아 시장까지 왔다. 이곳에서는 온갖 냄새가 훅 끼쳐 들어왔다.

사실 테오는 한국의 동물원에서 백호를 보기 이전부터 천 년 집사의 존재를 어렴풋이 알고 있었다. 그것은 수많은 생명이 전해 주는 전설과도 같은 이야기였다. 문 밖에서 들리는 고양이들의 이야기 속에 천 년 집사라는 이름이 여러 번 들렸다.

그러나 백호는 자신을 찾아온 테오에게 고양이 말을 하지도 않았고 아무런 반응을 보이지 않았다. 여느 다른 동물들처럼 그저 무료한 얼굴로 제자리를 지킬 뿐이었다. 매일 찾아가 눈을 맞추고 인사를 건네도 여전히 묵묵부답이었다.

티그리스가 준 능력은 고양잇과를 넘어서 다른 동물들의 이야기를 들을 수 있는 경지였다. 하지만 동물원의 수많은 사자와 얼룩말, 기린의 이야기는 들을 수 있을지라도 백호의 목소리는 들리지 않았다. 테오는 화양이라 불리는 이 수컷 백호가 어쩌면 우울증일지도 모른다고 생각했다.

반면에 화양은 테오가 가지고 있는 백호의 능력을 읽을 수 있었지만 모른 척했다. 테오가 동족의 언어로 말을 걸어온 것은 놀라웠으나 대꾸하지 않았다.

어쩌면 자신은 방사장 밖을 나와 대중에게 얼굴을 드러내고 장애가 있는 형제들은 안에서만 칩거하며 살아가는 이유와 같을지도 모른다.

저 아이는 갇혀 있던 동족의 생명 하나를 얻어 목소리를 내게 된 것이 분명하다.

그가 어떻게 희귀종인 백호의 생 하나를 얻은 것인지 이유가 짐작됐다. 죽음에 처한 수많은 동족 백호 중 누군가의 생명이 저 아이에게 흘러갔음이 확실했다.

한참 동안 시장을 돌아다니던 테오는 어느 돼지국밥집을 보더니 발걸음을 멈추고 가게 안으로 들어갔다. 뒤따르던 서준도 동생을 쫓아 들어갔다. 테이블을 치우던 가게 주인이 두 사람을 맞이했다.

"두 분이신가?"

"아, 저 화장실 좀 쓸 수 있을까요?"

"가게 뒤로 돌아가면 있어요."

서준은 자리를 잡고 앉으며 물었다.

"너 돼지국밥 처음 먹어 보지? 내장이나 순대도 있는데 먹을 수 있겠어?"

"응, 아무거나 시켜 줘."

그러나 가게 뒤로 돌아간 테오의 관심사는 화장실 찾기가 아니었다. 테오는 눈으로 구석진 곳을 쫓았다. 물을 담아 놓는 큰 통 옆에 조그맣게 마련된 상자가 있었고 그 안에 모포가 깔려 있었다. 물통과 밥그릇이 있는 걸 보면 이곳에 머무는 게 확실했다.

테오는 모포에 가만히 손을 대 보았다. 아직 따뜻한 온기가 남아 있는 것으로 보아 자리를 비운 지 얼마 되지 않은 것 같았다.

테오는 피식 웃음을 흘리며 혼잣말했다.

"제대로 찾아온 거 맞네."

마침 물건을 들고 밖으로 나오던 주인이 그 광경을 보고 경계하는 눈빛으로 물었다.

"화장실 간다며 거기다 볼일 보려고?"

"여기 고양이 키우시나 봐요?"

주인은 노묘 때문에 험한 소리를 많이 들었던 입장이라 고양이에 관한 관심이 썩 달갑게 느껴지지 않았다.

"옴마, 좀 전까지 여기 있었는데 애들이 놀라서 내빼 버렸고만."

"애들이요?"

"딱 붙어 다니는 고양이 두 마리인데 못 본 모양이네."

"그러네요. 제가 올 줄 알고 도망갔나 봐요."

"밥 먹을 때 되면 귀신처럼 올 거요."

"그럼 저도 밥 먹으면서 기다리면 되겠네요."

테오는 일어서서 뒷길을 내다보았다. 아무것도 보이지 않았지
만 그 길 어딘가에서 자신을 지켜보고 있을 '할멈'이 있다는 것
을 알았다.

테오가 다시 가게 안으로 들어가자 숨죽이고 그를 보던 어린
고양이 '막내'가 할멈에게 말했다.

"갑자기 왜 숨자고 하신 거예요?"

"순서가 안 맞아."

"무슨 순서요?"

"좀 모자란 놈이 있는데 그놈이 회차를 완성하고 나한테 오는
게 먼저거든. 저 아이는 큰 분한테 한 번에 다 받아서 내가 뭘 더
도와줘선 안 돼."

"모자란 놈이 누구예요?"

"있어. 지난번에 꿈에서 본 반쪽이. 그나저나 우린 잠시 국밥집
을 떠나 있어야겠다."

"왜요? 주인도 좋고 밥도 꼬박꼬박 잘 주는데. 혹시 우릴 찾아
온 저 사람 나쁜 사람이에요?"

"아니, 아직 어려서 그래. 고생을 해도 좀 모자란 그놈이 몰아
서 하는 게 더 나으니까. 쟤는 예쁘게도 생겼잖아."

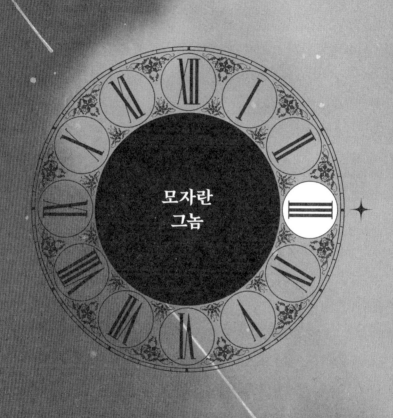

모자란
그놈

천 년 집사의 SNS 글에 달린 댓글을 확인하던 고덕은 갑자기 귀가 가려웠다.

손가락으로 귓구멍을 파고 있는 고덕을 본 분홍이 혀를 끌끌 차며 말했다.

"누가 집사 욕을 찰지게 하나 봐."

"고양이가 그런 미신을 믿냐."

"응, 미신 아니고 파장. 욕이 만드는 파장은 저주파 10헤르츠라 멀리 갈 수 있거든. 네 귓바퀴에 도달해 윙윙거리니 그냥 귀가 간지럽다고 느끼는 거야. 참, 저주파는 정말 저주의 파장이라 저주파라고 불려."

"정말이야?"

분홍은 피식 웃으며 털을 그루밍했다. 그 모습을 보니 고덕은 또 분홍에게 낚였다는 걸 깨달았지만 내색할 수는 없었다.

"근데 말 잘 듣는 개나 예뻐하며 살아가시길 바란다는 문장은 빼는 게 어때? 댓글의 절반이 애견인들이 단 욕이야."

"구더기 무서워 장 못 담글까? 그런 놈들 걷어 내면 바로 아래가 된장인데 뭐 하러. 그냥 둬."

"넌 일부러 논란을 만드는 경향이 있더라. 싸움을 조장한달까, 즐긴달까."

"당연하지. 난 야생에서 경쟁하고 살아남는 게 DNA에 내재화된 동물인데 이렇게 평온하고 안일하기까지 한 삶에 무슨 낙이 있겠어. 인간들 싸움 구경이라도 해야 이 본능을 해소하고 살지."

"하……."

"한심하다의 하야, 하긴 그렇기도 해의 하야?"

"그게 중요해?"

"집사 대답에 따라 얼굴을 두 발로 할퀼지 한 발로 할퀼지가 결정될 거야."

고덕은 옅은 한숨을 목구멍 안으로 삼키며 말했다.

"하긴 그렇기도 해의 하야. 됐어?"

"흥!"

분홍이 새침하게 돌아앉자 고덕은 다시 화면 속 댓글을 확인했다.

고덕이 올린 천 년 집사의 글은 사람들의 뜨거운 찬반양론을 불러일으켰다.

　너무 호전적으로 개와 고양이의 애호를 갈라놓았고, 극단적인 면을 강조하며 취향을 조롱하는 글이라 평하는 사람도 있었다. 실상은 이 글이 실제 고양이가 한 말을 인간이 그대로 옮긴 것이라는 걸 모르기 때문이었다. 고양이와 인간의 관계가 경고 섞인 문장으로 표현된 데는 인간을 바라보는 고양이의 관점과 강한 어조가 작용한 탓이었다.

　고덕은 함께 사는 고양이 분홍이 불러 주는 대로 받아쓰기를 했을 뿐인데 지금까지 살아오는 동안 들었던 욕보다 더 많은 욕을 들어 억울했다. 분홍은 분홍대로 집사인 고덕이 그따위 악플에 흔들리는 게 한심하다는 듯 혀를 찼다.

　그러나 나머지 반응은 공감을 넘어선 '격공'이었다.

　대다수 사람들은 고양이를 좋아했고 고덕이 쓰는 일명 '고양이 화법'에 환호했다. 성깔 있고 호전적이며 단호한, 천 년 집사의 고양이 말투에 묘한 카타르시스를 느낀다고도 했다.

　고덕의 계정을 찾아오는 사람들은 고덕이 키우는 샴고양이 '분홍'의 영상을 좋아했는데, 특히나 훈련된 강아지처럼 소리가 나오는 장난감 버튼을 누르는 장면에 환호했다.

　색깔로 구분된 버튼을 누르면 녹음된 목소리로 단어나 문장이 나오는데 똑똑한 분홍이 제 의사 표시를 버튼으로 하는 것이었다.

'간식'이 녹음된 파랑 버튼을 누르고, '주세요'가 녹음된 노란 버튼을 누르고, '빨리'가 녹음된 초록 버튼을 삼연타로 다다다 누르는 영상의 조회 수는 수십만 회를 기록했다.

"간식, 주세요, 빨리."

분홍은 이 세 가지 버튼을 앞발과 엉덩이를 이용해 동시다발적으로 눌렀다. 초록 버튼을 연타로 두드리다 파랑 버튼을 사이사이 섞어 '빨리, 빨리, 간식, 빨리'를 만들어 보채기도 했다.

간혹 고덕이 굼뜨게 행동하거나 놀릴 생각으로 간식을 천천히 주면 한쪽 구석에 치워 둔 보라색 버튼을 눌렀는데, 그 버튼의 이름은 '짜증 나'였다.

그러나 사람들은 무엇보다 분홍이 '분홍색' 버튼을 누르는 것에 열광했다. 그 버튼을 누르면 15그램짜리 츄르 한 팩을 한꺼번에 먹을 수 있었지만 분홍은 제 이름과 같은 색깔 버튼을 누르지 않았다.

분홍색 버튼만 가져오면 분홍은 경기를 일으키듯 하악질을 하고 피했다. 그걸 아는 구독자들이 댓글로 분홍이 분홍색 버튼을 눌러 보는 영상을 요구했지만 고덕으로서도 쉽지 않은 일이었다.

정말 맛있는 간식을 눈앞에 들고 흔들며 버튼을 누르라고 시키면 분홍은 하악질을 해 댔다. 하악질에 담긴 욕의 종류와 깊이가 사뭇 달랐다.

생식기에서부터 돌아가신 엄마 욕에 그 둘을 섞은 혼합본까지, 녀석은 자신이 할 수 있는 최고의 욕 조합을 뱉으며 분홍색 버튼을 거부했다. 그러나 고덕은 녀석이 가다랑어 맛 츄르에 약하다는 것을 알기에 어설프게 타협하지 않았다.

분홍이 분홍색 버튼을 누를 때까지 간식을 주지 않고 기다리면 결국 짜증을 내며 분홍색 버튼을, 더러운 똥을 만지듯 살짝 누른다.

"멍멍."

다른 소리는 고덕이 자신의 육성으로 녹음한 소리지만 '멍멍' 짖는 개 소리는 이 버튼을 선물한 조카가 직접 녹음한 것이었다.

여러 버튼을 눌러 보다가 멍멍 소리를 들었을 때 발작 버튼이 눌린 듯 천장으로 솟구쳐 오른 분홍의 모습을 보며 짓궂은 조카는 깔깔 웃어 댔다.

분홍이 멍멍 버튼을 누르는 모습은 고덕의 개인 계정에서 가장 인기 있는 동영상이었으며 조회 수와 '좋아요' 수도 높았다. 의도한 것은 아니었으나 대박이 난 아이템이 되었다.

그러나 보이는 것이 전부가 아니라는 것을 사람들은 몰랐다. 사람들은 이 영상이 분홍과 고덕이 시나리오를 짜고 철저히 준비해 연기한 영상이라는 사실은 알지 못했다. 게다가 고양이는 색약이라 빨간색, 주황색, 보라색의 구분이 힘들어 버튼 아래 숫자를 적어 놨다는 것도 몰랐다. 또한 고덕과 분홍이 이런 시시껄 렁한 동영상을 올려 사람들의 호기심을 자극하는 이유는 누군 가를 기다리기 때문임을.

"좀 더 강하게 싫은 티를 내 봐."

"최선을 다하고 있어."

"똥을 만지듯이 더러운 표정으로."

"안 그래도 개가 눈 똥이라고 생각하고 메소드 연기를 펼치고 있다고. 가장 혐오스러운 표정으로 혼신의 힘을 다해 싫어하는 척해 주고 있잖아. 내가 거시기 털을 그루밍하는 영상 조회 수를 뛰어넘은 걸 몰라서 이럴 거 같아? 인간들이 이런 일차원적 자극을 좋아한다는 건 너보다 내가 더 잘 알아."

이제 막 두 살이 된 길고양이 출신 분홍은 한 200년쯤은 산 듯한 독심술로 사람의 마음을 읽어 댔다. 고덕은 가끔 분홍이 이런 얘기를 할 때마다 농락당하는 쪽은 오히려 인간들이 아닌가 하는 합리적인 의심이 들곤 했다.

구독자들에게 고덕은 계정의 운영자이자 PD로만 알려졌을 뿐, 그가 경찰관이라는 사실은 드러내지 않았다. 영상에서도 그는 자기 얼굴과 실명을 노출한 적이 없었다.

그저 재주 많은 고양이를 키우는 집사로 자신과 분홍의 일상을 올리면 많은 구독자에게서 제보가 왔다.

자기 고양이도 비슷한 특징을 가지고 있다든가, 특별한 사연이 있다든가. 고덕은 개중에 특이한 사연을 가진 반려묘의 가정을 방문하는 동영상을 제작하기도 했는데 가장 반기는 이야기는 '고양이의 보은과 복수'였다. 고양이가 자신의 능력치를 최대로 발휘하는 데 그만한 동기부여가 없기 때문이다. 고양이가 액체처럼 움직이는 걸 '액체설'이라 부른다든지 이상한 자세로 집 안 곳곳을 다니거나 사람 말을 흉내 내서 '외계인설'로 불리는 것은 잘 알려진 이 능력들에 대한 가설들이다. 고양이가 입 한번 뻥긋하지 않고 골골송을 부르는 걸 두고 혹자는 복화술을 하는 것이라고 얘기하기도 했다.

고덕과 분홍이 원한 것은 고양이의 이런 괴이한 행동들이었는데 사람들이 제보하는 것은 고양이를 키우는 특별난 집사에 관한 것이 압도적이었다.

한 일본 남자는 오랫동안 동거해 온 자신의 고양이 '네코 짱'과 백년해로를 약속하며 결혼식을 올려 전 세계의 해외 토픽 뉴스가 되었다. 그는 사랑하는 네코 짱과 함께 신혼부부의 성지 발리로 신혼여행을 떠날 계획이며 그곳에서 첫날밤을 치를 거라는 다소 엽기적인 이야기를 전했다.

몸에 고양이 캐릭터인 '키티'를 문신한 것은 약과였고, 심지어 자신의 영혼은 고양이라며 고양이처럼 얼굴을 성형한 사람도 있었다.

좀 더 약하게는 집 전체를 고양이들의 주거 공간으로 내주고 자신은 드레스룸에서 잠을 잔다는 사람, 고양이와 함께 살기 위해 수년째 알레르기약을 장기 복용 중인 사람도 있었다. 물론 고덕이 잘 아는 사람 중에 고양이들의 먹거리와 잠자리에 온 집안 재산을 탕진하느라 이혼당한 아주머니도 있었고.

이들의 다양하고 열렬한 고양이 사랑은 고양이를 키우지 않는 다른 사람들 눈에는 과하게 선을 넘은 것으로 보였다.

그러나 보통 사람들은 고양이들이 숨긴 진짜 능력을 모른다.

예부터 전설처럼 내려오는 고양이의 아홉 목숨에 대해서는 들은 적이 있어도 그 목숨마다 깃든 아홉 가지의 능력은 알지 못했다. 그것은 선사의 비기처럼 대를 거쳐 내려오는 것이 아니라 고양이들의 생명을 통해서만 전해지는 특별한 능력이기 때문이다.

인간의 영역이 아니고, 안다고 해도 감히 넘볼 수 없는 고양이의 세계였기에 그들의 아홉 가지 능력과 그 아홉 가지 능력을 모두 갖춘 백 년 고양이의 존재에 대해서도 감히 상상할 수조차 없었다.

고대 이집트에서는 태양신 '라'가 지하 세계를 방문할 때마다 고양이로 모습을 바꾼다고 믿었다. 라가 여덟 명의 다른 신을 낳았고, 고양이의 모습을 한 신이 아홉 개의 목숨을 가지고 있다고도 생각했다.

아홉 개의 목숨마다 태양신의 능력이 깃들어, 이 지구상에서 가장 오묘하고 독창적인 동물인 고양이로 이어졌다는 게 전설로 남았다.

윤회를 거듭하는 고양이는 회차마다 강력한 능력을 발휘하는데 거꾸로 최대치의 능력을 확인하면 고양이의 윤회 차를 알 수 있기도 했다. 고차의 고양이일수록 자신의 능력치를 숨기고자 하는 것도 바로 이 이유에서였다.

인간 세계의 '플렉스'가 고양이 세계에 없는 이유는 겸손 때문이 아니라 그 능력에 대한 막대한 책임임을 알기에.

바로 그런 이유로 분홍과 고덕이 메소드 연기를 펼치며 집사들의 제보를 받는 것이었다. 타이틀은 '고양이의 보은과 복수', 그 속내는 '고양이의 환생 회차 추적'에 있었다.

고덕은 실재하는 백 년 고양이를 찾기 위해 오늘도 댓글과 제보를 추리는 데 열심이었다.

가까이 지낸 가족이라면 눈치채게 되는 고양이의 능력에는 이 회차의 비밀이 숨겨져 있다.

수많은 사연 가운데 '늙은 고양이의 보은'이란 제목으로 제보를 한 집의 고양이 사연은 조금 오묘했다. 겉으로 봐선 특이할 게 없는 이야기였지만 분홍은 한사코 그 집을 가야 한다고 주장했다.

고덕의 눈에는 그저 늙은 고양이의 예민함으로 보였으나 분홍은 그 고양이의 능력치를 확인해야 한다고 고집을 꺾지 않았다.

인터뷰를 하기로 한 곳은 장성한 딸 둘을 포함해 부부까지 네 식구가 사는 집이었다. 의뢰한 막내딸 말로는 그들의 고양이는 자신이 초등학생 때부터 키운, 집안의 막둥이 대접을 받던 고양이였다고 했다.

그러나 방문한 집 어디에도 고양이의 모습이 보이지 않았다. 낯선 방문객의 등장에 몸을 숨기는 일은 흔히 있는 터라 고덕은 개의치 않았다.

"고양이 종류가 뭐죠?"

"코리안쇼트헤어요. 검은색 흰색 턱시도고요."

고덕의 카메라는 줌아웃 되어 거실에 걸린 가족사진 속 고양이에게로 향했다. 가족들이 말한 대로 등은 검은색 털로 덮이고 배와 앞발만 흰색인 전형적인 턱시도 고양이였다.

"어떻게 만나셨습니까?"

"저희 시골 할아버지 댁에 큰 비닐하우스가 있는데 어미 고양이가 거기에 찾아와서 새끼를 낳았대요. 어미랑 다른 새끼들은 다

떠났는데 저희 봉봉이만 남았어요. 그래서 데려다 키우게 되었고
요."

고덕은 휴대 전화에 적어 온 다음 세부 사항을 확인하며 본격
적인 질문을 던졌다.

"키우는 동안 이 아이가 남다른 능력을 가졌다고 느끼신 일이
많았나요?"

"능력이요? 무슨 능력이요?"

"뭐, 다른 고양이랑 다르다든가. 예를 들면 갑자기 뭔가를 본
것처럼 놀란다든가."

"아뇨, 전혀요. 10년 넘게 키우면서 그런 일은 없었어요. 그냥
애교 많고 평범한 집고양이처럼 얌전하게 자랐는데."

"최근 사진을 볼 수 있을까요?"

동생은 언니를 바라보다 머뭇거리며 휴대 전화에 저장된 사진
몇 장을 보여 줬다. 늙어 까칠한 털과 뿌옇게 변한 눈으로 짐작건
대 열 살은 족히 넘었을 노묘였다. 대부분의 사진은 막내딸이 아
닌 언니와 함께 찍은 사진이었다. 봉봉이의 제 1집사가 누구인지
짐작이 갔다.

"저희 봉봉이는 낯을 많이 가려서 집에 사람이 오면 숨기 바쁜
아이였어요. 나이 들고 눈도 안 좋아지고 관절도 안 좋아서 자기
자리에 틀어박혀 있기 일쑤였어요. 어렸을 때야 여기저기 사고

치고 다녔지만 나이 들어서는 사람한테 발톱 한번 세운 적이 없었는데."

동생이 동의를 구하듯 옆에 앉은 언니의 얼굴을 바라봤다. 언니가 가만히 고개를 끄덕이자 동생은 마음을 다잡은 듯 다음 이야기를 이어 갔다.

"두 달 전쯤 언니가 결혼할 사람을 집에 데려온 적이 있었어요. 번듯한 회사에 번듯한 집까지, 뭐 자기 말로는 부모님과 누나들은 다 미국에 살아서 시댁 트러블 겪을 일도 없다고, 말이 아주 청산유수예요. 아, 그 새끼. 시댁 트러블이란 단어 쓸 때 알아봤어야 했는데."

여동생이 분을 참지 못하고 격노하자 당사자인 언니가 여동생의 손을 꼭 잡았다.

"죄송해요. 그때 생각만 하면 지금도 피가 거꾸로 솟구쳐서……."

"괜찮습니다. 말씀 계속하세요."

"우리 가족이야 다 속았죠. 아니, 사람은 다 속았어요. 봉봉이만 빼고. 늙은 봉봉이만 그놈이 누구인지 알아본 거예요. 심지어 그놈은 우리 가족이 모두 고양이를 좋아한다는 걸 알고 캣타워에 간식까지 사 들고 왔어요. 언니를 만난 것도 자기도 고양이를 키웠다고 친한 척 접근하면서 사귀게 된 거였죠. 근데 숨어 있던 봉봉이가 갑자기 달려들어서 그 새끼 얼굴을 할퀴고 물어뜯는데 아주 순식간에 사람 하나를 잡을 뻔했다니까요. 온 가족이 다 달려들어서 봉봉이를 말리는데도 소용이 없었어요. 봉봉이는 걸을 힘도 없는 애였는데 그날은 온 거실을 점프하고 날아다니고 장난이 아니었어요."

그 대목에서 고덕도 숨을 죽이고 이야기에 빨려 들어갔다.

"그때 그놈 본모습이 나오더라고요. 이 고양이 새끼 죽여 버리겠다고 눈이 돌아가는데, 조금 전까지 사람 좋던 모습은 온데간데없고 완전히 딴사람 같았어요. 저희 어머니가 말리는데도 사람을 해코지하는 고양이는 꼭 안락사시켜야 한다고 입에 거품을 물더니 만약 집에 아기라도 있으면 어쩔 거냐고, 하씨! 저 혼자 김칫국을 마시더니 자기가 아는 동물병원 의사한테 전화하겠다고 휴대 전화를 꺼내는 거예요. 그때까지 저희 아버지는 말 한마디 없이 잠자코 계셨는데 갑자기 '이 새끼가 감히 누구한테!' 하고 소리치시는 거예요. 점잖은 우리 아버지가 그렇게 소리치시는 거 처음 봤어요. 막내딸을 안락사시키겠다고 말하는 인간과는 그 어떤 연도 맺을 수 없으니 왔던 길로 돌아가라고 말하니까 그놈이 씩씩거리면서 나갔죠."

차마 말할 수 없었지만 고덕은 봉봉이가 왜 그런 행동을 했는지 짐작이 갔다. 봉봉이는 눈으로 죄를 보는 세 번째 능력을 갖춘 고양이였으리라 짐작되었다.

"언니가 빌려준 돈이 있어서 돈을 받으려고 회사를 찾아갔다가 이놈의 과거 전적을 알게 된 거예요. 이놈이 한 번 결혼했던 놈이고 그 사실을 언니한테 숨겼던 거죠. 그것도 전 와이프가 죽었는데 그 정황이 석연치 않아서 보험금 지급을 두고 보험회사랑 법정 소송 중이었고요. 그 와이프가 사망한 게 필리핀 어느 섬이라고 했는데 무슨 보트 타다가 물에 빠졌던 것만 알지 어떻게 죽었는지는 아무도 모른대요. 현지 경찰도 시체 수습만 해 줬고 그놈 말 외에는 어떤 증거도 없는 거였죠."

잠자코 듣고만 있던 언니의 시선이 멈춘 곳에 봉봉이의 사진이 있었다. 그 이후 어떤 일이 벌어졌을지 짐작이 갔지만 또 한 번 물었다.

"봉봉이는 지금 어디에 있습니까?"

"그놈 그렇게 쫓아내고 일주일도 안 돼서 무지개다리 건넜어요. 저희는 그때 봉봉이가 언니 구해 주려고 병든 몸 생각 안 하고 무리하다가 일찍 간 거라고 믿어요. 봉봉이는 언니 품 안에서 편안하게 떠났거든요. 자기가 가장 좋아하는 집사 품 안에서 떠났으니 행복했을 거예요."

모든 얘기를 아무 말 없이 듣고만 있던 당사자가 마침내 입을 열었다.

"봉봉이는 우리를 집사가 아니라 가족이라고 여겼을 거야."

그때 고덕의 점퍼로 덮인 아랫도리 쪽이 꿈틀거렸다.

고덕은 흠흠 헛기침하며 앉은 자세를 고쳐 앉았지만 바지와 맞닿은 점퍼가 툭 불거져 나왔다. 거실에 있던 가족은 못 볼 걸 본 것처럼 무안해하는 얼굴이었다. 불끈불끈 움직이며 한참 동안 오해를 불러일으키다 점퍼 아래에서 쑥 삐져나온 것은 이제 겨우 한 달 반 된 새끼 고양이였다. 모두의 시선이 고덕의 다리에 집중되었다. 갑작스레 등장한 새끼 고양이에 그들은 말문이 막힌 채 놀란 얼굴이었다.

고덕은 머리를 긁적이며 사람들에게 사과했다.

"죄송합니다. 아침에 맡아 주기로 하신 분이 못 오셔서 어쩔 수 없이……."

"아, 아니에요."

"아직 너무 어려서 제가 잠시 임시보호 중입니다. 얘가 분리불안 때문에 계속 우는 데다 오늘 예방접종을 해야 하는 날이라 이렇게 데리고 오게 되었어요. 죄송합니다. 미리 말씀을 드렸어야 했는데." 라고 분홍이 써 준 대사를 읊었다.

불과 하루 전, 분홍은 갑자기 유기묘 보호소에 가야 한다고 주장했다. 그곳에서 임보 중인 새끼 고양이 여러 마리를 둘러보다가 이 턱시도 고양이 앞에 멈춰 서서 말했다.

"너로 정했다."

"뭘 정해?"

"얘 말이야. 얘가 생긴 게 참 사연 많게도 생겼네. 만날 자기 형제들에게 밀려서 엄마 젖 한번 제대로 못 먹고 비실대다가 떨어진 애거든. 얘 여기 두고 가면 오늘도 배 쫄쫄 곯다가 자원봉사자들 오는 시간에나 우유 한번 빨 거야."

"그래서?"

"당신이 데리고 가야지."

"내일 촬영하러 간다고 말했잖아."

"그러니까 얘 데리고 가라고. 아직 새끼라 품 안에 넣어 두면 얌전히 잠만 잘 거야. 얘 지금 몸무게 달아 봐."

"왜?"

"6주 정도 된 것 같은데 600그램 넘으면 접종시킬 수 있으니까 데리고 간 김에 예방접종도 하고."

"일하러 가는데 무슨 고양이를 데리고 가."

"고양이 사건 인터뷰하러 가는 거잖아. 마침 그 사람들도 고양이를 키우던 사람들이고."

"말이 되는 소리를 해. 안 돼."

"그 사람들은 턱시도 새끼 고양이 보면 얼어붙을걸? 그 가족 모두에게 검정, 하얀색 고양이는 정지 버튼이거든."

"그건 또 무슨 뚱딴지같은 소리야."

"내가 좀 알아본 게 있어서 그래. 끝순이 얘는 다른 형제들 다 입양 가도 워낙 비실대서 제일 끝에 겨우 한 자리 얻어서 갈 애 란 말이야. 그러니까 덕 쌓는다고 생각하고 애 좀 데리고 가서 비 벼 봐."

고덕은 할 말을 잃었다. 무슨 영업 사원처럼 새끼 고양이 입양 을 주선하라니.

"지금 가는 집은 고양이계의 록펠러 가문이란 말이야. 가자마 자 입에 금수저가 물리는 비단길 묘생이란 뜻이지. 그러니까 애 데리고 가. 품에 잘 숨겨서."

분홍의 예언 그대로였다.

턱시도 고양이 '끝순이'의 흑백 신호에 정지되었던 가족들이 무언가에 홀린 듯 고덕의 앞으로 바투 다가왔다. 그들은 조심스 레 자기 손을 고양이에게 내밀었다.

새끼 고양이는 사람에 대한 경계심 없이 그들의 냄새를 맡고 손을 핥았다. 고덕이 품 안에서 온전히 고양이를 꺼내자 두 딸은 숫제 입을 틀어막고 놀라움을 감추지 못했다. 새끼 고양이의 털 색깔 배합과 배에 그려진 얼룩이 봉봉이의 그것과 너무나 흡사

했기 때문이다. 특히 한쪽 발에만 있는 하얀 양말은 죽은 봉봉이와 비슷해 복제 고양이라 생각해도 무방할 정도였다.

봉봉이의 예전 사진을 보지 않았다면 이들의 표정을 이해할 수 없었겠지만 이 모든 일도 분홍이 짜 놓은 시나리오이니 한 치의 어긋남도 없이 들어맞을 것이 분명했다.

작은딸이 새끼 고양이를 안자 고양이가 가느다란 목소리로 냐옹— 하고 울었고 그 소리는 가족들에게 기쁨과 슬픔이 뒤엉킨 옛 기억을 떠올리게 했다. 자신의 목숨을 구해 주고 죽은 봉봉이를 떠올린 언니는 숫제 얼굴을 묻고 통곡 중이었고 다른 가족들도 연신 눈물을 닦아 댔다.

멀리서 지켜보던 아버지에게 마지막으로 새끼 고양이가 건네졌을 때 그는 손사래를 치며 새끼 고양이를 거부했다. 가족 모두가 애틋하다 했지만 또다시 같은 슬픔을 겪고 싶지 않다는 그의 마음도 이해되었다.

그러나 분홍이 당부한 대로 고덕은 지켜야 할 선을 기억했다. 멀리서 지켜보다 다가가 다시 새끼 고양이를 안아 품 안에 넣었다. 그제야 가족들은 아쉽고 애틋한 마음이 들었는지 고덕에게 통사정하며 매달렸다.

"저, PD님. 그 고양이 임보 중이라고 하셨죠? 그럼 아직 입양 갈 곳이 정해진 게 아니네요."

그들은 모두 한마음으로 새끼 고양이를 봉봉이의 환생쯤으로 생각하고 있었다.

"혹시 PD님이 키우실 생각이신가요?"

"아뇨, 저는 다른 고양이를 키우고 있어서 더는 무리입니다."

그 말에 가족들 눈에 일순간 생기가 돌며 들뜬 표정이 되었다.

"그럼 저희가 키울게요. 키우게 해 주세요. 안 그래도 이제 다른 고양이 키우는 걸 봉봉이가 허락해 주지 않을까, 그 얘기를 하던 참이었어요."

"정말 얘는 떠난 봉봉이랑 너무 닮았어요. 봉봉이가 다시 저희에게 온 것 같아요."

그러나 고덕은 고개를 내저으며 말했다.

"죄송하지만 그건 안 됩니다. 그냥 키우라고 내어 줄 수 있는 물건이 아니고 생명이라, 입양하실 때는 신중하셔야 합니다. 단순히 외모가 닮았다고 키우시기엔 이 아이는 너무 어리고 다른 기질을 가지고 있을 가능성이 큽니다. 가족분들 마음은 짐작하지만 좀 더 상의를 거치시고 심사숙고하신 뒤에 결정하세요."

"기다리다가 얘를 다른 사람이 데려가면 어떡해요? 얘가 다른 사람에게 가면요."

"일에는 절차가 있습니다. 누군가를 가족으로 들이고 싶다면 그 번거롭고 불편한 과정을 지켜 주셔야 합니다. 이 아이는 탄천

유기묘 보호소 소속입니다. 만약 원하시면 그곳을 방문해 정식 입양 절차를 밟으시면 됩니다."

고덕이 인터뷰 자료를 챙기고 냉정하게 일어서자 가족들의 얼굴에 실망감이 엇비쳤다. 그러나 동시에 흥분했던 그들의 마음은 차분히 가라앉았다.

가족들이 머리를 맞대고 이야기를 나누는 동안 고덕은 분홍의 조언을 상기했다.

'남녀의 사랑이 절절한 로맨스가 되게 하려면 둘을 열렬히 찢어 놓으면 돼. 그러면 서로를 향한 뭉근한 사랑이 아궁이 속 불길처럼 열렬히 타오르게 되거든.'

무엇보다 집안에 고양이를 들이는 걸 반대하는 사람이 있는 것이 고덕을 냉정하게 만든 다른 이유가 되었다.

아버지의 반대는 예상 밖이었지만, 한번 키워 봤다고 키우다 보면 나중에 좋아질 거라는 얘기도 모든 사람에게 통용되는 진리는 아니었다.

고덕이 그들에게 마지막 인사를 건네고 집 밖으로 나와 엘리베이터를 타는데 그 옆에 어느샌가 외출용 양복으로 갈아입은 아버지가 함께 올랐다. 뒤늦게 그를 발견한 둘째 딸이 의아한 표정으로 물었다.

"아빠, 오늘 회사 쉰다며?"

아버지는 아무 말 없이 엘리베이터의 닫힘 버튼을 꾹 눌렀다. 영문을 몰라 당황스러운 쪽은 고덕이었다. 잠시 어색한 침묵 뒤 아버지가 물었다.

"걔는 여자아이입니까, 남자아이입니까."

"얘는……."

분홍이 끝순이라고 불렀지만 암컷인지 수컷인지 확실히 알려 주지는 않았기에 고덕은 새끼 고양이를 품에서 꺼내 잠시 아랫도리 검사를 했다. 정작 성별을 물어본 아버지는 고양이 쪽으로 고개도 돌리지 않았다.

"아, 남자아이네요."

망할 수컷 분홍 고양이 같으니. 죽은 봉봉이가 암컷이었다는 걸 알고 끝순이란 여자 이름으로 사기를 치려고 했네.

"역시 남자아이였군요."

먼저 물어본 사람치곤 반응이 시원찮았다. 혹시 죽은 봉봉이 가 암컷이어서 다르다고 선을 긋는 걸까 하는 생각이 들었지만 그는 더 묻지는 않았다.

"혹시 오늘 출근하시는 날인데 일부러 저희 인터뷰에……."

"아닙니다. 오늘은 하루 연차를 썼고 중요한 자리에 가는 길이 라 갖춰 입어야 해서."

엘리베이터가 도착하자 아버지는 먼저 내려서 고덕이 카메라 가방을 내릴 수 있게 도와주고 차까지 옮겨 주었다. 고덕이 짐 정리를 마치고 차에 오르려는 순간 그가 말했다.

"아까 제 가족이 무례하게 행동했던 것 사과드리겠습니다."

"아닙니다. 저도 이해합니다."

그는 잠시 손목시계를 들어다보고 다시 말을 이었다.

"저는 유기묘 보호소에 먼저 가서 서류 작성하고 기다리겠습니다. 아까 하신 말씀처럼 원칙대로 절차 밟아서 끝순이를 입양하도록 할 테니 PD님은 천천히 병원 들렀다가 안전 운전 해서 오십시오."

예기치 못한 대답에 잠시 할 말을 잃었다. 하지만 그는 진중하고 확고한 태도였다.

어쩌면 처음부터 그는 끝순이가 암컷이든 수컷이든 전혀 상관이 없지 않았을까.

고덕의 차 안에서 모든 광경을 지켜보고 있던 분홍이 기지개를 켜며 한마디를 보냈다.

"이야— 꼬맹이 드디어 고씨 가문 36대 고양이로 들어가는구나. 축하한다."

그 소리에 고양이가 니야—앙 기쁜 목소리로 화답했다.

집안 대대로 36대손 고양이라니. 분홍이 녀석이 록펠러 가문이라고 한 이유가 이것인가.

"아, 다른 고양이도 데리고 오셨군요. 같이 올라오셨어도 됐는데."

"아닙니다. 얘는 다른 집에 가는 걸 좋아하지 않아서요."

그 말에 화답하듯 분홍이 야옹— 하고 아버지를 향해 울었다. 실상 그 말은 '고양이 초상 치르고 츄르 하나 남아 있지 않은데 내가 왜 가나'였지만 그는 알 길이 없었다.

그는 고덕이 부탁하지도 않았건만 차의 뒷좌석에 있던 케이지를 앞좌석으로 옮겨 주었다.

"케이지를 가져오셨군요. 세심하시네요."

고덕이 케이지를 열고 그 안에 수건을 까는 사이 아버지는 새끼 고양이를 조심스레 안아 어르고 있었다. 새끼 고양이가 케이지 안에 들어가기 전 자신의 집사가 될 그를 향해 냐앙— 가는 목소리로 울었다.

'아빠.'

고덕은 새끼 고양이가 아버지를 자기 가족으로 받아들이는 역사적인 순간을 당사자가 듣지 못하는 것이 안타까웠다. 그러나 그가 누구보다 사랑과 진심으로 이 새끼 고양이를 키우리라는 것을 확신할 수 있었다.

고덕은 그의 차가 빠른 속도로 주차장을 빠져나가 유기묘 보호소를 향하는 것을 홀린 듯 바라보았다. 그리고 이 모든 판을 짠 분홍에게 물었다.

"어이, 분홍이! 너는 나랑 점집이나 하자. 이렇게 될 걸 어떻게 안 거야?"

"뭘 알아. 목적어가 없잖아."

"너는 저 사람이 이 새끼 고양이를 입양하는 데 팔 걷어붙이고 앞장설 거라는 걸 어떻게 안 거냐고."

"나? 나는 아무 말도 안 했는데."

"내 차에 고양이 케이지 넣어 둔 것도 너고, 이 새끼 고양이를 선택한 것도 너잖아. 심지어 인터뷰 자리에 데리고 나가라고 판을 깐 것도 너고. 자꾸 발뺌할래? 너 과거를 보는 눈, 그거 있지?"

"웃기시네. 그게 있다고 한들 미래가 보이냐. 어떤 능력이 있든 넌 내 목숨 내놓으라고 할 거고, 그런 게 있었으면 진작에 너한테서 내빼지 붙잡혀서 이러고 살겠냐."

"그럼 뭔데?"

"그냥 새끼 고양이가 부탁한 대로 한 거야."

"뭐, 얘?"

고덕이 물끄러미 케이지 안의 새끼 고양이를 바라봤다.

"너도 나한테 비밀 있냐, 꼬맹이."

새끼 고양이는 길게 하품하고 고개를 돌린 채 잠을 청했다. 고덕은 정말 궁금했다. 새끼 고양이는 분홍에게 무슨 부탁을 한 걸까. 저 집과 무슨 사연이 있다고……

문득 전광석화와 같은 깨달음이 스쳤다.

'아, 이런 바보 같긴.'

그것은 가족들이 모두 이 새끼 고양이를 보자마자 알아차릴 수 있었지만 고덕만 몰랐던 이유이기도 했다.

"설마……. 말도 안 돼. 그런 일은 하늘에서 떨어진 실이 바늘 귀에 들어갈 확률이라며. 다시 같은 모습으로 같은 곳에서 태어나는 건 남은 목숨을 다 버려야 하는 일이고, 고양이한테는 그런 거 없다며."

"그러게 말이야. 너무나 절절한 사랑이 잊히지 않고 지속되면 가능하기도 한가 봐."

"그렇다고 이렇게까지……."

분홍은 뭔가 할 말이 많은 표정을 숨기고 고덕을 외면하며 말했다.

"그래. 죽을힘을 다해 다시 자기 가족에게 돌아가고 싶었던 거지. 똑같은 모습으로, 자기 남은 목숨을 다 버려서라도. 사랑이란 게 버려지는 껌 종이처럼 한때 소중한 것을 감싸는 마음인데도 말이야."

정작 껌 종이를 입에 올린 당사자의 표정은 우울하기 그지없으면서.

끝순이라 불린 녀석의 사랑이 무엇이기에 이렇게까지 지고지

순한지 이해되지 않았다. 만약 큰딸이 데려온 예비 신랑의 죄를 보는 눈이 있었다면 이 녀석의 남은 목숨은 최소한 대여섯 개일 텐데 그 회차를 다 버리면서까지 이 가족에게 돌아갈 선택을 한 것이라니.

그 속을 들여다볼 수도, 예측할 수도 없는 고양이란 동물. 이 새끼 고양이가 끝까지 숨긴 마음의 깊이가 인간인 고덕은 짐작조차되지 않았다.

고덕의
이중생활

집으로 돌아와 촬영한 영상을 편집하던 고덕은 업로드할 만한 자료를 모으고 자막을 넣기 시작했다. '전생의 가족에게 돌아가기 위해 희생한 봉봉이의 환생'이라고 쓴 문장에서 한참 머무르던 그는 백스페이스 버튼을 눌러 제목 전체를 지웠다.

　'턱시도 고양이에게 끌린 가족의 기막힌 이야기'라고 고쳐 쓰고 그와 봉봉이, 분홍만 알고 있는 비밀은 함구하기로 했다.

　천 년 집사라는 계정을 만들고 놀라운 능력을 지닌 전국의 고양이를 찾아다니는 것은 비단 백 년 고양이를 찾기 위함 때문만은 아니었다. 사실 고덕 역시 그 가족이 애타게 그리워하던 봉봉이처럼 간절히 찾고 싶은 고양이가 한 마리 있었다.

　그는 그 새끼 고양이가 대한민국 어딘가에서 다시 태어나 고양이의 삶을 살고 있음을 안다. 과거를 기억하고 고덕과의 인연을 잊지 않은 채로.

그 얼굴을 잊지 않기 위해 고덕은 1초라도 눈이 머무르는 곳마다 고양이 사진을 두었다. 휴대 전화도, 노트북도 눈길이 머무는 곳은 온통 그 새끼 고양이 사진으로 도배되어 있었다. 녀석은 돌아가신 엄마가 데리고 있던 마지막 고양이였다.

물론 녀석이 이 모습 그대로 태어날 리 없다는 걸 잘 알고 있었지만 계속 눈에 담아 두고 싶었다.

고양이라면 칠색팔색을 하며 거부하던 고덕에게 달려들어 마치 오랫동안 못 보던 사람을 만난 것처럼 반가워하던 아이였다. 무슨 이끌림이었는지 그 역시 가만히 그 고양이를 안아 주었다. 만약 고양이 말을 하는 지금의 능력이 그때도 있었다면 그 새끼 고양이와 자신의 과거를 알 수 있었을까.

앞으로 일어날 그 끔찍한 일들에 대해 한마디라도 말해 줄 수 있었을까.

고덕은 자꾸만 후회되었다.

아무것도 바꿀 수 없음을 알지만 다시 그날로 되돌아갈 수 있다면 얼마나 좋을까. 곱씹고 다시 생각하고 또다시 후회했다. 고덕의 시선이 새끼 고양이 사진에 고정될 때면 분홍은 마치 다른 사람에게 한눈을 파는 애인을 보는 듯 경멸의 눈빛으로 물었다.

"또 그놈의 새끼 고양이를 보고 있네?"

"찾으려면 별수 있나."

"아주 견우와 직녀 나셨어. 내가 미리 말했지만 난 한집에서 다른 고양이랑 못 살아."

"여기가 네 집이냐?"

"여긴 내 영역이고 당신은 내 집사지 내 주인이 아니야. 고양이든 쥐새끼든 숨 쉬는 걸 데리고 올 때는 내 허락을 받아야 한다고. 인간이 주장하는 돈을 내고 샀으니 내 집이라는 말 따위는 돈이라는 개념이 없는 우리에게는 통하지 않아. 우리는 자기 체취 묻히고 살고 있으면 자기 영역이야."

기가 차다 못해 말문이 막혔다. 이 뻔뻔함이 고양이의 특징이라는 것을 알면서도 분홍은 그 정도가 다른 고양이보다 더했으면 더했지 덜하지 않았다.

"그 논리라면 내 영역에 네가 들어온 거잖아!"

"네가 키우겠다고 했잖아!"

둘의 말싸움은 논리를 벗어나 감정적으로 치달았다.

"키우겠다고 약속하고 널 데리고 온 건 맞지만, 내 집에 누굴 들이든 말든 네가 무슨 상관이야."

"누구든 데려오기만 해 봐. 털이란 털은 다 쥐어뜯어 놓고 관절이란 관절은 다 꺾어 놓을 테니까."

그때 그 예쁜 새끼의 모습일 때 마음이 약해지지 않았어야 했는데.

분노에 휩싸여 몸을 부르르 떨며 털을 곧추세우는 5킬로그램 짜리 고양이를 보고 있자니 앞날이 막막했다.

"그래도 백 년 고양이를 찾으면 데려와야지."

"흥! 백 년이든 백 놈이든 내가 싫으면 안 돼. 나보다 1센티미터 라도 더 커도 더 나이 있어도 안 돼. 고양이 닮은 파피용 같은 개도, 앙고라같이 가는 털이 꽃가루처럼 날리는 놈들도 안 돼. 쭈글 쭈글한 스핑크스도 안 돼. 그놈은 불쌍해서 보기 싫어. 근친 교배로 만들어 낸 먼치킨도 안 돼."

"새끼 때는 천사 같더니 좀 크고 나니 조폭이 따로 없어."

분홍은 이빨을 드러내며 눈을 세로로 길게 떴다.

그날 밤 고덕은 숨이 막혀 잠에서 깼다. 눈을 떴더니 제 온 얼굴을 뒤덮고 있는 것이 분홍의 몸이라는 것을 알았다. 분홍은 작심을 한 듯 고덕의 코와 입을 몸으로 틀어막았다.

어제 벌였던 설전을 하루가 가기 전에 되갚아 주는 나름의 복수였다.

분홍은 틈이 날 때마다 고덕에게 말했다.

"새끼 고양이 찾지 마. 미련 버려. 넌 돌아가신 네 엄마 복수를 위해서라고 생각하지만 사실 그 새끼 고양이가 제 복수하는 데 말로 쓰는 존재일 뿐이야."

"인간은 그걸 공조라고 불러. 같은 목표물인 범인을 잡는 거."

"그놈을 잡을 생각을 한다고? 순진하네. 일단 그놈의 정체가 밝혀지면 새끼 고양이뿐만 아니라 정 여사의 밥을 얻어먹던 이 세계의 수많은 고양이가 그놈을 갈기갈기 찢어 죽일 거야. 네 손에 들어올 뼛조각 하나 남김없이 고양이들이 가루로 부셔서 지옥으로 보내 버릴 거라고."

"어쨌든 그놈을 잡기 위해 새끼 고양이를 만나고, 백 년 고양이를 찾게 되면 내가 아홉 가지 고양이 능력치를 얻게 될 거라며."

"모든 일에는 빛과 그림자가 있어. 네가 그 대단한 빛을 얻었을 때 필연적으로 가지게 될 그림자의 어둠을 생각하라고."

"……좋은 거 아닌가?"

분홍은 숫제 혀를 차는 골골송을 부르는 중이었다.

"넌 쥐약을 먹은 쥐처럼 후회하게 될 거야. 트랩에 갇혀 죽거나 고양이에게 잡혀 한 입 거리로 죽으면 후회할 시간 없이 생이 마감되지만 쥐약이란 건 그렇게 자비롭지 않지. 아주 오랜 시간 동안 고통을 느끼며 자기 행동을 후회하게 만들지. 지금 네 눈앞에 놓여 있는 여덟 개의 능력은 그 쥐약 같은 존재들이야. 겉으로는 달콤해 보여도 그 안에 해독할 수 없는 독이 들어 있다고."

심오한 이야기를 끝낸 분홍은 모래통 안에 대변을 보고 누가 볼세라 얼른 앞발로 모래에 파묻더니 변이 묻은 앞발을 벽에 비벼 댔다. 역겨운 표정을 지으며 연신 발에 묻은 똥을 닦는 모습이 세상 예민한 새침데기처럼 보였다.

"이봐, 집사. 모래가 너무 싸구려잖아. 변이 잘 뭉치지 않아서 앞발로 덮다가 묻은 게 한두 번이 아니야. 싸구려 말고 비싼 모래 좀 살 수 없어?"

"여긴 자기 영역이라던 게 누구더라? 인간 세계의 돈이라는 개념은 너에게는 없다지 않았나?"

"흥! 뒤끝 있으시네."

"넌 돈이라는 개념이 없는 게 아니라 그냥 개념이 없는 것 같은데? 돈도 없고."

논리로 대응할 수 있는 구멍이 막히자 분홍은 털썩 고덕의 발 앞에 쓰러지더니 배를 드러냈다. 그리고 제 몸을 이리저리 굴리며 앞발을 들어 공중 발차기를 했다. 굳이 말하자면 그건 분홍의 마지막 필살기였다.

"뭐 해?"

"애교."

"어울린다고 생각해?"

"나름. 급한 불 끄는 데 뒹굴뒹굴하는 것만 한 게 없지."

"졌다. 그만해."

"바꿔 줄 건가?"

"이번 포대만 다 쓰고."

"더 빨리는 안 돼?"

녀석이 다가와 고덕의 팔을 앞발로 누르며 꾹꾹이를 하기 시작했다. 꾹꾹이는 분홍에게도 나름 최상의 애교였다.

"그 정도 애교는 길냥이에게도 있어."

그 말에 분홍은 싸한 표정을 짓더니 구석진 자리로 가 목소리가 녹음된 버튼을 눌렀다. 분홍은 평상시에 그 버튼을 쓰는 걸 혐오했다. 고양이 말을 할 줄 아는 고덕을 두고 버튼을 눌러 의사소통한다는 것은 자존심이 상하는 일이라 말했다. 영상을 촬영하지 않을 때는 버튼 근처에도 가지 않던 분홍이 아니꼬운 표정으로 갈색 버튼을 눌렀다.

"놀아 줘."

고덕이 대꾸도 않자 연두색 버튼을 눌렀다.

"밥, 주, 세, 요."

조금의 반응도 보이지 않자 망설이듯 남색 버튼을 눌렀다.

"사, 랑, 해, 요."

고덕이 세차게 고개를 저으며 빨강 버튼을 가리키자 분홍은 앞발을 부르르 떨며 저항했다. 그러나 단호한 고덕의 표정에 이내 고개를 숙이고 체념한 듯 빨강 버튼을 꾹 눌렀다.

"주, 인, 님."

"뭐라고? 약하게 눌러서 잘 안 들리는데?"

고덕이 확실한 굳히기에 들어가자 분홍은 괴로운 듯 바닥을 한 바퀴 구르고 기어 와 버튼을 여러 번 눌렀다.

"주인님, 주인님, 주인님, 주인님!"

그 사이 고덕은 스마트폰으로 최고급 두부 모래 주문을 마친 터였다. 그 주문 화면을 분홍에게 보이자 분홍은 그의 손아귀에서 놀아났다는 사실에 분노하며 말했다.

"넌 개보다 더한 놈이야!"

말은 그렇게 하면서도 방금 싼 똥을 고덕이 모래에서 파내어 대변 봉투에 담는 걸 유심히도 지켜보는 분홍이었다. 분홍은 모래 화장실에 지난번 똥이 남아 있으면 들어가서 볼일을 보지 못하는 결벽증이 있었다.

조그만 것 하나에도 까칠하게 구는 녀석은 스트리트 묘생을 받아들일 수 없었을 것이다. 아마 제 성격 때문에 길 위의 삶이 몇 배나 힘들었을지도 모른다. 물로 목욕하기를 좋아하는 것도 고양이치곤 드문 일이었으니 깔끔한 분홍의 성격이라면 고양이 본능도 뛰어넘은 것이리라 짐작됐다.

고덕은 앞발에 묻은 똥을 집 안 이곳저곳에 닦고 다닐 분홍을 막기 위해 서둘러 분홍 전용 욕조에 따뜻한 물을 받았다. 분홍은 고덕이 무엇을 하려는지 다 알면서도 모르는 척 그루밍만 했다.

물 온도를 다 확인하고 녀석이 좋아하는 목욕 비누를 넣어 준다음에야 귀하신 몸을 호출했다.

"들어와."

"응? 난 해 달라고 한 적 없는데?"

"물 버릴까?"

"뭐, 집사가 그렇다면 어쩔 수 없네. 물에 똥 떠다니는 것 싫으니까 발부터 닦아 줘."

발바닥 젤리 사이에 묻은 똥을 경멸하듯 내미는 분홍을 보고 있자니 헛웃음이 나왔다. 참 이율배반적인 동물인데 그게 매력이랄까.

고덕은 정성스레 분홍의 발바닥 젤리와 털 사이에 묻은 똥을 닦아 주었다. 고덕이 발바닥 사이사이를 마사지해 주자 분홍이 그르렁그르렁 기분 좋을 때 내는 소리를 냈다.

눈을 살포시 감고 집사의 마사지를 받는 모습이 편안하고 행복해 보여서 보고 있는 고덕이 도리어 위로받는 느낌이었다.

"이봐, 아빠 집사."

"어릴 때처럼 아빠 집사라고 부르는 걸 보니 기분이 좋은 모양이네."

"보면 몰라. 골골송 소리가 절로 나오는 거. 그래서 말인데 만약 네가 다시 그 둘을 만난다면 넌 걔들을 알아볼 자신이 있어?"

"또 무슨 뚱딴지같은 소리를 하려고 이래. 둘은 누굴 말하는 거야?"

"지금 네가 가장 만나고 싶은 둘."

잠시 생각에 잠긴 고덕이 손을 뚝 멈췄다. 분홍은 고덕이 속으로 무엇을 떠올렸는지 다 알면서도 딴청을 피웠다. 고덕과 분홍은 서로에게 말하지 말아야 할 금기어를 피하는 듯 두 이름을 회피했다.

"……무슨 소리 하는지 모르겠는데."

"모르쇠로 나오면 섭섭한데. 난 아빠 집사가 너무 헤매고 있어서 반칙을 쓰려는 건데. 말해 줘선 안 되는 걸 말하는 반칙."

"너 자꾸 이상한 말하면 내 의심이 확신이 서. 네 능력치를 숨기고 나한테 붙어 있다는 확신."

"고양이 회차는 비밀 중의 비밀이야."

"메리와 줄무늬는 자랑스럽게 말하잖아."

"그 둘은 성격인 거고, 대다수 고양이는 그렇지 않아."

집고양이 출신인 메리와 줄무늬의 친화성 좋은 성격이 비밀이 없다는 걸 뜻하는 말이라면 절로 고개가 끄덕여지는 대목이었다.

"참고로 그 둘은 같은 날 만났어. 그 사건이 있기 얼마 전에."

분홍이 무슨 말을 하려는지 끝까지 듣기 위해 그는 굳게 입을 다문 채였다. 그러나 고양이의 매서운 눈을 속일 순 없었다. 게다가 자신의 능력치를 감추며 인간의 모든 것을 꿰뚫어 보고 있는 분홍이라면 더더욱.

"짐작하면서 끝끝내 내 입에서 그 이름이 나오게 만드네. 새끼 고양이를 처음 만난 날이자 그놈을 스친 날."

"······내가 누굴 스쳤다고?"

"아빠 집사가 가장 가슴 아파하는 생명을 죽인 놈을 봤지. 엄마를 찾아온 그날."

"몇 년 만에 이 집에 엄마를 찾아왔던 그날?"

분홍은 더 이상 아무 말도 하지 않았지만 분명 그의 말은 고덕이 알지 못했던 사건의 실마리를 던져 주었다.

"너 방금 그 말이 사실이야?"

분홍은 고개를 돌린 채 아무 말도 하지 않았다. 녀석이 과거의 일과 앞으로 일어날 일을 어디까지 내다보는지는 알 수 없지만 적어도 그날의 사건에 대해서는 일말의 거짓이 없다는 것을 알았다.

지금은 이유를 숨기고 있지만 녀석 또한 살인범을 싫어하는 다른 사연이 있어 보였다. 어쩌면 분홍은 고덕이 짐작한 것보다 그 이상의 능력을 숨기고 있을지도 모른다는 생각이 들었다. 고덕이 자기 능력을 올릴 때까지 기다려 주고 있지만 기다림이 너무나 길어져 이제 와 그 단편의 힌트를 주려는 것일지도.

무엇보다 중요한 것은 고덕이 그 살인범을 만났었다는 사실이다. 새끼 고양이를 처음 만난 날, 운명의 장난처럼 그 사이코패스를 만났다면.

도대체 그날 자신이 만났던 사람 중 살인범이 누구였는지 고덕은 좀처럼 갈피를 잡을 수 없었다. 고덕이 후회하고 또 후회하던 날은 어머니와 새끼 고양이가 그놈의 손에 죽던 바로 그날이었는데, 사건 이전에 살인마를 만난 적이 있었다는 말은 그 후회를 뛰어넘는 더 큰 일이었다. 어쩌면 단순히 스친 사이가 아니라 이야기를 나누고 친분이 있는 사이였다면.

여전히 가까운 곳에 그 살인마가 있을 수도 있다는 걸 인지한 순간, 짧았던 고덕의 평화가 깨졌다.

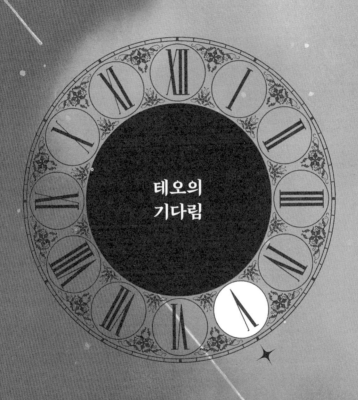

테오의
기다림

테오는 이불이 바스락거리는 소리를 듣고 형이 깨어났음을 알았다. 얼마 후 방문을 열고 거실로 나온 서준은 몽롱한 눈으로 테오를 바라봤다. 그러나 형이 먼저 말을 걸기 전까지 뒤돌아보지 않았다.

　"언제 일어났어?"

　"어? 일어났어?"

　테오는 몰랐다는 듯 천천히 고개를 돌리며 형을 쳐다봤다.

　"휴일인데 더 자지."

　"그냥 눈이 떠졌어."

　서준은 습관처럼 부엌으로 가 물 한 잔을 마시고 화장실로 향했다. 물 내리는 소리가 들린 뒤 세수까지 마치고 나온 서준은 칫솔질하며 소파에 앉았다. 치약 냄새와 숨 사이에 어제 마신 맥주 한 캔의 냄새가 배어 있었다. 양치질을 해도 속에서 우러나오는 알코올 냄새가 남는다는 걸 그는 영원히 모를 것이다. 프로폴리스 치약 냄새를 덧입어 농도가 달라질 뿐, 그가 어제 마신 맥주의 흔적은 쉽게 사라지지 않았다.

이게 테오가 사람을 마주친 순간, 그가 말하지 않은 많은 것을 알아차리는 이유기도 했다.

세수를 하고 잠을 덜어 낸 얼굴로 소파에 앉은 서준의 시선이 테오가 보고 있는 천 년 집사 동영상으로 옮겨 갔다. 그는 테오가 수첩에 꼼꼼하게 날짜와 세부 내용을 기록하며 줄을 긋는 모습을 보고 물었다.

"봤던 걸 또 보는 거야?"

"놓친 말이 있는지 기록하는 거야."

"그 고양이들이 하는 말인 거지?"

"응."

"집사는 과묵한데 고양이들이 수다쟁이인가 보네."

서준은 테오의 노트에 빼곡하게 적혀 가는 글자를 바라보았다. 새삼 고양이의 말을 알아듣는 테오의 능력이 놀라웠다. 테오가 적은 문장은 단순히 놀랍다는 말로는 설명할 수 없는, 그 이상의 이야기였다.

'악, 극혐! 헌 모래에 새 모래 집어넣었어!'

'꼬리 만지지 말라고 수백 번을 말했는데! 얼굴을 확 긁어 버릴

까 보다!'

'술 좀 작작 먹고 일찍일찍 좀 다녀. 집사 이렇게 몸 관리 안 하면 그놈보다 먼저 골로 간다?'

테오는 이런 살벌한 문장들을 받아 적고 있었다.

"정말이야? 고양이가 이런 말을 한다고?"

"저 고양이, 이름만 분홍이지 성격은 파이터야. 근데 속내를 들여다보면 끝없이 집사를 걱정하고 있는 거야."

서준이 그 대목에서 고개를 갸우뚱거리자 테오가 말했다.

"……이 사람이 자기 운명을 알지 못할 때부터 저 멀리서 천둥 치듯이 뭔가가 다가오고 있는 걸 고양이들은 알아. 그걸 주변 고양이들도 계속 알려 주고 있고. 누구보다 분홍은 자신의 집사가 천 년 집사의 운명을 받아들이고 나아가길 바라."

"언뜻 보기엔 거친 브로맨스 같은데 속내는 아니구나."

"고양이 화법이니까. 물론 처음부터 그 마음이 컸던 건 아니지만 분홍이란 저 애를 만난 순간부터 두 사람이 서로에게 물들어 가는 게 한 편의 드라마 같기도 해."

"서로에게 물들어 간다……."

서준은 테오의 표현에 잠깐 마음이 시큰했다. 사람이든 동물이든 두 생명이 서로를 마음에 받아들이고 때론 서로에게 길들여지는 관계를 물들어 간다고 한 테오의 표현이 자신의 마음을 분홍빛으로 물들였다.

그러나 형의 심적 동화와 상관없이 테오의 마음은 조금 초조했다. 테오는 고덕 주변의 고양이들과 같은 마음이었다.

이 남자는 아직도 천 년 집사의 레이스에 뛰어들 준비가 되지 않았다. 솔직히 귀에 피가 나도록 뭔가를 말해 줘도 듣지 못하는 귀머거리 쪽에 가까웠다. 자신을 '삼십 년 집사'라 칭하는 계정의 주인이자 고양이에게 물들어 가고 있다는 인간 남자의 세계는 여전히 무음의 세계였다. 반면에 그의 곁을 맴도는 수많은 고양이의 입은 늘 닫히지 않는 '투 머치 토커'였다. 아침에 먹은 사료 얘기, 미친 듯이 짖는 옆집 개 얘기, 그루밍을 잘하는 법 등등 그들은 쉴 새 없이 많은 얘기를 나눴다. 그들 대화의 절반에 차마 통역할 수 없는 욕지거리가 섞여 있기도 했고, 때로는 모든 문장이 욕으로 점철되어 있기도 했다. 그리고 그 모든 말과 행동의 목적이 고덕을 위해 흘리는 힌트였다.

테오는 그들의 대화를 엿들으며 속으로 때를 가늠하고 있었다. 지금 당장이라도 삼십 년 집사를 찾아갈 수 있었지만 상대는 설익은 상태였기에 조금 시간을 두고 기다리기로 했다.

시장 고양이들을 통해 노묘가 지금은 자신을 거부한다는 말을 듣고 삼십 년 집사도 섣불리 만날 수 없다는 걸 알았다.

테오는 노묘를 만날 수도, 고덕을 만날 수도 없었다.

때가 오지 않은 그에게 섣불리 도움을 줘서도 안 되고, 묻지 않은 질문에 대해 대답해서도 안 된다. 그럼에도 테오는 고양이들이 애쓰듯 더딘 그의 속도를 올려 주고 싶었다.

서준이 부엌으로 간 사이, 테오는 그 영상의 댓글 창에 조심스레 한 문장을 썼다.

딱 한 문장.

뒤늦은 고덕이 신발 끈을 고쳐 묶을 수 있을 정도로만.

✦⤫

같은 시각, 고덕은 분홍의 힌트대로 지난날을 복기하기 위해 오래된 외장하드를 뒤지고 있었다. 고양이의 언어를 얻은 뒤로 편집해서 올리기 전 동영상 원본이나 올리지 않은 영상을 다시 본 적이 없다는 사실을 깨달아서였다. 다시 보게 된다면 그들이 했던 말들을 이제는 알 수 있지 않을까. 그래서 모든 영상을 하나씩 훑어보기로 마음먹었다.

고덕이 막 옛 영상을 재생하려는 그 순간 새로운 댓글이 달렸다는 알람이 울렸다.

무심코 고개를 돌려 화면을 확인하던 고덕의 시선이 그 자리에 고정되었다. 댓글을 쓴 사람의 닉네임은 '미국소년'이었고 이름에 걸맞게 맞춤법이 엉망이었다.

'째째의 첫인사가 또 만났네, 였던 걸 보면 두 사람은 이전부터 이년이 있었던 모양입니다.'

모르는 사람이 봤으면 오타 때문에 웃고 넘겼을 내용이지만 고덕은 머릿속이 하얘졌다. 미국소년은 지금 고덕이 하려는 일이 무엇인지, 정확히 어느 지점을 봐야 하는지를 알려 주고 있었다.

고양이의 언어를 습득한 이후로 예전 영상을 찾아볼 생각을 하지 않은 건 치명적인 실수였다. 고덕은 째째를 처음 만났던 그날의 영상을 불러왔다.

째째는 꼬리로 바닥을 쓸 듯 흔들며 흥미롭다는 사인을 보내고 있었다. 커다란 두 눈을 깜빡이며 건넨 첫마디는 '또 만났네'였다.

고덕은 놀란 마음을 추스르며 가장 놀라운 사실이 무엇인지 되짚어 보았다.

하나는 째째와 고덕의 만남이 그날이 처음이 아니라는 사실과 고덕처럼 고양이 말을 알아듣는 또 다른 집사가 있다는 것.

고덕은 얼른 그에게 메시지를 보냈지만 상대는 메시지를 읽고도 답이 없었다. 그의 답을 기다리는 동안 생각은 째째와의 첫 만남에 집중되었다. 째째는 고덕과 처음 만난 게 아니었다. 그날이 처음이 아니라면 둘은 어떤 인연으로 엮여 있었던 걸까.

째째를 만나던 날, 고덕은 경찰서에서 새로 받은 동영상 기록 조끼를 처음으로 착용해 출근부터 퇴근까지의 모든 근무 기록을 영상으로 남겼다. 굳이 기억을 되감지 않아도 영상이 모든 것을 되감아 주었다.

출근길 아침에 올려다본 아파트에는 수많은 사다리차가 기대어 있었다.

사람들은 손 없는 날인 음력 9일에 이사 날을 잡았고, 여러 대의 사다리차가 동시에 설치된 걸 보면 달력을 보지 않고도 음력 9일임을 알 수 있었다. 동티가 나지 않을 그날에 사람들은 부지런히 제 뿌리를 뽑아 다른 곳으로 옮겨 심고 있었다.

"길일 중의 길일인가 보네."

무심히 흘린 말이었지만 그는 선무당 같은 자신의 예언대로 째째를 만났다.

모든 시간은 배수구의 수챗구멍을 향해 달려가는 물처럼 녀석을 향해 나아갔다. 그의 시선을 사로잡았던 그 동그란 눈 속으로, 고덕의 시간이 되감겼다.

휴대 전화 알람이 울린 시각 새벽 6시, 엘리베이터를 타고 근처 헬스클럽으로 내려간 게 6시 15분, 그 엘리베이터 영상에 찍힌 자신의 들어오고 나간 기록.

문자 메시지, SNS 기록, 체크 카드 사용 내역으로 추적된 그날의 소비가 고덕의 모든 동선을 대신해 주었다.

아침 출근길에는 차에 기름을 채웠고, 7시 40분에 출근 태그를 찍었다.

국과수 검시관으로부터 받은 자료로 회의를 했고, 오전에는 다음 달 전체 스케줄이 나와 팀원들과 조정 작업을 거쳤다.

기이함의 정점은 한창 회의 중일 때 휴대 전화로 피싱 사기 전화가 걸려 와 동료 경찰 여섯 명이 보는 앞에서 놈을 유인해 사이버수사대에 넘긴 일이었다. 전화를 건 여자는 어색한 한국말을 쓰는 연변 출신도 아니었고, 젊은 그조차 깜빡 속아 넘어갈 만큼 유려한 말솜씨와 낭랑한 목소리를 뽐내던 사람이었다. 연체된 카드 대금이 두 번 출금되어 본인의 계좌로 그 금액을 송금해 주겠다며 계좌 번호를 확인하고 해당 계좌를 정지시킨 뒤 풀어 주는 조건으로 돈을 빼앗는, 흔한 사기 수법이었다.

사는 게 바빠 카드 대금이 연체된 적 있는 현대인이라면 속을 법한 시나리오였다. 다만 지지리 운이 없어야 할 피해자가 하필이면 고덕이었다. 단 한 번도 만들어 본 적이 없는 신용 카드를 미끼로 쓴 바람에 연막이 초장에 들통나고 말았다.

서른 줄의 남자는 여자친구가 없을 수도 있고, 차가 없을 수도 있지만, 신용 카드는 가지고 있다는 확고한 명제가 사기꾼들을 감옥 길로 안내하고 있었다.

그 나이대 대한민국 남자가 가지고 있을 신용 카드를 고덕은 단한 번도 사용한 적이 없었다. 그는 필요한 현금만 입금해 쓰는 체크 카드만을 사용 중이었다. 고로 단돈 10원일지라도 신용 카드 납부 기한을 넘겼다는 허튼수작은 고덕에게 실현 불가능한 일이었다.

고덕의 이름, 전화번호, 사는 곳까지 알고 있던 사기꾼은 고덕이 신용 카드를 사용하지 않는다는 사실과 그가 경찰이라는 두 가지 사실은 몰랐다.

괴상하게도 운이 좋았던 그날, 고덕은 석 달째 보러 오는 사람하나 없던 오피스텔을 보러 오겠다는 사람을 만나러 집으로 가고 있었다. 교차로 여덟 개를 통과하는 내내 단 한 번도 빨간불에 멈춰 서지 않은 희한한 행운을 만끽하며.

으레 생기던 추가 업무 없이 정시에 퇴근하는 일조차 놀라움의 연속이었다. 순경 생활 1년 차라 계속 3교대를 하고 있었고 늘잠이 모자란 상태로 일에 치여 있었기에 집은 엉망이었다. 집을보러 온 사람은 직장 근처로 이사하려는 사람이었고 쓰레기 더미를 방불케 하는 집 안 상태를 보고도 개의치 않고 오직 가까운거리 때문에 단 3분 만에 계약을 결정했다.

집을 보러 온 부동산 실장과 매수자가 나가자마자 기다리고 있었다는 듯 고덕의 엄마에게서 전화가 걸려 왔다.

3년 만이었다. 엄마가 먼저 연락하는 일은 경찰에 임관되고 처음이었다.

누나를 통해 잘 지내고 계신다고 가끔 안부를 전해 듣고 있었지만, 아버지와의 이혼 이후 엄마와 남은 가족과의 관계는 뚝 잘려 나간 빙하처럼 영원히 녹아 버린 운명이었다.

갑작스러운 엄마의 전화는 녹아 버린 얼음이 다시 돌아온 것만큼이나 놀라운 일이었다. 3년 동안 왕래가 없었던 엄마는 마치 어제 본 사이처럼 편안한 목소리로,

"잘 지내니?"

"……네."

"밥은 잘 먹고 잠은 잘 자고?"

떨어져 나간 빙하가 얼음이 벗겨져 맨땅이 드러난 북극 땅을 걱정해 주고 있었다. 민낯이 드러난 것은 녹아 버린 빙하 탓이 아니건만 뾰족한 말이 튀어 나갔다.

"무슨 일 있어요?"

"……으응, 아니 그냥."

직감적으로 뭔가가 왔다. 그건 경찰로서의 촉이 아니라 아들로서의 육감이었다. 아들 얼굴 볼 면목이 없다던 사람이 갑자기 전

화했다는 것은, 그 면목 없는 마음을 이겨 낼 정도의 사건이 있다는 뜻이었다.

"할 말 있잖아요."

"어, 그게……."

"돈 필요하세요?"

"아니야, 그런 거. 그냥 목소리 들으려고 전화했어. 바쁜데 시간 빼앗아서 미안해."

엄마는 금세 전화를 끊었다. 돈이 필요하냐는 말은 마법처럼 그녀의 죄책감을 불러일으켜 현실감이 돋아나게 했다.

그가 대학에 다닐 때도, 군대를 다녀와서도 엄마는 고양이들 사료를 살 돈이 없어 궁지에 몰릴 때마다 마지막 자존심을 접고 전화를 걸었다.

아마 다른 이들의 거절의 거절을 거쳐서 마지막으로 남은 게 그였을 것이다. 그때마다 수중에 있는 모든 돈을 긁어모아 엄마에게 보냈다.

착한 아들이어서? 천만에. 오히려 복수에 가까운 쪽이었다.

경찰 시험을 준비하기 위해 노량진에서 공부하던 시절에도 엄마는 오늘처럼 입을 달싹이며 돈 얘기를 꺼냈다.

봐야 할 책마다 고덕은 만 원씩 돈을 꽂아 두었다. 그 책을 다 끝내면 만 원으로 먹고 싶은 걸 실컷 먹자.

그게 가난한 그가 누릴 수 있는 최대의 사치였고 빈곤과 불안에 시달리는 자신을 달래는 최고의 선물이었다.

책 한 권의 마지막 장마다 꽂혀 있는 만 원과 지갑의 돈을 긁어모으니 정확히 13만 9천 원이 되었다. 하루 두 끼를 라면으로 때우며 몇 달간 모은 돈이었다.

그날은 엄마를 직접 찾아갔다. 두 사람이 만난 곳은 수많은 사람이 드나드는 패스트푸드 가게 안이었다. 테이블에 제일 싼 레귤러 사이즈 햄버거 하나 달랑 올려놓고 두 사람은 말이 없었다. 고덕은 천 원짜리 컵밥을 먹으며 하루 열여섯 시간 공부만 해서 피골이 상접한 몰골이었음에도 그 버거를 먹지 못했다. 버거 옆에 13만 9천 원이 든 봉투가 올려져 있었기 때문이다.

참, 비싼 햄버거네.

고양이에게 약점을 쥐어 잡힌 사람처럼 남편과 자식까지 내팽개친 그녀에게 잔인하게도 그 말을 하고 싶었다.

엄마는 그를 붙잡고 한참이나 울다가 결국 그 봉투를 집어 들고 나갔다.

고덕은 한참 동안 그 자리에 앉아 창밖을 보았다. 수많은 사람이 드나드는 것을 보는 동안 자신의 마음속으로도 수많은 미움과 체념이 드나들었다. 살아야겠기에 식은 햄버거를 꾸역꾸역 입안으로 쑤셔 넣었다. 몇 시간이 지난 후, 무거운 유리문을 힘없이 열고 나오면서 그는 마음속으로 엄마와의 인연을 정리했다. 엄마 역시 고덕에게 두 번 다시 전화하지 않았고 서로를 등진 채 살아 왔다.

그 이후 무려 3년 만의 연락이었다.

전화를 끊고도 이상한 느낌이 계속되었다. 시집간 누나는 간간 이 엄마와 연락을 주고받았으니 그쪽에 물어보는 게 더 빠를 것 같았다. 몇 번의 신호 끝에 울어 대는 아이들 소리를 배경으로 누나의 목소리가 들렸다.

"어, 무슨 일이야?"

"지금 통화돼?"

"아, 잠깐만! 애들 좀 조용히 시키고 받을게."

연년생 남자아이 둘을 키우는 누나는 늘 정신없이 바쁜 삶을 살 고 있었다. 잘 살고 있다는 방증은 무겁고 어두운 과거에 얽매여 허우적거리지 않고 오롯이 현재를 살아가는 모습에서 드러났다.

스스로 선택하고 연을 맺은 사람들과 새로운 울타리를 만든 누나를 볼 때마다 뿌리를 뽑아서 다른 곳에 잘 옮겨 심었구나, 그런 생각이 들었다.

티라노사우루스의 포효와도 같은 울음소리가 잦아들고 한참 만에야 수화기로 돌아온 누나는,

"미안, 내가 요새 이러고 산다. 뭐라고 했어?"

"다른 게 아니고 엄마 말이야."

"엄마가 왜?"

"최근에 엄마랑 통화한 적 있어?"

"지난주쯤에……. 갑자기 왜?"

"오늘 전화가 왔는데 뭔 일이 있나 싶어서."

"엄마가 너한테 전화했다고? 별일이네. 죽어도 너한테는 전화 안 한다던 사람이."

"별일은 없는 거지?"

"엄마야 늘 그렇지. 누가 버린 유모차 하나 주워서 사료 10킬로그램씩 싣고, 물통 싣고 온 동네 고양이들 이름 부르면서 캣맘 하고 사시지 뭐. 그쯤 되면 천직이야. 못 말려. 돌아가시면 오동나무 관에 고양이 인형이랑 고양이 화장실 두부 모래 넣어 드릴게요, 했더니 그러래. 하루에 15킬로미터씩 걷는다고 하시던데. 모르긴 몰라도 그 나이대 할머니 중에 엄마가 근육량이 제일 많을 거야. 무릎 나빠져서 못 다닐까 봐 우슬즙까지 먹는단다. 우리보다 더 오래 사실지도 몰라."

누나는 결혼을 한 뒤로 자식들을 돌보지 않은 엄마를 많이 용서한 것처럼 보였다. 이해까지는 아니더라도 그럴 수 있다고 내려놓는 쪽으로 엄마를 인정하며 스스로 편안해지는 걸 택했다. 자기 가정을 이루어서, 이제는 부모와의 가정이 자신의 중점이 아니기에 그렇게 편해질 수 있는지 묻고 싶었지만.

"아, 참! 근데 지난번에 이상한 얘길 하시긴 했어."

"이상한 얘기 뭐?"

"동네에서 갑자기 고양이들이 사라진다고."

"길냥이들 사라지는 게 무슨 대수라고."

"자꾸만 고양이들이 죽어 나간다고도 했어."

"죽어?"

"응, 처음엔 그냥 쥐약 먹고 죽은 고양이 몇 마리겠거니 했는데 점점 이상한 사체가 발견된다는 거야."

"어떻게?"

"아, 그게……."

누나는 행여 아이들이 들을까 목소리를 낮춰 속삭이듯 말했다.

"몸통 여기저기를 난도질해 놓았나 봐. 일부는 잘려져 있고."

경찰 임관 초기, 범죄심리학 강의에서 방치된 동물 학대는 곧 높은 가능성으로 사람에 대한 심각한 범죄로 이어진다는 것을 배웠다. 누나의 말이 사실이라면 엄마의 집 주변에서 일어나는 고양이 살해 사건은 곧 강력 범죄의 시발점이 될 수도 있다는 뜻이었다.

고덕은 곧장 엄마의 집으로 갔다.

몇 년 전 오갈 데 없는 엄마가 외할머니 집으로 들어갔다가 외할머니가 돌아가신 뒤로 엄마 혼자 사는 집이 되었다.

저녁 6시가 조금 넘은 시각이었으나 벨을 눌러도 대답이 없었다. 불길한 생각이 머릿속을 파고들기 시작했다. 도어 록 비밀번호를 눌렀다.

누나와 고덕의 생일 뒷자리를 합한 2931, 단 한 번도 바꾸지 않은 비번이었다.

집은 황량하게도 비어 있었다. 여기저기 뜯긴 벽지와 가구 이곳저곳에 배어 있는 고양이 배설물 냄새가 코를 찔렀지만, 그 어디에도 엄마는 없었다.

집 안 곳곳을 둘러보던 그때, 띠리링— 잠금장치가 해제되고 문이 열리며 엄마가 들어왔다. 서로가 서로를 보고 놀란 얼굴이 되었다. 엄마는 못 본 사이 살이 오르고 건강해진 고덕을 보고 놀랐고, 고덕은 너무 말라 40킬로그램도 안 될 것 같은 그녀의 몰골을 보고 놀랐다.

"어쩐 일이야?"

"사람 신경 쓰이게 전화를 끊으니까."

"얘는! 그냥 목소리 듣고 싶어 전화했다니까."

이제 와서 우리 사이에. 고덕은 그 말이 하고 싶었으나 꾹 눌러 담았다.

"좋아 보이네."

"본인이나 거울 좀 보고 사세요. 밥은 먹고 살아? 얼굴이 그게 뭐야."

"나이 들어 살찌면 여기저기 몸만 아프고 안 좋아. 차라리 마르면 식비, 병원비 덜 들고 좋지 뭘."

엄마의 바람막이 안이 꿈틀꿈틀했다. 지퍼를 열자 코와 귀 끝만 새카만 새끼 고양이 한 마리가 고개를 내밀었다. 녀석은 고덕을 보고 야옹— 애처롭게 울기 시작했다. 마치 할 말이 있기라도 하듯.

그리고 째째는 고덕을 바라보며 말했다. 우리 이렇게 또 만났다고.

엄마는 고양이가 무슨 말을 하는지는 알지 못했어도 째째가 친근하게 인사를 건네고 있다는 것만은 알 수 있던 모양이다.

"어머, 얘 좀 봐. 너한테 인사하네."

"집에 넘쳐 나는 게 고양이인데 뭔 새끼를 또 데려와."

"아는 사람이 입양했는데 애들이 고양이 털 알레르기가 있는 걸 몰랐나 봐. 누가 데려가기로 했는데 피부병 있어서 병원비 많이 나온다는 말에 또 파양당했다지 뭐니. 이렇게 예쁜 애를."

엄마는 어제 본 사이처럼 시시콜콜 물어보지도 않은 이야기를 계속했다. 떨어져 지낸 3년의 어색함은 그에게만 존재했다.

"근데 얘들이 다 어디 갔니?"

"누구?"

"우리 애들."

"한 마리도 안 보이던데."

"땅콩아, 톨순아, 삼순아!"

엄마는 집 안 여기저기를 뒤지며 고양이들의 이름을 불렀다. 그렇게 한참 만에 장롱 위에서, 화장실 변기 뒤에서, 부엌 싱크대 안에서 무려 일곱 마리 고양이들을 찾아냈다. 녀석들은 앙칼진 비명을 지르며 또다시 후미진 곳을 찾아 사라졌다.

"미안, 사람이 집에 찾아오는 일이 없어서 애들이 무섭나 보다."

"고양이 말도 통역하나 봐."

고덕의 퉁명스러운 말에 엄마는 화제를 돌렸다.

"밥 먹었니?"

저녁을 먹었으나 엄마의 식사가 걱정되었다. 둘이라면 그래도 사람다운 식탁을 차려 먹겠지. 그 생각에 고덕은 식탁에 앉았다. 엄마는 부산하게 부엌을 오가며 저녁을 차리기 시작했다. 그사이 아직 성묘들과 분리 중인 아까 본 그 새끼 샴고양이가 고덕의 품으로 옮겨졌다.

새끼 고양이는 꿀이라도 발린 것처럼 자꾸만 고덕의 손을 핥았다. 그걸 멈추려 주둥이를 꽉 잡아도 보고 고개를 돌려도 보았지만 녀석은 굴하지 않고 계속해서 손을 핥았다. 할 수 없이 고개를 누르듯이 손가락으로 이마 위를 긁어 주었더니 갸르릉 소리를 내며 품을 파고들었다. 애처로운 마음이 들다니 이상한 일이었다. 어린 생명은 동물이든 사람이든 낯선 존재에 대한 두려움 없이 온기를 가진 누구에게나 휘감기는 게 생존 본능인 듯했다.

고양이라면 칠색팔색하던 그가 이 새끼 고양이에게만은 자꾸 눈길이 갔다.

"얘는 몇 달 됐어?"

"이제 딱 석 달. 째째야, 인사해."

"째째? 이름이 째째라고?"

"이상하니?"

"거시기한데."

"그런가? 우리 째째 이름이 거시기해서 가는 곳마다 파양을 당하나?"

엄마의 질문은 고덕이 아닌 째째에게로 향했다. 이름이 거시기한 것으로 치면 엄마에게 버림받아 고독한 삶을 사는 '고덕'이 더 이상할 텐데.

"고덕아, 네가 새 이름 하나 지어 줄래?"

"작명에 취미 없어."

고덕은 엄마에게 째째를 돌려주며 손을 털었다. 더 안고 있다간 이 고양이 녀석의 이름을 지어 줄 의무가 생길 것 같았다. 째째는 계속 고덕을 향해 애처로운 울음소리를 내었으나 그는 녀석을 돌아보지 않았다.

식사 준비를 하는 동안에도 엄마는 근처 길고양이의 이상한 죽음에 대해 일언반구 하지 않았다. 고덕 역시 그 얘기를 먼저 묻지 않았다.

인형 뽑기 기계의 갈고리처럼 아슬아슬하게 서로를 붙잡고 있는 사이에 더 할 말도 없었다.

어린 시절 수학 숙제 때문에 끙끙대고 있어도 엄마는 단 한 번도 고덕의 숙제를 도와주지 않았다. 나중에 그 이유를 물으니, 돌아온 답은 이랬다. 네가 부탁하지 않았으니까. 그 말은 고덕을 강하게 만든 동시에 아프게도 했다.

먼저 헤아려 주길 바랐던 어린 마음에 조그만 상처가 난 뒤로 고덕 역시 누군가가 부탁하지 않는 이상 괜한 도움을 주지 않는, 엄마의 성격을 그대로 학습한 어른이 되어 버렸다. 부모를 보고 배웠다는 모호한 정의는 그 부모상이 모범적이어서 의지로 따라 했거나 혹은 너무나 싫었음에도 강렬한 무의식이 학습했다, 그 사이 어디가 아닐까.

갑작스럽게 준비된 저녁 식사는 참치 캔 하나에 오래된 김치

와 김, 계란프라이가 전부였다. 그마저도 밥상 위로 올라오려는 고양이들 때문에 엄마는 허겁지겁 밥을 먹었다. 고덕은 자꾸만 기어 와 다리에 매달리는 째째에게 물에 행군 작은 참치 덩어리 한쪽을 주었다. 흩날리는 고양이 털 속에 두 사람은 입을 꾹 다문 채 전투에 가까운 식사를 마쳤다. 짧은 식사를 끝내고 집으로 돌아온 뒤 녀석의 존재도 곧 바쁜 생활 속에 묻혀 갔다.

돌이켜 보면 제각각의 시간이 마치 약속이 되어 있는 것처럼 한곳을 향해 흘러가고 있었다. 그에게 주어진 모든 시간을 움켜쥐는 주인, 세상은 그걸 운명이라고 불렀다.

새끼 고양이를 만나는 게 운명이었다면 사이코패스 살인범을 스친 것 또한 운명이었을까.

그리고 정확히 한 달 뒤 엄마는 세상을 떠났다.

전혀 예상하지 못한 곳에서 예상하지 못한 처참한 죽음으로.

집에서 10킬로미터나 떨어진 배수로에서 발견된 엄마는 누나가 전화로 얘기해 줬던 살해당한 처참한 고양이의 모습과 흡사했다. 새벽 운동을 하던 마을 주민에 의해 발견되었을 때 엄마는 아직 숨을 쉬고 있었다고 했다.

구조대가 도착하고 의식을 잃기 전에 엄마는 자신을 찌른 범인이 아닌 품 안에 숨긴 새끼 고양이를 알리는 데 온 힘을 쏟았다고 했다. 범인이 찌른 칼이 품 안의 새끼를 스치는 바람에 새끼 역시 출혈이 발생한 데다 저체온으로 위독한 상태였다. 고덕이 병원에 도착해 제일 먼저 넘겨받은 것이 처치 곤란한 녀석이었다. 사람 목숨이 오가는 바쁜 응급실 앞에서 그 누구도 새끼 고양이를 돌볼 겨를이 없었다.

고덕은 누나에게 전화를 하고 담당 경찰관과 통화를 하느라 정신이 없었다.

쉴 틈 없이 걸려 오는 전화를 확인하고 답하는 사이 담당 경찰관이 다시 응급실을 방문했다. 어느 순간 정신을 차리고 보니 자신이 안고 있던 새끼 고양이의 몸에서 점점 힘이 빠져나가는 것이 느껴졌다. 녀석은 품 안에서 가쁜 숨을 몰아쉬고 있었다. 몸이 축 늘어진 녀석을 살리기 위해 심장을 문지르고 입을 벌려 공기를 불어 넣었다. 작은 입안에서 축축하고 달콤한 입냄새가 났다.

솜털처럼 부드러운 털의 촉감, 손바닥에서 콩닥거리는 작은 심장, 무엇보다 죽어 가며 그를 바라보던 그 애처로운 눈빛, 모든 것이 새끼 고양이를 고덕에게 각인시켰다.

그러나 깨끗하고 보드라운 털이 연신 핏빛으로 물들어 갔고 고덕은 속수무책이었다. 응급수술에 들어간 엄마를 기다리며 제 품 안에 안고 있는 그 조그만 생명체의 꺼져 가는 생을 붙잡을 수 없음에 고덕은 마음이 타들어 갔다. 녀석은 입으로 피를 토하며 숨을 컥컥거리고 있었다. 고덕은 자신도 모르게 녀석의 입에 자신의 입을 가져다 대고 숨을 불어 넣었다.

살아, 살아야 해!

그는 필사적으로 녀석의 심장께를 주무르고 입을 벌려 숨을 쉬게 했다. 살아 있는 어린 생명, '째째'라는 귀여운 이름을 두고 떠나려는 그 아이를 붙잡고 싶었다. 바로 그 순간, 귓전에서 시끄러운 세상이 물러나고 천국과도 같은 고요가 찾아들었다.

가쁜 숨을 몰아쉬던 녀석의 입에 또다시 숨을 불어 넣으려는 순간 입안으로 알 수 없는 엄청난 기운이 몰려들었다.

빛과도 같은, 형언할 수 없는 마력과도 같은 에너지가 온몸을 휘감았다. 휘청거리며 벽을 짚었지만 어지러움 때문이 아니었다.

소용돌이치는 이상한 힘이 그의 몸을 지배하고 있었다.

가녀리고 작은 목소리가 들려왔다.

"이제, 됐어. 그만해도 돼."

세상의 모든 소리가 사라지고 오직 그 소리만이 고덕의 귓가에 들렸다. 놀라움과 충격에 휩싸인 그의 귀에 또다시,

"널 기다리느라 힘들었어. 이 반쪽을 지키느라. 이건 내 목숨과 바꾼 선물이야. 그러니까 꼭 나를 찾아내. 내가 어디서 태어나든, 꼭 나를 찾으러 와."

"너……"

"우릴 찌른 짐승을 봤어. 내가, 기억하니까. 엄마는 잊고 떠나야 하지만, 난 기억할 거야. 하지만 당신을……. 그러니 천 년 집사가 돼서 날……."

가족들이 병원으로 달려오고 있었지만 고덕은 알 수 있었다. 엄마가 기다리지 못하리란 걸.

엄마와 새끼 고양이 모두 마지막 순간을 함께해 덜 외로웠을까.

누군가 인생은 봄날의 소풍이라 했는데, 엄마의 인생은 소풍날 집을 나섰다가 놓고 온 물건을 찾으러 다시 집에 들어간 시간처럼 허무하게 끝이 났다. 덧없고 무상한 게 인생이라지만 이렇게 길에서 처참하게 끝나는 인생만큼 허무한 끝이 또 있을까.

잠시 그 생각이 스치는 찰나 두 손 안에 한 줌도 되지 않은 회색빛 새끼 고양이의 팔다리가 축 늘어졌다. 팔딱팔딱 뛰던 작은 심장의 움직임이 멎었다.

울음조차 나오지 않았던 그 삭막하고 긴 복도에 무릎 꿇고 앉아 그는 기도라는 걸 했다. 종교를 가져 본 적도, 절대적인 누군가를 믿지도 않았던 그가, 엄마와 새끼 고양이가 고통 없이 떠나길 처절한 마음으로 빌었다.

고양이를 끌어안은 채 이마가 차가운 병원 바닥에 닿았다. 차가운 죽음보다 더한 상실감이 피부를 타고 그에게 전해졌다. 손 안에 온기가 남아 있었지만 그는 새끼 고양이가 자신의 곁을 영원히 떠났음을 느낄 수 있었다. 녀석을 품에 안은 채 엄마의 사망 통보를 들었고 걷잡을 수 없는 비통함이 눈물이 되어 흘러내렸다.

그는 자신이 새끼 고양이에게 받은 것이 무엇인지 몰랐다.

그의 입으로 건네준 것이 고양이의 아홉 목숨 중 하나라는 것은 꿈에도 알지 못했다.

테오는 고덕의 영상을 멈추고 깊은 생각에 잠겼다.

만날 운명이란 결국 제아무리 무언가를 틀어도 회귀되는 능력을 뜻하는 것인가.

서로의 운명이 될 두 존재가 만나는 순간, 고덕이 분홍을 만나기 전 첫사랑과도 같은 째째라는 고양이와의 만남이 그러했듯.

이 모든 서사를 그의 곁을 지키고 있는 고양이들이 이야기하고 있었다. 그리고 이제야 모호했던 이 능력의 쓸모를 알게 되었다.

자신과 고덕은 같은 길을 걷고 있다.

그는 새끼 고양이 목숨 하나를 통해 1회차의 능력을 얻었고, 자신은 티그리스를 통해 5회차의 목숨을 얻었기에 두 사람 중 한 사람은 반드시 천 년 집사가 되어야 했다. 두 사람은 경쟁 관계가 아닌 절대적 조력자가 되어야 했다.

왜냐하면 살인마 역시 다음 회차를 얻어 고양이의 능력을 각성하게 되면 천 년 집사가 될 수 있기 때문이다. 태양신 라의 환생으로 불렸던 고양이의 모든 능력을 얻게 된 살인마가 절대적인 라가 되는 것을 상상하는 건 끔찍한 일이었다.

이고덕 집사의
시작

엄마가 돌아가신 봄이어서인지 그해 봄은 유난히 짧았던 걸로 기억됐다. 새끼 고양이 째째는 화장한 뒤 유골을 뒷산에 뿌렸고, 부검을 마친 엄마의 시신은 장례식을 치르기 위해 가족에게로 돌아왔다. 범인이 잡히지 않아 사건은 종결되지 않았지만 검사지 휘서를 받아 장례를 치를 수 있었다. 장의사가 염을 하는 자리에 는 고덕만이 참석했다. 직업상 다양한 시신을 봐 온 고덕조차 엄마의 시신 앞에서는 휘청거렸다. 턱 아래부터 길게 절개되어 꿰매진 부분의 상태가 좋지 않아 장의사에게 부탁해 최대한 본모습에 가깝게 복원해 달라 부탁했다. 수의를 입히고 한지로 꼰 새끼로 몸을 감싼 뒤에야 누나를 불렀다. 수의 아래 몸 여기저기가 창상투성이인 걸 누나에게 말하지 않았다. 누나는 잠든 것 같은 엄마의 말간 얼굴만을 보며 마지막 인사를 나눴다.

엄마의 발인은 유난히도 흐드러지게 핀 벚꽃이 날리던 날이었다.

꽃이 핀 뒤로 단 한 번도 비가 오지 않았고 바람조차 불지 않아 만개한 벚꽃이 길가를 가득 메우며 장관을 이루고 있었다.

누군가 하늘의 구름을 묶고 바람을 잠재워 마치 엄마의 마지막 가는 길을 꽃길로 만들어 놓은 것만 같았다. 억만금을 준다고 한들 이렇게 아름다운 꽃길을 연출할 수 있을까.

처참한 최후와 달리 엄마가 가는 마지막 길은 그 누구와도 비교할 수 없는 영전이었다.

정신없이 장례를 치르고 엄마의 유품을 정리하기 위해 집에 들렀을 때, 고덕은 집 안 공기가 달라졌다는 걸 알았다. 고양이 그릇 안에 채워 둔 사료는 수북이 쌓여 있었고 캣타워는 텅 비어 있었다. 비릿한 고양이 특유의 냄새도 희미해져 있었다. 뭔가가 이상했다.

일곱 마리의 고양이들이 증발이라도 한 듯 사라졌다.

엄마의 장례를 치르는 동안 누나가 찾아와 고양이들 사료를 챙겨 줄 때까지만 해도 고양이들은 아무런 문제가 없었다고 했는데.

고덕은 다급히 집 이곳저곳을 살폈다.

싱크대 안과 냉장고 안, 이불장까지 뒤졌지만, 그 어디에도 고양이들은 보이지 않았다. 혹시나 하는 마음에 부엌 뒤 베란다로 가니 창틀 앞에 검고 누런 점박이 색깔의 고양이 한 마리가 앉아 있었다.

엄마가 특히나 예뻐했던 '삼순'이라는 아이였다. 녀석의 눈앞에 있는 창문 방충망은 날카로운 무언가에 찢어진 채였다. 그 방충망 사이에 여러 색깔의 고양이 털이 박혀 있는 걸로 보아, 다른 고양이들은 저 방충망을 찢고 탈출했을 것으로 짐작되었다.

삼순은 물끄러미 고덕을 바라봤고 고덕도 가만히 삼순을 들여다보았다. 같은 존재를 잃은 둘은 오래 눈 맞춤을 했다.

"……너도 떠날 거니?"

그 말을 하고 나니 한숨이 흘러나왔다.

엄마처럼 고양이에게 말을 걸어? 그렇게 마뜩잖아했던 행동을 따라 하다니 고덕은 제가 생각해도 어처구니가 없었다. 새끼 고양이의 말을 들었다고 이 세상 모든 고양이와 이야기를 할 수 있다고 믿었던 자신이 어이없었다.

"너도 우습지?"

삼순은 빤히 그를 바라보다가,

"……설마, 우스운 정도로 끝날까."

고덕은 심장이 덜컹 내려앉았다.

"방금 뭐……. 너 설마 사람 말을 한 거야?"

"네가 고양이 말을 할 줄 아는 게 먼저가 아니고 내가 사람 말을 할 줄 아는 게 먼저란 거야? 굉장히 자기중심적 사고네."

고덕은 가만히 지난 며칠을 되짚어 보았다.

장례를 치르고 집으로 돌아오는 텅 빈 밤거리에서 수많은 목소리가 들려왔다. 주위를 아무리 둘러봐도 사람 하나 보이지 않는 그 거리를 지나며 그냥 귀가 예민하다고 생각했던 터였다.

"……그럼 내가 고양이의 말을 듣는다는 건가?"

"알아듣기만 할까, 네가 지금 하는 게 고양이 말이야. 뭘 모르는 다른 사람들 눈에는 그저 골골송으로 들리겠지만."

"내가?"

"넌 역시 소문대로 좀 멍청하네."

늘 느끼는 것이지만 고양이들은 사람의 신경을 긁는 화법의 전문가였다.

"결국 새끼 고양이가 그걸 너에게 준 모양이야. 그 새끼 고양이가 떠나기 전에 우리에게 그러더군. 네가 천 년 집사가 될 자질을 갖추고 있다고. 난 개소리하지 말라고 했지만, 걔는 역시 그걸 믿었던 모양이야."

고덕이 그 자리에 얼어붙자 삼순은 묘한 표정으로 바라봤다.

"내가 마지막까지 널 기다린 건 혹시나 하는 마음에서."

"날?"

"정 여사가 떠난 뒤로도 쭉, 난 널 기다렸어. 다른 애들은 너 같은 놈에게 절대로 그런 능력이 없을 거라고 했지만 난 실낱같은 그 희망에 기대 보고 싶었어. 3년 전에 같잖은 돈봉투를 직접 들고 와 정 여사의 마음을 후벼 판 그 의도를 모르지 않았지만 그래도 아들이랍시고 찾아와 마지막 밥을 함께 먹어 준 지난 순간을 회상하면서 말이야."

고덕의 심장은 미친 듯이 뛰고 있었다. 현실이 아니라고 생각하면서도 이게 거짓이라는 손톱만큼의 의심도 끼어들지 않았다.

"말도 안 돼……."

"그놈의 의심은 집어치우고 엄마를 죽인 놈부터 찾아! 너 혼자가 힘들면 다시 태어난 그 새끼 고양이를 찾아내. 녀석은 어딘가에서 널 기다리고 있을 거야."

"내가 미친 건가?"

고덕의 혼잣말에 고양이가 혀를 차듯 그르렁거렸다.

"미쳤다기보다 상상력이 부족한 쪽이지."

"정말 고양이랑 말을 하고 고양이가 환생한다는 게, 이게 사실이란 거야?"

"그 새끼 고양이를 찾아서 직접 물어봐. 왜 나 같은 머저리에게 이런 능력을 준 거냐고."

"이런 말도 안 되는 일이……."

"다른 데 힘 빼지 마! 그 새끼 고양이 목숨은 네 엄마의 마지막 소원이었고 남은 고양이들을 살릴 수 있는 유일한 길이니까."

"아니 밑도 끝도 없이 어떻게! 그 새끼 고양이가 어디 있는 줄 알고."

"다른 사람은 몰라도 그 녀석에게서 생명 하나를 얻은 너는 알 수 있어."

"생? 뭐라고?"

"지금 네가 고양이 말을 할 수 있는 이유가 그거야. 그 아이가 죽기 전에 제 목숨 하나를 너에게 주었으니까."

"잠깐! 혹시 그때 인공호흡을 하다가……."

"고양이 세계에선 천 년에 한 번 나올까 말까 한 미친 일이고."

"왜 나한테?"

"얘기했잖아! 새끼 고양이의 선택이었다고."

"그 새끼 고양이가 나한테 제 목숨 하나를 줬다는 게…… 정말이야?"

"한 번만 더 내가 한 말 또 따라 하면 상또라이라고 부를 거야. 유쾌하지 못한 대화였어, 인간."

삼순이 방충망을 벌리며 밖으로 나가려 하자 고덕이 그를 붙잡았다.

"잠깐, 넌 왜 떠나는데?"

"우린 이 집을 비워 주기로 했어. 난 승산 없는 경주마에 돈을 다 걸었고 결과물은 네가 보여 줘야지. 자, 이제 증명해 봐, 인간!"

그 말을 남기고 삼순은 창밖으로 뛰어내렸다. 마치 마지막 유언을 남기고 떠나는 듯 처연한 얼굴로.

다급히 달려갔지만 창밖 어디에도 녀석의 모습은 보이지 않았다. 고덕은 텅 빈 집 안을 둘러보았다. 그렇게 따뜻했던 집 어디에도 온기 하나 남아 있지 않았다.

고덕은 망연자실했다.

그는 새끼 고양이를 찾아야 하는 자신의 운명을 받아들이지 못했다.

아니 도대체 어디서부터 무얼 어떻게 해야 하는지 갈피를 잡을 수 없었다. 하지만 갈팡질팡 어쩔질 못하는 그를 더 몰아세운 건 다른 고양이들이었다. 밤이면 밤마다 수많은 고양이가 그의 오피스텔 앞에 찾아와 울어 대기 시작했다. 다른 사람들 귀에야 그저 짝을 찾거나 영역 싸움을 하는 소리로 들렸겠지만 고덕에게만은 달랐다. 그들의 이야기는 확성기를 단 듯 실시간으로 번역되어 베개를 뚫고 들어왔다.

'머저리가 산다는 집이 저기인가.'

'고양이 목숨을 하나 받아 놓고 나 몰라라 하는 배은망덕한 놈이라며. 제 엄마는 마더 테레사였는데 아들놈은 사이코패스네.'

'이런 놈은 아랫도리를 물어 씨를 말려 버려야 해.'

듣고 나면 도저히 모른 척할 수가 없는 살벌한 이야기들이었다.

그의 몸에 반짝이라도 뿌려 둔 건지 어딜 가든 고양이들이 따라왔다. 심지어 경찰서 앞마당에도 길고양이들이 넘쳐 나자 내부에서는 고양이를 유기하는 사람을 대대적으로 조사해야 한다는 이야기까지 흘러나왔다. 사람이 아닌 고양이가 의지를 가지고 움직인다는 상상은 고덕 외에 그 누구도 하지 않았다.

그리고 얼마 후 부동산에 내놓은 엄마의 집을 보겠다고 곧 사람이 찾아올 거라는 전화가 왔다. 고덕은 교대 근무를 마치고 바로 차를 몰았다.

돌아가시고 한 달 만의 일이었다. 룸미러로 이 골목 저 골목에서 자신을 쫓아오는 고양이 무리가 보였다. 여기저기서 튀어 올라 식겁하게 만드는 것은 기본이고 가끔씩 그의 차를 긁어 놓는 스토커 같은 고양이들이었다. 좋아하는 아이돌이라도 이렇게 지극정성이지는 않겠다는 생각 끝에,

"밥 먹고 할 일도 더럽게 없네."

혼잣말을 뱉고 잠시 후에 큰 소리로 말했다.

"할 일 없어서 좋겠다."

아마 가까이 쫓아오는 고양이는 그의 말을 들었을 것이다.

그러나 차가 아파트 단지 안에 들어서자 기이한 일이 생겼다.

뒤쫓아 오던 고양이 무리가 아파트 차단기 앞에서 들어오지 못하고 연신 하악질만 하며 주위를 서성이고 있었다. 마치 보이지 않는 결계에 부딪힌 듯 그들은 안절부절못하며 주위를 맴돌았다.

차에서 내린 고덕은 가까이 다가가 살펴볼까 했지만 괜한 오지랖을 접었다.

집을 보러 온 신혼부부는 이곳저곳을 둘러보며 눈을 반짝였다. 도배를 새로 하고 고양이들에게 뜯긴 몰딩과 문은 부분적으로 수리를 해 둔 터라 하자는 없었다. 필로티 위 2층이라 아이가 태어나 뛰어도 층간 소음 신경 쓸 아랫집이 없는 것도 장점이라며 부동산 사장이 한마디를 보탰다. 거실은 물론이고 방도 확장되지 않은 기본 집이고 어차피 신혼부부라 들어올 때 또 수리할테니 마음에 안 드는 인테리어 뜯어내는 것보다 이런 기본형이 더 경제적이라고 쐐기를 박자 두 남녀의 눈빛이 반짝였다.

집 안을 꼼꼼히 살피던 커플과 부동산 사장을 집 앞까지 배웅하며 고덕은 이제야 이 집을 처분할 수 있다는 안도감이 들었다. 하지만 엘리베이터를 타려고 기다리던 그들의 대화에 고덕은 문 앞에서 발길을 멈췄다.

"자기 이 집 어때?"

"난 뭐 본 것 중에는 제일 마음에 들어. 예산보다 무리지만."

그 말에 부동산 사장이 끼어들어 한마디를 보탰다.

"마음 있으시면 5천만 원 더 깎아서 불러요."

"네?"

"얼마 전에 저 배수로에서 발견된 캣맘…… 아유, 입이 방정이다. 미안해요. 암튼 이 집 아들한테 5천만 원 더 낮게 부르면 그러자고 할 거라고. 여기 도배랑 뭐랑 새로 손봐서 그렇지 이 집 사모님이 고양이 수십 마리 키우던 고양이 집이었어요. 사람 살 집을 고양이들한테 내주고 상태가 엉망이었는데, 이 집 아들도 돌아가신 어머니 집 빨리 처분하고 싶어질 테니까."

이상하게도 화가 나지는 않았다. 그저 멍하던 그에게 아주 찬물을 마시게 해 준 느낌이었다.

고덕은 잠시 소파에 앉아 생각을 정리한 끝에 누나에게 전화를 걸어 자초지종을 이야기했다. 5천만 원을 더 깎고 부동산 사장이 말한 대로 이 집을 팔지, 아니면 다른 부동산을 알아볼지. 누나는 1초의 망설임도 없이 말했다.

"그냥 네가 들어가 살아. 도배도 했고 지금 사는 데보다 경찰서랑 더 가깝잖아."

"생각해 본 적 없는데."

"그럼 지금 생각해 봐. 다른 부동산에 내놔도 그 동네 소문 빤한데 다를 거 없을 거고, 고양이 집이었던 건 사실이지만 그렇다고 시세보다 더 낮게 내놨는데도 더 후려친 가격에 뺨 맞고 팔고 싶지는 않아. 차라리 네가 들어가 살면 좋겠어."

"……."

고덕은 아무 대답도 하지 못한 채 생각에 잠겼다.

"네가 들어가 살면 엄마가 제일 기뻐하셨을 것 같아, 고덕아."

전화를 끊고 황량한 빈집을 둘러보니 이상한 기분이 들었다. 수많은 고양이의 숨결로 채워졌던 따스했던 집을 무엇으로 채울 수 있을까. 엄마를 기쁘게 하는 일은 세상 자신 없는 일인데.

유난히 힘들었던 그해의 짧은 봄이 물러가고 여름이 찾아들었다.

점심시간이 끝날 시각, 아슬아슬하게 Y시 동부서의 엘리베이터에 오른 고덕은 검불이 붙고 먼지투성이가 된 바지와 헝클어진 머리칼, 고양이들에게 여기저기 긁혀 피가 나는 팔과 목덜미까지 전쟁통에 피란 온 사람의 몰골이었다. 고덕은 켁켁거리며 구역질을 하더니 입안에서 털 뭉치 하나를 뱉어 냈다. 그의 입에서 튀어나온 건 고양이의 헤어볼이었다.

그의 입에 제 헤어볼을 쑤셔 박은 놈은 이 동네 일진 고양이로 불리는 '존남'이었다.

존남은 내놓은 음식물 쓰레기봉투를 찢어발겨 놓거나 차의 보닛에 올라가 발자국이나 스크래치를 남기는 악동 고양이로 유명했는데 특히나 고덕에게는 더 고약하게 굴었다.

누가 지었는지 모르지만 '존나 남성적인'의 줄임말인 존남은 동네 암컷을 후리고 다니며 제 씨를 뿌리는 것으로 유명했고 한 골목을 털면 줄줄이 딸려 나오는 게 존남의 자식들이라 했다. 존남은 중성화 수술을 하기 위해 놓은 덫에 단 한 번도 걸린 적이 없는 데다 덩치 또한 강아지를 위협할 정도라 악성 민원의 단골이기도 했다.

그런 존남이 다름 아닌 고덕을 찍었다.

다른 고양이들과 달리 활동 반경이 넓은 존남은 고덕의 과거지사를 잘 알고 있었다. 어머니가 돌아가시고 고양이들이 집을 떠난 일이나 고덕이 사료와 캣타워를 버린 일을 속속들이 알고 있는 것도 존남이었다.

그랬으니 죽어 가는 고양이들을 나 몰라라 할 때는 언제고 이제 와서 고양이들을 쫓아다니는 게 수상쩍어 보였을 것이다. 고양이 연쇄 살해범의 등장에 가뜩이나 길바닥이 어수선했는데 고양이 말을 하는 고덕의 등장은 상황을 더욱 혼란스럽게 했다.

존남은 고덕을 믿지 않았다.

고양이를 지키다 순교한 정 여사의 미치광이 아들로 소문난 고덕에게 복수하기 위해 존남은 최선을 다해 노력했다. 고덕의 차를 긁거나 오줌을 갈겨 놓는 것은 기본이고 그가 가는 길목에 뛰어들어 얼굴을 할퀴고 귀를 물어뜯는 일도 있었다.

타이슨도 아니건만 귀를 물어뜯은 뒤에는 그의 얼굴에 고양이 핵펀치를 날리기까지 했다. 그리고 결국 오늘은 넘어뜨린 고덕의 입안에 제 헤어볼을 쑤셔 넣는 만행을 저지른 것이다.

고덕은 동네 길고양이들에게 얻어터지고 스토킹을 당하는 일을 그 누구에게도 말할 수 없었다. 그는 참고 또 참아야 했다.

고덕은 누가 볼세라 털 뭉치를 주머니 안에 쑤셔 넣었다. 입안에 쑤셔 박힌 고양이 헤어볼이라니, 환장하고 미치겠네.

혼자 중얼거리는데 엘리베이터가 2층에 멈춰 서며 문이 열렸다.

문이 열리자마자 드러난 광경은 실성한 듯 고래고래 소리치는 여자와 그를 말리는 남자, 그 곁에서 난감한 얼굴로 그들을 달래고 있는 여성청소년과 직원들이었다. 경찰서에서 한 달에 몇 번씩 보는 드잡이라 새삼스럽진 않았다. 때마침 형사지원과 임 경장이 엘리베이터에 올랐다.

"엥? 이 순경 또 넘어진 거야?"

"아, 네."

머리를 긁적이는 고덕을 보며 임 경장이 혀를 끌끌 찼다.

"어디 가서 경찰이라고 하지 마. 그 나이에 걷다가 제 발에 걸려 넘어지냐. 아유, 내가 다 쪽팔린다. 경찰 시험은 어떻게 통과했어?"

그러게 말입니다. 고덕도 마음속으로 동의하며 돌아섰다.

새끼 고양이를 찾기로 마음먹고 새집으로 이사한 뒤 그는 본
격적으로 고양이들을 찾아다니기 시작했다. 물론 문전박대당하
기 일쑤였고 두들겨 맞거나 물어뜯기는 일도 비일비재했다. 소문
이 눌어붙은 껌딱지처럼 질기게 그에게 들러붙은 데다 고양이들
이 워낙 경계심이 많은 터라 고양이 말을 하며 접근하는 그를 지
구를 침공한 외계인쯤으로 보는 게 큰 이유였다.

동네 사람들이 보기엔 그저 어머니의 죽음 이후 캣맘 가업을
이어받는 일로 보였겠지만 어쨌든 그에게도 나름의 이유는 있었
다. 수많은 길고양이에게 할퀴어지고 하악질을 당하지만 그는 천
년 집사가 돼라 부탁한 새끼 고양이를 찾기 위해 고군분투 중이
었다.

"근데 경장님, 아까 2층에 무슨 문제 생겼어요?"

"경찰서에서 그런 일이 한두 번이냐. 늘 생기는 민원인의 고충
이지."

"무슨 일인데요?"

"아동 실종인데 부모가 파출소에서 안 되니까 직접 여기까지
찾아왔나 봐. 애가 학원에 안 가고 사라졌다고."

"언제요?"

"오늘 오후 2시."

고덕은 잠시 시계를 들여다보았다. 오후 4시가 조금 넘은 시각, 보통 한두 시간 정도 아이가 사라졌다고 실종 신고를 하는 경우는 흔치 않은데. 그 속을 읽기라도 하듯 임 경장이 말했다.

"아이 휴대 전화 위치 추적이 학원 빌딩에서 꺼졌나 봐. 정작 애는 학원에 안 오고. 어떤 상황인지 확실치 않으니까 주변 탐문 수색 중인데 부모는 한사코 애가 납치됐으니 주변 차량이랑 건물 관계자 전부를 수색하라고 저 난리야."

3층 형사지원과로 들어온 두 사람은 오후를 버틸 커피를 마시기 위해 탕비실로 향했다. 믹스 커피 두 개를 진하게 타 나란히 들고 선 채 고덕이 물었다.

"사라진 데가 어디래요?"

"고동사거리 제일빌딩. 절대로 휴대 전화를 끄는 애가 아니고 착실하게 학원과 집만 오가는데 학원에는 오지 않았고 근처 CCTV에서도 보이지 않고 감쪽같이 증발해 버린 거지."

"친구 집에 놀러 갔을 가능성은요?"

"전학 온 지 얼마 되지 않았대. 부모한테 얘기 없이 어딜 갈 애도 아니라고."

"부모님이 빨리 대응하셨는데……."

아직 이른 감이 없지 않나 싶은 말은 들고 있던 믹스커피와 함께 삼켜 버렸다. 정말 실종 사건이라면 골든 타임을 놓치고 있는 것이지만 실종을 확신할 만한 증거가 부족했다.

"애가 완전히 증발한 거지. 요새 애들 학원 입출결 프로그램이 잘되어 있잖아. 학원 들어오면 띵동 하고 문자나 알림 날아오고, 나가면 띵동 하고 나갔다 문자 날아가고. 그 문자가 안 오니까 재 깍 학원에 연락했던 거지. 근데 그맘때 애들 사춘기 얼리버드로 와서 엄마 물 먹이겠다고 말없이 잠수 타고 아파트 몇 바퀴 배회 하다 집으로 돌아가는 일도 부지기수고."

자리로 돌아와 옷에 묻은 검불을 떼면서 생각에 잠겼다. 이 직업 의 단점, 가장 나쁜 경우의 수로 생각이 고랑을 파고 흘러가는 것.

만약 아이가 정말 실종된 것이고 누군가에게 납치된 것이라면 부모의 빠른 대처로 번 시간이 경찰의 안일함으로 날아가는 셈 이 된다.

고덕은 수사과에 넘길 자료를 들고 2층으로 내려갔다. 2층의 절반을 함께 쓰는 여성청소년과 상담실에 넋이 나간 얼굴로 앉 아 있는 두 사람은 조금 전 엘리베이터 안에서 본 아이의 부모였 다. 수사과의 김 경장은 아이가 다니던 학원 주변 CCTV를 확인 하느라 정신이 없는 상황이었다.

"김 경장님, 아침에 요청하신 자료 여기 있습니다."

"어, 거기 놔둬."

"정신이 없으시네요."

"급한 건이 있어서."

"아이 소재가 확인되지 않은 사건이요?"

고덕은 일부러 '실종'이란 단어를 쓰지 않았다. 사건이 명백해지기 전까지 확정은 금물이었다.

"들었어? 주변 CCTV를 다 뒤져 봤는데 애가 들어간 화면만 있고 나간 화면이 없어. 부모는 그 건물 코드아담으로 통제 안 했다고 야단이고."

"코드아담 될 연면적이 아닌데."

"내 말이. 방송에 나오는 걸 띄엄띄엄 시청하고 우리 같은 경찰만 족치는 거지."

"빌딩 안은요?"

"다 뒤져 봤는데, 없어."

"차량으로 나갔을 가능성은요?"

"그 시각 주차장에 차를 세워 둔 차주들에게 블랙박스 영상을 요청했는데 얻고 보니 다들 사각지대라 이 빠진 화면처럼 듬성듬성 하더라고. 주차장은 지하 3층인 데다 차량만 수십 대고."

김 경장의 옅은 한숨에서 사건이 장기화될 조짐이 엿보였다. 아이가 다니던 학원 인근을 비추는 사거리 실시간 CCTV를 함께 보던 고덕은 빌딩 주변에서 움직이는 무언가를 발견했다. 무

언가가 시선을 의식하듯 CCTV의 검은 눈을 돌아봤다. 무언가
가 무언가를 봤을 수도 있겠다는 실낱같은 희망이 떠올랐다.

고덕은 반장에게 현장 투입을 요청했다. 형사지원과 담당 경사
는 여성청소년과의 사건 요청이 없었음에도 지원을 허락했다. 고
덕은 동부서에서 멀지 않은 사건 현장으로 달려갔다. 많은 빌딩
이 밀집된 고동사거리는 전형적인 상가 건물촌이라 유동 인구가
많은 곳이었다. 사거리 인접한 빌딩 한 동에는 태권도, 영어, 수
학, 피아노, 음악, 미술 학원이 들어차 있었다. 1층 핫도그 가게에
는 다음 학원으로 넘어가기 전 잠깐 간식을 먹으러 내려온 아이
들이 줄지어 서 있었다. 간식을 먹은 후에는 다시 그 빌딩 안 다
른 학원으로 갔다. 그야말로 초등학생들이 방과 후를 한 건물 안
에서 해결하도록 특화된 곳이었다.

고덕은 빌딩 주변을 빙 둘러보았다.

빌딩과 빌딩 사잇길에 빼곡히 차 있는 에어컨 실외기 사이를
누비며 누군가의 흔적을 쫓았다. 더운 바람을 내뿜으며 작동 중
인 실외기를 뒤지던 고덕은 누가 들을세라 조용히 누군가를 불
렀다.

"계십니까?"

지나가던 사람이 그를 슬며시 쳐다보고는 가던 길을 갔다. 몇
번을 불러 봤으나 대답이 없는 걸로 봐선 그는 이미 이 구역을

벗어난 듯했다. 고덕은 건물의 지하 주차장으로 내려갔다. 비상계단과 주차장 여기저기 등이 나가 있는 걸로 봐선 평당 만 원이라는 관리비가 무색하게 새는 돈이 많아 보였다. 완전히 불이 나간 전등 몇 개를 점검해 보니 일부러 전등을 살짝 돌려놓은 것이 보였다. 이렇다면 얘기가 달라지는데.

고덕은 조심스레 다시 누군가를 불렀다.

"계십니까?"

그의 육감이 '그들'의 존재를 인지했다.

"안 계십니까?"

어디선가 낮은 목소리가 들려왔다.

"……엄마."

고덕은 목소리가 나는 곳으로 걸어갔다. 큰 SUV 차량 뒤쪽 기둥 근처에 낡은 담요를 덮은 상자 하나가 놓여 있었다.

"배고파."

이번에는 더 강력한 목소리가 들렸다. 가까이 다가가자 상자 안에 꼬물거리는 새끼 고양이 네 마리가 옹기종기 모여 눈빛을 반짝이며 그를 올려다봤다. 태어난 지 한두 달쯤 되어 보이는 형제들이었다.

"너희들……."

어렵게 만난 그들이 하필 새끼라는 사실이 그를 힘 빠지게 했다.

"엄마는 안 계셔?"

"낯선 인간이랑 말하면 안 돼."

개중 가장 덩치가 큰 녀석 하나가 털을 곤추세우며 말했다. 고덕은 주머니에서 츄르 여러 개 중 가장 염분이 적은 것을 꺼내 입구를 뜯었다. 츄르 냄새를 맡은 새끼 고양이들이 순식간에 그의 앞으로 몰려들었다. 고덕은 네 마리의 새끼 고양이에게 골고루 츄르 맛을 보여 줬다. 녀석들이 맛을 음미할 때쯤 그는 잔인하게 츄르를 거둬들였다.

"너희들 혹시 여기서 여자아이 본 적 없어?"

"여자아이? 인간?"

"그래, 작고 몰랑몰랑하고 털이 긴 인간."

"그런 인간은 많이 봤어. 이런 큰 덩치를 타고 들어오고 나가니까."

"세 시간쯤 전에는?"

"세 시간이 뭐야?"

"음…… 엄마 젖 먹고 한숨 자고 난 뒤 다시 배가 고파지는 시간 정도."

새끼 고양이들이 눈을 데굴데굴 굴리는 모습을 보고 있자니 고양이들에게 정보를 얻겠다고 찾아온 자신이 한심하게 생각되기 시작했다. 그때였다. 어둠 속에서 무언가가 조심스레 움직이기 시작했다. 기둥 뒤 어딘가에 숨어 있지만 고덕은 그의 에너지를 느낄 수 있었다.

화가 잔뜩 난 하악질이 터져 나왔다. 새끼들의 어미일까. 고덕은 녀석을 자극하지 않기 위해 새끼들에게서 한 발 뒤로 물러나 바라봤다. 불어 있는 젖을 보니 네 마리의 어미가 확실했다.

"애들에게서 떨어져!"

"미안! 그냥 츄르만 주고 있었어."

"새끼 고양이 필요하면 펫숍 가서 사! 길거리에 산다고 함부로 납치할 생각 말고!"

"아냐, 절대! 근데 뭐 좀 물어볼 게 있는데."

"너……."

어미는 뒤늦게 고덕이 자신의 말을 알아듣는다는 사실을 눈치챈 모양이다.

"네가 고양이 목숨 하나를 받았다는 그 인간인가?"

소문이 여기까지 내려온 모양이로군. 고덕은 내심 고양이들의 정보력에 놀랐지만 그보다 확인해야 할 시급한 문제가 있었다.

"그 얘기는 나중에. 이 빌딩에서 몇 시간 전에 여자아이 하나가 사라졌어. 열두 살, 흰색 티셔츠에 청바지 차림이고 키는 이만하고."

어미는 경계심을 풀지 않고 그를 노려봤다. 하필이면 정보원으로 걸린 게 세상 물정 모르는 한두 달짜리 새끼들과 가장 독이 오른 젖먹이 어미라니. 그럼에도 현재로선 저 어미만이 그가 찾는 답을 가지고 있을 확률이 높았다.

"그게 나와 무슨 상관이지?"

"부모들이 애타게 찾고 있어. 아이는 흔적도 없이 사라졌고."

"흥! 인간들이란 제 새끼들만 물고 빨지. 길거리에 널린 새끼 고양이들 목숨은 거들떠보지도 않으면서 말이야."

"……."

더 있어 봤자 좋은 답을 들을 것 같지 않았다. 고덕은 주변에 버려진 테이크아웃 커피 컵을 주워 속을 비우고 휴지로 닦아 냈다. 늘 준비해 가지고 다니는 고양이 사료 한 봉지를 꺼내 그 안에 담고 츄르를 짜 상자 앞으로 밀어 넣고 일어섰다. 그가 돌아설 때까지 어미 고양이는 하악질을 멈추지 않았다.

주변 건물을 더 살펴보며 다른 고양이를 찾아내는 수밖에 별도리가 없다. 비상계단을 반쯤 올라왔을 때 어떻게 온 건지 그보다 몇 계단 앞에 어미 고양이가 서 있었다.

"그런 빤한 수법으로 고양이들을 회유할 수 있을 거 같아?"

"젖 먹일 때 밥 잘 못 먹으면 몸 상한대."

"흥! 인간 따위가 동정은!"

그러나 여기까지 쫓아왔다는 건 할 얘기가 있다는 뜻이다. 고덕은 조용히 어미의 다음 말을 기다렸다. 어미는 계단을 서성이며 그를 노려보았다.

"한 번만 얘기할 거니까 잘 들어."

"……."

"애들 태우고 다니는 앞코가 짧은 큰 자동차."

"노란색 학원 차량?"

"노란색?"

"참, 너희는 색을 못 보지."

"우리는 색약이지 색맹은 아니라고. 뭐가 됐든 제일 흔한 색이야."

"노란색 차라면 애들 태우고 다니는 승합차인데, 그렇다면 설마……."

불길한 생각이 상상을 뚫고 입 밖으로 나왔다. 어미 고양이는 불안한 얼굴의 그에게 앞발을 내밀며 말했다.

"그 덩치의 앞니에 새겨진 건……."

어미 고양이가 발로 쓴 건 딱 숫자 두 개였다. '27'이거나 '21'인 숫자, 그것만으로도 큰 소득이었다.

"정말 이 숫자 맞아?"

"모양은 정확해. 집고양이들은 텔레비전을 많이 봐서 인간들의 글자도 배운다고 하지만 우리 같은 스트리트는 그런 고등 교육을 받을 기회가 없으니까……."

"고마워!"

"애를 꼭 찾아, 인간."

"그럴게. 참! 네 이름이 뭐지?"

어미 고양이는 그것도 모르냐는 듯 가소롭게 그를 바라보며 코웃음을 쳤다.

"스트리트 출신은 영역으로 불린다는 것도 몰라?"

"그럼 너는……."

"당분간은 제일빌딩."

그 말을 하는 그녀의 표정이 어딘가 슬퍼 보였다. 마치 이곳을 떠나면 그녀의 이름도 존재도 사라진다고 말하듯.

"고마워, 제일빌딩!"

고덕이 떠나는 모습을 확인하자 기둥 뒤에 숨어 있던 노묘가 모습을 드러냈다.

"당신이 말한 대로 나는 저 인간을 도왔어요."

"고맙네."

"묘하군요. 웬만해서는 나서지 않는 할멈이 일개 인간을 도와 달라는 부탁이라니."

"인연을 이어 주는 것뿐이야. 사라진 네 자식과 저 인간의 인연이 참 질기거든. 이 보은은 무엇으로 해 줄까?"

"그저 내 아이를 무사히 살려 보내 주기만 한다면 난 그 무엇도 바라지 않아요."

"그건 걱정하지 마. 저 인간이 네 아이를 살리고 최고의 집사를 만나게 해 줄 거야."

고덕은 주차한 차를 향해 뛰어가며 수사과로 전화를 돌렸다. 형사과 소속인 그가 여성청소년계 사건과 관련해 자료를 요청하는 건 선을 넘는 일이지만 보고서를 올릴 시간적 여유가 없었다. 수사과 사이버수사팀 소속 선배 최 경장이 전화를 받았다.

"저 이고덕 순경인데요. 아까 그 실종 접수 건 관련 CCTV로 제일빌딩에서 나오는 노란색 승합차 중 27이나 21이 들어간 차량 확인 부탁드려요."

"달랑 숫자 두 개로 확인하라고?"

고덕은 아이가 엘리베이터 앞에서 사라진 시간을 떠올렸다.

"2시 10분에서 30분 사이요. 학원 승합차 차량 대부분은 1층에서 애들 태우고 내려요. 그때 지하에서 빠져나간 차들은 얼마 되지 않을 거예요. 그 차량만 소재 파악 부탁드릴게요."

차에 오른 고덕은 기다렸다. 3분이 흐른 뒤 전화벨이 울리자 그는 재깍 전화를 받았다.

"딱 한 대 있어."

"잠깐만요, 선배! 지금부터 대화는 반장님이랑 공유할게요."

고덕은 통화 참여 버튼을 누르고 백 반장을 호출했다.

"반장님! 제일빌딩 아동 실종 사건 관련 유력 용의자를 찾았습니다. 대화 공유하겠습니다. 선배, 말씀하세요."

"아, 차량 번호 '342다 0027', 차종은 스타렉스 16인승, 해당 차량은 제일빌딩 5층에 있는 수학 학원 등·하원 승합차인데 오후 2시 15분에 해당 건물을 나갔습니다. 차주는 41세 김동균. 조회하니 바로 2년 전 아청법 위반이 뜨던데요."

"아청법?"

"잠시만요……. 범죄 이력 조회 마쳤습니다. 41세 김동균, 청소년 성매매로 인한 아청법 위반으로 2년 복역, 1년 3개월 전 출소."

옅은 탄식이 전화기 너머로 흘러나왔다.

"그런데도 학원 운전기사로 취업이 됐다고?"

"지입차로 파트를 뛴 것 같습니다. 학원 원장이 성범죄 조회를 안 하고 넣었나 보네요. 학원에 연락하니 그 기사가 갑자기 연락도 안 되고 아이들 픽업 스케줄을 펑크 냈다고 하고요."

"지금 그 차량 위치 추적 가능한가?"

"넵! 하이패스 사용 내역과 동선 추적 중입니다."

수 분이 영겁의 시간처럼 느껴지던 찰나 최 경장이 다급한 목소리로 외쳤다.

"현재 당진영덕고속도로 북의성 IC 지점을 통과한 것으로 확인됩니다."

"언제 꺼질지 모르니까 김동균 휴대 전화 실시간으로 GPS 위치 추적하고!"

"네!"

통화가 끝나자 고덕은 묘한 긴장감에 휩싸였다. 시간이 충분했다면 자신이 나서지 않을 일이었다.

하지만 정황상 아이는 누군가에게 납치된 것이 가장 유력했고 해당 빌딩의 CCTV와 주차장에 주차된 차량 블랙박스, 사거리 CCTV로 특정되지 않은 사람이나 차량을 찾는 것은 모래밭에서 바늘 찾기와 다름없는 일이었다. 과학수사와 촘촘한 경찰 행정망 안에서 범인은 결국 잡힌다고 하더라도 시간은 뒤를 쫓는 이들의 편이 아니다.

범죄자들이 잡힐 것을 두려워하며 범죄를 저지르지 않을 만큼 이성적인 인간이 아니라는 점, 또한 그 사이 돌이킬 수 없는 범죄로 인해 피해가 발생한다는 점이 그를 현장으로 뛰어들게 했다.

고덕은 형사지원과로 돌아왔다. 팀장과 몇몇을 제외한 팀원들은 여성청소년과 사람들과 함께 차량을 타고 놈을 따라가고 있었고 팀장은 해당 지역의 수사과에 공조 요청을 넣었다.

고덕이 할 일은 교통조사과에 들러 놈의 GPS가 실시간으로 잡히는 곳을 지점으로 연결하여 놈의 목적지를 파악하는 일이다.

들끓어 오르는 범죄 욕망과 안전에 대한 갈망, 두 힘이 잡아당기는 방향은 벡터값이다. 서로의 힘을 취합해 나아가는 방향, 그곳에 놈의 목적지가 있다.

고덕이 서로 돌아오는 사이, 조사과에서는 김동균의 주소지와 고향, 군복무지, 과거 주소지까지 훑으며 놈이 피신할 만한 곳을 쫓고 있었다.

"반장님! 김동균의 휴대 전화 GPS가 꺼졌습니다."

"마지막 신호는?"

"청송 IC 인근인데요. 국도로 빠져나간 것까지만 확인됐어요."

"근처에 관련 주소지가 있나?"

"……아니요, 없습니다."

기껏 용의자를 특정했는데 또다시 막다른 길이다.

"아무리 조그만 면이라지만 여기 사는 가구만 수천 가구라 일일이 조사하기는 힘든데요."

고덕은 잠시 생각에 잠겼다. 제일빌딩이 했던 이야기들을 복기했다.

"널 돕는 이유는 같잖은 츄르 때문이 아니라 내 새끼 때문이야. 그 더러운 놈이 내 새끼 하나를 데리고 갔어. 그 인간 아이를 유괴하는 데 내 아이를 썼다고! 무슨 일이 있어도 내 아이를 꼭 찾아와."

그제야 내성적인 여자아이가 아무 이유도 없이 모르는 사람을 따라간 이유가 이해되었다. 또한 스트리트 출신이라는 제일빌딩이 그 차 번호를 외워 고덕에게 전해 준 이유였다. 고덕은 자신도 모르게 주먹에 힘이 들어갔다.

"그리고 그놈 평소에 역겨운 냄새를 풍기고 있었어."

"냄새?"

"녀석에게선 역겨운 개 농장 냄새가 났어. 온갖 역한 향수를 들이붓고 있지만 그 더러운 냄새를 모를 리 없지."

고덕은 주먹을 불끈 쥐었다. 수사과 최 경장이 그의 단서를 기다리고 있었다.

"청송 인근 개 농장이요. 불법이든 합법이든 개 농장을 찾아봐요!"

"신고된 개 농장은 없는데……."

"그럼 민원 신고 들어온 거 찾아봐요. 개를 여러 마리 키워서 냄새나 소음 이런 걸로 민원 들어온 곳이 있는지."

"신고가 들어온 게 한 건이, 아니 여러 건 들어온 곳이 있네. 청송 부진마을."

"거기 주소 찍어서 출동 팀에 보내 주세요!"

고덕은 초조하게 시계를 들여다보았다. 벌써 저녁 6시가 넘은 시각, 범인이 아이를 데리고 간 지 네 시간이 넘었다. 무엇보다 아이가 건강하게 살아 돌아오기를, 제일빌딩의 새끼도 무사하기를, 고덕은 믿지 않았던 누군가를 향해 기도하기 시작했다.

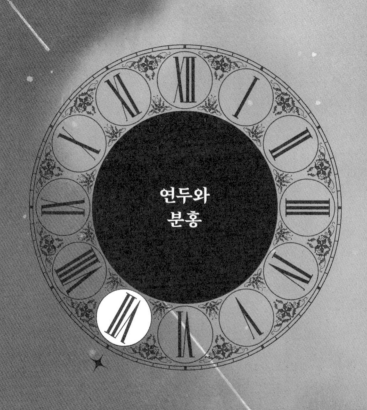

연두와
분홍

열두 살 아이의 이름은 4월의 새잎을 떠올리게 하는 '신연두'
였다.

맞벌이하는 엄마, 아빠 덕에 늘 혼자 지내는 게 일상이 된 어
른스러운 아이였다. 체형은 또래보다 커 조숙해 보였지만 마음은
여리고 순진한 어린아이일 뿐이었다. 그랬기에 낯선 아저씨가 품
에서 새끼 고양이를 꺼내자 자신도 모르게 그에 이끌려 지하 주
차장까지 따라가게 된 것이다.

엄마라면 절대로 허락하지 않을 새끼 고양이를 처음 안아 본
순간, 연두는 마음이 흔들렸다. 그런 고양이들이 지하 주차장에
몇 마리가 더 있다는 아저씨의 말을 듣자 학원에 가야 한다는 생
각도 무서운 엄마의 존재도 머릿속에서 사라졌다.

연두는 승합차 운전기사 아저씨와 거리를 두며 경계를 풀지
않고 따라갔다. 다른 새끼 고양이를 보여 준 아저씨는 연두가 겁

을 먹지 않게 멀찌감치 떨어져 그 모습을 지켜보았다. 연두는 조심스레 새끼 고양이를 안아 들고 가만가만 쓰다듬어 주었다. 겁에 질렸던 새끼 고양이의 울음소리가 잦아들자 자신의 마음을 알아준 것만 같아 기뻤다. 가까이 얼굴을 가져다 대니 달큼한 젖냄새가 올라왔다.

온 마음이 새끼 고양이에게 홀려 버려 운전기사 아저씨가 연두의 주머니에서 휴대 전화를 몰래 빼냈다는 사실조차 알지 못했다. 지하 주차장 구석진 곳의 상자 안에 옹기종기 모여 있는 고양이들을 보며 시간 가는 줄도 모르고 구경했던 게 기억의 전부였다. 이후의 모든 기억은 끊겨 버렸다.

힘들게 눈을 떴을 때 연두의 두 손과 발은 운동화 끈에 묶여 있었고 입은 두꺼운 청 테이프로 봉해져 있었다. 자신이 누워 있는 곳이 승합차 바닥임을 안 것은 얼마 후였다. 노란색 승합차에는 '필승 수학 학원'이란 글자가 새겨져 있었다. 고개를 세워 앞을 보자 연두에게 고양이를 건네던 아저씨의 뒷모습이 보였다. 차는 어디론가로 빠르게 움직이고 있었다. 연두의 흐느낌에 그 아저씨가 룸미러로 뒤를 돌아보며 말했다.

"지금 일어났어? 아저씨랑 좋은 곳으로 가니까 불편해도 조금만 참아."

아저씨는 음악을 틀더니 노래를 흥얼거리며 따라 부르기 시작했다. 연두의 흐느낌은 그 소리에 파묻혀 들리지 않았다. 바닥에 웅크리고 앉은 채로 한참을 우는데 이상한 소리가 들렸다. 고개를 돌려 주위를 두리번거리자 그제야 바닥 한구석에 몸을 숨긴 채 낑낑거리고 있는 새끼 고양이가 보였다.

불행 중 다행은 그 새끼 고양이도 연두와 함께라는 사실뿐이었다. 연두는 묶인 두 손을 새끼 고양이에게 뻗었다. 고양이는 자꾸만 구석으로 몸을 웅크렸다. 학교 도서관 책에서 본 대로 연두는 몇 번이나 눈을 끔벅거렸다.

안녕, 이것이 고양이의 인사라고 했다.

안─녕, 안─녕, 안───녕.

온 힘을 다해 마음을 전했다.

'괜찮아. 난 널 해치지 않을 거야.'

연두는 새끼 고양이가 마음을 열 때까지 몇 번이나 눈을 끔벅거리며 인사를 건넸다. 한참의 시간이 지나고 새끼 고양이가 살금살금 기어 나와 연두의 손을 핥기 시작했다. 그 작은 몸짓으로 두려움은 거짓말처럼 사라졌다. 나눠 가진 서로의 온기는 극심한 공포감에 휩싸였던 연두에게 안정제가 되어 주었다.

고양이는 아직 검은 물이 다 들지 않은 분홍색 코를 가지고 있었다. 그 분홍 코가 너무 사랑스러웠다.

'핑크색 코네, 그럼 이제부터 너를 분홍이라고 하자.'

핑크색 코를 가진 새끼 고양이를 품에 안은 연두는 자신을 다독였다.

'괜찮아, 괜찮아. 학원에서 엄마에게 연락했을 거고 엄마랑 아빠가 날 찾고 있을 거야. 우리는 괜찮을 거야.'

차는 낯선 시골길을 달려 높은 철망이 쳐진 곳에 도착했다. 아저씨가 연두의 묶인 다리를 풀어 주었다. 차에서 내렸을 때 주위는 칠흑 같은 어둠뿐이었다. 연두는 자신의 티셔츠 속에 넣어 둔 새끼 고양이를 들키지 않게 몸을 옹송그렸다. 하지만 품 안에서 분홍이 날카롭게 울어 댔다.

그때 멀리서 덩치가 큰 개 두 마리가 연두를 향해 달려들었다. 아저씨가 말릴 새도 없이 개 한 마리가 연두의 다리를 물고 늘어졌다. 연두는 자신이 물리는 건 아랑곳하지 않고 새끼 고양이를 놓칠세라 두 팔로 가슴만을 방어했다. 아저씨가 녀석의 목줄을 잡아당겨 바닥에 패대기치는 동안 연두는 흙바닥을 굴렀다.

잔뜩 흥분한 개 한 마리가 말리는 아저씨의 손을 물자 이성을 잃은 아저씨는 녀석의 머리를 삽으로 내려쳤다. 녀석이 깨갱거리며 피범벅인 채 바닥을 뒹굴었고 아저씨는 맨손으로 연두의 허벅지를 물고 있던 다른 한 녀석의 입을 벌렸다. 빠직— 하는 둔탁한 소리와 함께 녀석의 아래턱이 힘없이 벌어지고 피가 흘러내렸다.

연두가 비명을 지를 새도 없이 삽시간에 벌어진 일이었다.

아저씨는 개에게 물어뜯겨 엉망이 된 자기 손을 들여다보며 심한 욕지거리를 뱉었다. 연두는 조그만 방에 갇힌 채 두려움에 떨며 피가 새어 나오는 바지를 손으로 눌렀다. 품 안에 숨겼던 분홍이 티셔츠 위로 목을 빼고 연신 연두의 목을 핥았다.

"놀랐지? 괜찮아. 언니가 돌봐 줄 테니까 걱정하지 마."

분홍이 두 눈에 반짝 광채를 띠며 연두를 쳐다봤다. 분홍은 좀체 흥분이 가라앉지 않았다. 차에서 내리자마자 맡았던 그 냄새가 야수들의 것임을 어린 분홍은 본능적으로 알았다.

그래서 목청껏 큰 소리를 내어 일부러 그들을 자극했다. 그 상황에서 자칫 잘못했다가 목숨을 잃는 것은 자신이 될 거란 것도 알았다. 한 줌짜리 몸 어딘가에 송곳니 하나만 박혀도 제 연약한 몸뚱이는 짓이겨지고 숨통은 끊어지고 말 것이다. 그럼에도 이 어린아이를 지키고 싶었다. 엄마는 늘 말했다.

"야수는 밥을 주는 인간을 주인이라고 생각하지 않아. 멍청한 집개나 집고양이들만 밥을 주는 놈들을 제 주인이라고 생각하지."

"그럼 우리는요?"

"우리는 자유 의지가 있는 길고양이다. 누굴 주인으로 섬기거나 굴복하지 않아!"

"가끔 밥을 주는 착한 사람들은요?"

그 말에 엄마는 날카로운 눈빛을 빛내며 말했다.

"그 사람들은 주인이 아니라 친구다."

분홍은 생각했다. 야수의 냄새가 나는 저 인간 남자는 제가 밥을 주는 야수가 제 말을 듣는 부하라 착각하고 있을 것이다. 하지만 야수는 제 본능이 앞서면 인간의 말을 듣지 않을 것이다. 그래서 분홍은 울부짖어 제 존재를 알리고 그들의 야수 본능을 자극했다.

내가 여기 있으니 달려들어 날 물어뜯으라고. 말리는 네 주인의 손을 물어뜯으라고.

분홍은 고통을 참고 있는 연두를 가만히 올려다보았다.

'시간을 벌려고 일부러 너를 아프게 한 거야. 그런데 괜찮아. 그깟 몸의 상처는 금방 나으니까. 내가 널 지켜 줄 거니까.'

연두는 분홍이 일부러 개들을 자극했다는 사실을 알지 못했다. 그리고 예쁜 여동생이 생기기를 바랐던 소망과 달리 한없이 약해 보이고 예쁜 분홍이 이처럼 용맹한 수컷 고양이란 것도.

✦

그날 자정이 다 되어서야 고덕은 연두의 소식을 들었다.

추적 팀이 김동균의 개 농장을 급습했을 때 그는 다친 손을 치료 중이었다고 한다. 갑자기 들이닥친 경찰들에게 끌려가면서도 그는 황망한 눈빛을 감추지 못했다고 했다. 여성청소년과 여자 경장 하나가 연두의 몸 상태를 살피고 병원으로 옮기는 사이 나머지 수색대는 혹시 모를 사태를 대비해 주변 수색을 했는데 마당 한쪽 아궁이 솥에는 발라진 고기 살점들이, 화구 속에서는 개들의 뼈와 사체 조각이 발견되었다고 전했다. 수색대가 집 안을 샅샅이 뒤지는 동안 신병을 인도받은 형사지원과는 그길로 바로 서로 복귀했다. 돌아오는 차 안에서 내내 입을 다물었던 김동균은 한참 만에 입을 열었다.

"어떻게 이렇게 빨리 찾았습니까?"

"그러게. 하늘이 도왔지. 우리는 정말 운이 좋았고, 너는 지독하게 운이 나빴고."

그 말을 듣는 김동균의 표정이 묘했다. 그는 이런 일이 처음이 아닌 듯 일말의 두려움도 없는 담담한 표정이었다.

"……근데 오늘 잡은 애가 정말 좋아하는 애였는데 아깝네요."

"뭐?"

"이 미친 새끼가 무슨 소리를 하는 거야?"

김동균은 피식 웃음을 터뜨리며 말했다.

"아니 무슨 상상들을 하는 거예요? 개 말이에요, 개! 경찰들이 이상한 생각이나 하고 말이지."

그들은 김동균의 말장난에 놀아났다는 사실을 알고 치를 떨었다.

"살점이 많았는데. 좀 더 일찍 잡아먹을걸……."

아쉬움에 입맛을 다시는 모습은 나머지 수사관들을 모골이 송연하게 만들었다. 이미 아동 납치 유인만으로도 큰 죄였지만 그 안에 숨어 있는 더 큰 악마가 있다는 사실이 얼비친 순간 사람들은 깨달았다. 이놈을 잡게 된 것은 하늘의 뜻이구나.

또한 김동균의 숨은 여죄를 찾아내는 숨 가쁜 수사를 해야 한다는 걸 의미했다.

연두와 함께 돌아온 새끼 고양이는 약간의 탈수 증상이 있었지만 건강했다.

그사이 연두는 새끼 고양이를 분홍이라 부르며 정을 붙인 뒤였다. 새끼 고양이의 울음소리 때문에 개들이 흥분해 연두를 공격했고 그들을 말리느라 김동균이 다쳤다는 얘기를 전해 들은 사람들은 연두가 무사한 게 고양이 덕분임을 알았다. 과정이야 어쨌든 그 새끼 고양이가 생명의 은인임을 그 누구도 부인하지 않았다.

연두는 분홍을 간절히 입양하고 싶어 했고 이 영웅적인 귀환을 감격스레 지켜보고 있는 많은 눈앞에서 연두 엄마는 마지못해 이를 승낙했다.

만약 연두가 김동균에게 납치되었다는 사실을 빨리 알아내지 못했다면, 그 차량과 시골집을 빨리 특정하지 못했다면 어떤 일이 벌어졌을까. 불행의 가상 시나리오는 끔찍했다. 수사관들은 남몰래 놀란 가슴을 쓸어내렸다. 그렇기에 골든 타임을 놓치지 않고 아이를 무사히 찾은 것은 기가 막힌 우연의 연속이었다며 혀를 내둘렀다. 그 어디에도 이고덕이 제일빌딩으로 가 어떻게 유력 용의자를 특정했는지에 대한 의심은 끼어들지 않았다.

누군가 묻는다면 그저 지나가는 아이를 붙잡고 물었더니 승합차 아저씨를 보았다고, 개 비린내가 심하게 나는 그 운전기사 아저씨가 지하 주차장으로 바쁘게 뛰어가는 걸 보았다고 말할 생각이었으나 그런 기회는 오지 않았다.

고덕은 뒤늦게 제일빌딩에게 연두와 새끼가 무사히 돌아왔다는 소식을 알렸다. 연두 부모님이 새끼를 입양했다는 소식에도 어미는 아무런 감정을 드러내지 않았다. 어차피 젖을 뗐으니, 새끼들을 독립시킬 생각이었고 그중 하나가 인간 가정으로 입양된다고 해도 나쁜 선택지는 아니라고 선을 그었다.

좋은 집사를 만나 순탄한 삶을 살길, 제일빌딩은 분홍의 앞날을 그렇게 빌어 주고 있었을 것이다.

며칠 뒤 고덕이 다시 제일빌딩의 보금자리를 찾아왔을 때 상자는 이미 비어 있었다. 새끼 고양이들이 이소를 했는지 그들을 본 사람들이 새끼들을 입양했는지 어디에서도 흔적을 찾을 수가 없었다.

고덕은 비어 있는 사료통과 물통에 건사료를 담고 물도 채워 주었다. 한참을 기다려도 제일빌딩과 다른 새끼 고양이들의 모습은 보이지 않았다. 차로 돌아와 시동을 걸려는 찰나, 누군가 지하주차장의 구석으로 다가왔다. 어두워 보이지 않던 얼굴은 가까이 다가왔을 때에야 정체를 확인할 수 있었다.

일전에 경찰서에서 봤던 연두의 엄마였다. 밖에서 안이 보이지 않는 미러 선팅 된 차라 그녀는 운전석에 있는 고덕을 보지 못했다. 그녀는 계속 주위를 두리번거리고 있었다. 오른손에 든 종이 가방에서 새끼 고양이의 머리가 쑥 올라왔다. 직감적으로 느낌이 왔다.

결국 버리는구나.

죽음의 문턱에서 살아 나온 전우보다 더한 인연으로 연두와 분홍의 삶이 해피 엔딩일 줄 알았는데. 아이가 무사히 살아오면 뭐든지 감내할 수 있을 것 같던 마음이 다시 이기심으로 채워진 거겠지.

그러나 연두의 엄마는 알까.

분홍 때문에 자기 딸이 납치된 것이 아니라 분홍이 영리하게 납치범을 다치게 하는 바람에 무사히 돌아올 수 있었고 평생 갚아도 모자랄 빚이 되었다는 걸. 그 빚을 갚을 절호의 기회를 본인이 유기하고 있다는 것 또한.

지금까지 고덕이 본 고양이들은 베푼 은혜는 내키는 대로 보답하고 당한 배신에는 철저하게 복수하는 존재였다. 매운맛이거나 순한 맛이거나, 고양이의 세계에 그 중간은 없다.

앞으로 살아갈 쇠털 같은 날 중에 두 번 다시 자신을 돕는 천운은 없다는 걸 그녀는 모를 것이다. 고양이가 기억해서가 아니라 세상의 모든 살아 있는 것들이 선의를 배반한 그녀의 이 순간을 기억해서다.

조그만 선의는 세상의 저금통에 쌓이고, 커다란 선의는 하늘의 돌에 기록된다. 하지만 조그만 악의든 커다란 악의든 모든 악은 강물을 타고 바다로 흘러가 다시 하늘로 올라가고 비가 되어 세상에 내린다. 결국 모든 것들을 아프게 한다. 이것이 그녀가 행한 작은 악이 그녀에게 돌아올 때 더 큰 고통이 되는 이유다.

연두의 엄마는 누가 볼세라 빈 상자 안에 분홍을 놓아두고 서둘러 주차장을 빠져나갔다. 고덕은 차에서 내려 다시 상자로 돌아왔다. 그 안에 애처롭게 울고 있는 어린 고양이를 보니 차마 발걸음이 떨어지지 않았다.

어둠 속에서 누군가 다가왔다. 처음부터 이 모든 것을 지켜보고 있던 제일빌딩이었다. 그녀는 아무 말도 하지 않았다.

"……처음부터 알고 있었어?"

"끝내 아니길 바랐지만 보다시피. 이제 너도 알겠지? 너희 인간들이 얼마나 배은망덕한 존재인지. 내 새끼 덕에 제 자식이 살아난 걸 조금이라도 감사히 여긴다면 은혜를 갚는 마음으로라도 키우든가 다른 사람에게라도 보내든가. 애 공부에 방해된다고 새끼를 내다 버리는 저 악행은 결국 자신에게 돌아갈 거야."

"어쩌면 더 좋은 곳으로 갈 수 있을 거라 생각했을지도 몰라."

과거 새끼 고양이 다섯 마리를 동물병원 앞에 유기했던 자신을 떠올리며 한 말이었다.

"목숨을 구해 준 인연이었어! 그걸 능가하는 만남이 있을 것 같아? 그리고 고양이는 품을 떠난 새끼를 다시 거두지 않아. 애 학원이나 돌리지 말고 저나 상식 공부 좀 하시든가. 배은망덕한 여편네 같으니!"

분홍이 낑낑대며 다가와 그의 발에 몸을 비벼 댔다. 고덕은 분홍에게 손을 내밀다 멈추기를 반복했다. 그 누구보다 연민 가득한 엄마를 증오했는데, 절대 동정으로 생명을 거두는 인생은 살지 않겠다고 다짐했는데.

고양이에 대한 모든 예상은 늘 엇나갔다. 한 가지 확실한 건 어미인 제일빌딩은 절대 이 아이를 품지 않을 것이란 것쯤.

고덕은 옅은 한숨을 내쉬며 차로 발걸음을 돌렸다.

다음 날 오전, 회의 중이던 고덕의 휴대 전화가 연달아 진동음을 울리며 메시지를 날랐다. 그는 주변을 살피며 회의 탁자 아래에서 슬쩍 휴대 전화를 내려다보았다.

'이 순경님, 분홍이가 사료를 먹지 않아요.'

'물도 안 먹네요.'

'주사기로 억지로 먹였더니 그걸 토해요.'

'죽으면 어떡해요?'

분홍을 입양한 카페 사장님이 1분이 멀다 하고 이런 문자를 보냈다. 자주 가는 카페라 분홍의 소식을 전했더니 대번에 자기가 입양하겠다고 나서 망설임 끝에 보낸 자리였다. 이미 성묘 두 마리를 키우고 있는 숙련된 집사인 데다 유달리 다정한 성격이라 별 탈이 없으리라 보낸 꽃자리였는데 문제는 그걸 거부하는 분홍이었다.

녀석은 연두에게 버림받고 그를 거쳐 또 다른 사람에게 입양되는 과정이 스트레스였던 모양이다. 사장님께 녀석을 건넬 때 분홍은 끊임없이 물었다.

"나 버리는 거야?"

"저 사람도 당신처럼 고양이 말을 할 수 있어?"

"나 가기 싫어! 보내지 마!"

어르고 달래 보냈지만 고덕은 마음이 편치만은 않았다. 가서 며칠만 고생하면 잘 적응해서 지낼 줄 알았는데 생각보다 마음의 상처가 깊은 모양이었다. 식음을 전폐하고 사람을 피해 구석으로만 숨어 들어간다는 소식을 듣자 내내 마음이 무거웠다.

결국 퇴근 후 분홍의 상태를 보러 카페에 들렀다. 카페 뒤편 창고 공간으로 쓰는 조그만 물품 보관함 안에 녀석이 숨어 있었다. 고덕은 사장님께 양해를 구하고 혼자 창고 안으로 들어갔다.

"꼬맹아, 아저씨 왔다."

잔뜩 쌓여 있는 잡동사니 어디에도 녀석의 소리가 들리지 않았다. 손길이 닿을 수 없는 깊은 곳으로 들어간 모양이었다.

"어디 있어? 잠깐 나와 봐."

아무리 불러도 대답이 없자 고덕은 바닥에 철퍼덕 앉아 새끼 고양이를 기다렸다. 엄마는 고양이란 떠나 버린 시곗바늘이라고 말했다. 고양이의 시곗바늘이 떠났다면 한 바퀴를 돌아 돌아올 때까지 그 자리를 지켜야 한다고 했다.

그러나 한 시간이 지나도록 분홍의 시곗바늘은 돌아오지 않았다. 긴 기다림 끝에 혼잣말이 새어 나왔다.

"너도 사람들한테 이리저리 끌려다니는 거 싫었겠지. 팔리는 물건처럼 데려갔다가 버리고 다른 사람 손에 넘기고, 그런 거 싫잖아. 그러니까 이제부터는 네가 정해 봐."

"……."

아무런 대꾸도 반응도 없었다.

"선택지는 많지 않지만 너에게 선택권을 줄게. 1번은 지금 너의 예비 집사, 상냥한 여자 사람이고 집에는 다 큰 어른 고양이가 두 마리가 있어. 고양이들 텃세가 어떤지 모르지만 집사는 고양이들을 너무 사랑하고 잘 돌봐 줘. 네가 좀 어른 고양이였으면 그두 마리와 서열 싸움을 해야 할 수도 있는데 지금은 어리니까 봐줄 거야. 1년 뒤에는 어찌 될지 모를 일이지만."

새끼 고양이는 여전히 묵묵부답이었다.

"그다음은 2번. 이번 집은 남자 집사야. 고양이에 대해 기초도 모르는 바닥 수준이야. 혼자 살고 홀아비 냄새 풀풀 나고 일하느라 바빠서 집에도 늦게 들어오고 술도 잘 퍼마시고 아무튼 집사로 꽝이야. 고양이와 살아 본 적은 있지만 길렀다고 말할 정도는 아니야. 편한 점이라곤 고양이 말을 한다는 정도. 근데 집 안은 개집처럼 더러워. 뭐, 1번 집사처럼 어마어마한 캣타워도 없고. 어떤 쪽을 선택하든 나는 네 선택대로 할게."

말을 끝내고 답을 기다렸지만 묵묵부답이었다. 너무 빈약한 선택지였나.

그럼에도 고덕은 믿었다. 연두를 구하기 위해 제 목숨이 위태로운 것을 각오하고 시간을 벌었던 똑똑한 녀석이다. 제 용맹함을 씩씩하게 얘기하던 녀석의 반짝이는 눈빛을 기억한다. 녀석은 이번에도 현명한 선택을 할 것이다.

그러나 한 생을 거는 결정에 시간이 필요할 듯했다. 고덕이 자리에서 일어나려는 찰나 어둠 속에서 빛 두 개가 반짝였다. 앙상하게 마른 분홍이 모습을 드러냈다.

"3번은?"

"미안하지만 3번은 없어."

"……."

"생각할 시간이 필요하면 기다릴게."

고덕이 일어서려는 순간 분홍이 다짜고짜 그의 팔을 할퀴었다. 팔에 상처가 길게 나고 피가 새어 나오는데도 녀석은 천연덕스럽게 제 앞발을 핥으며,

"계약서에 사인한 거야. 그 상처를 볼 때마다 생각하라고. 허튼 짓했다간 다음번에는 살이 아닌 뼈가 발리겠구나."

너무 어이가 없어서 헛웃음이 흘렀다. 그래 놓고 고덕의 팔을 꼬리로 툭 치며 애교를 부리더니 골골송을 불렀다.

"잘 지내보자고."

사정없이 긁어 놓을 때는 언제고 이제는 또 잘 지내자고 인사

를 건네시네.

　녀석은 자기가 긁은 고덕의 상처를 정성스레 핥으며 그를 지긋
한 눈으로 바라보았다. 눈가에 말라붙은 눈곱과 눈물 자국이 있
는 걸 보면 보기와 달리 마음은 힘들었던 모양이다. 고덕은 천천
히 손을 뻗어 녀석의 거친 털을 쓰다듬어 주었다.

아파트의
터줏대감들

며칠 뒤 고덕은 퇴근길 아파트 1층 공동 현관 앞에서 생각지도
못한 방문객을 마주했다.

　제일빌딩이 센서 문 귀퉁이에 앉아 앞발로 제 얼굴을 손질하
고 있었다. 고덕은 제일빌딩에서 5킬로미터나 떨어진 이곳까지
찾아왔다는 사실이 믿기지 않았다.

　"어떻게 여기까지 온 거야?"

　"300킬로미터 떨어진 주인 찾아간 진돗개는 그런가 보다 하면
서 꼴랑 몇 시간 걸려 찾아온 걸로 설레발은."

　"너희는 칼 같은 영역이 있다면서."

　"제일빌딩에는 다른 녀석이 들어와서. 거기가 외져서 몸풀기
좋거든."

　"그럼 너는……. 설마 여길?"

　"왜? 오면 안 되는 곳을 왔나? 원래 우리 같은 스트리트 출신

은 길어 봤자 3년이야. 여기저기 떠도는 건 새삼스럽지도 않아. 넌 일찍일찍 좀 다녀라."

그 말을 마친 뒤 녀석은 어둠 속으로 사라졌다.

말하자면 입주 인사를 하러 찾아온 길이었다. 분홍이 고덕의 집으로 돌아오고 어미 냥인 제일빌딩도 고덕의 아파트 단지로 둥지를 옮겼다.

그러나 그 짧은 인사를 끝으로 아파트 단지 어디에서도 제일빌딩의 모습은 보이지 않았다. 가끔 밤이 되면 집 주변에서 영역 싸움을 하는 고양이들 소리가 들렸다. 길어 봤자 3년이라는 덤덤한 말과는 달리 그들의 생은 치열했다. 먹이 하나를 두고, 혹은 영역과 암컷을 두고 벌어지는 길냥이들의 전투는 매 순간마다 위태롭고 처절했다.

안전했던 제일빌딩을 버리고 보안이 삼엄한 고덕의 아파트 단지로 들어온 이유야 알지 못하지만 안락한 터를 버리고 험난한 삶을 스스로 선택했다는 것은 알 수 있었다.

인간으로 치자면 청약 통장도 없고, 두둑한 현금도 없고, 든든한 부모라는 백그라운드도 없이 상급지로 옮겼다는 뜻인데 이 상급지 고양이들이 그리 만만치 않다는 건 고덕도 익히 알고 있는 사실이었다.

그를 줄기차게 쫓아오던 길냥이들이 아파트 차단기 앞에서 들어오지 못한 채 우물쭈물하는 것만 보더라도 단지 안으로 들어온 제일빌딩의 행동은 제 목숨을 건 도박이나 다름없었다.

그것도 몸을 푼 지 얼마 지나지 않은 암컷의 몸으로.

경쟁을 이겨 내지 못하면 제일빌딩은 안전하지 못한 길가나 야산으로 쫓겨날 것이고 그것은 그녀의 삶을 더욱 고단하게 만들 것이다. 고덕은 앞으로 제일빌딩의 삶이 얼마나 처절할지 짐작조차 가지 않았다.

그 우려대로 며칠 뒤 풀숲에 숨어 가쁜 숨을 고르고 있는 녀석을 보았다.

그녀는 한쪽 눈이 긁혀 핏물을 흘리고 있었고 여기저기 할퀴고 물린 상처로 엉망이었다. 다가가려 하니 먼저 외면한 쪽은 제일빌딩이었다.

마치 이런 일이 늘 있는 일인 것처럼, 제 삶이 언제나 이런 처절한 사투의 연속인 것처럼.

제일빌딩이 죽음을 각오하고 영역을 옮긴 이유가 새끼 때문이라는 강력한 의심이 일었다. 다른 새끼들의 생사는 알지 못하지만 애타게 찾던 막내 분홍은 자신이 거뒀으니까. 말만 표독스러운 엄마지 행동은 헬리콥터 맘이면서.

고덕은 그런 제일빌딩을 모른 척할 수 없었다.

아, 그나저나 집 근처에서는 캣삼촌을 안 하기로 했는데.

안 했다기보다 못 했다가 더 정확한 이유였으나 이유야 어찌 됐든 왠지 이 동네 고양이들에게는 괜한 부채감이 들었다.

어머니가 돌아가신 뒤 동네 고양이들이 극심한 굶주림에 시달렸다는 이야기를 나중에야 알았다. 다른 캣맘이 이 구역을 인수하기까지 사람이 주기적으로 주는 밥에 길든 동네 고양이들은 쓰레기통을 뒤지며 생을 연명했다고 했다.

어머니의 짐을 정리하고 이 아파트로 이사 온 뒤 고덕은 쓰레기장 근처에서 꾀죄죄한 고양이 몇 마리를 보았다. 혼자 먹이를 주러 다니지 않았더라면 어머니가 그런 일을 당하지 않았을 거라는 생각 때문에 오랫동안 아파트의 고양이들을 외면해 왔다.

그런 그의 등 뒤로 마뜩잖은 목소리들이 들렸다.

"저놈이 정 여사 아들이라고? 하는 짓은 완전 딴판인데 어디가 정 여사를 닮은 거야?"

고덕은 그들의 말을 알아듣는다는 걸 들키지 않으려 곁눈질로 흘깃 바라봤다. 쓰레기통 주변에는 꾀죄죄한 고양이 두 마리가 일명 식빵 굽는 자세로 앉아 있었다.

"저놈 정 여사 집에 있던 고양이 사료 다 내다 버렸대."

"아이, 저런 천벌을 받을 놈! 동네 애들 삐쩍 곯아 가는 게 보이지도 않아? 눈깔을 어디에 박고 다니는 놈이야!"

그들의 말대로 고덕은 수십 킬로그램에 달하는 고양이 사료를 통째로 버리고 캣타워도 폐기물 스티커를 붙여 처분했다. 집을 팔기 위해 짐을 정리한다는 단순한 이유에서였다. 또한 남겨진 엄마의 유품 모든 곳에서 죽음과 관련된 기억을 지우고 싶어서였다. 동네 고양이들은 그런 고덕을 미워했고 고덕 역시 그들의 뒷말을 못 들은 척 외면했다.

"원래 우리를 겁나 싫어하는 놈이었대."

"제 엄마 반의반이라도 닮지. 죽은 정 여사만 안타깝게 됐어. 그 미친놈 하나 때문에."

고덕은 걸러지지 않은 채 들리는 자신에 대한 뒷담화 때문에 헐레벌떡 집으로 도망쳐 왔다. 고양이의 말이 들리는 건 하루 이틀이 아니지만 눈앞에서 제 욕을 듣고 있자니 낯이 뜨거웠다. 그나마 다행인 건 이 아파트 밖에서 돌고 있는 천 년 집사 소문의 당사자가 고덕이라는 사실을 이들이 모른다는 점이었다. 그러나 아파트 주위를 오갈 때마다 동네 아줌마들이 뒷담화하듯 숙덕거리는 고양이들의 대화가 여과 없이 귀에 박혔다.

"저기 간다, 정 여사 못난 아들놈."

"옷 꼬락서니 좀 봐. 바지 안에 셔츠 구겨 넣고 배바지로 입은 꼴이란. 아유, 촌스러워."

차에 오르면서 슬그머니 셔츠를 빼기도 했고,

"세수 그거 몇 초 걸린다고 세수도 안 했대? 윽! 극혐!"

차에 올라 물티슈로 얼굴을 닦기도 했다.

그러나 아파트 고양이들의 미움은 그가 어떤 모습, 어떤 행동을 보이든 계속되었다. 존재 자체에 대한 돌이킬 수 없는 미움이었다. 그의 차 바퀴에 오줌이 갈겨져 있거나 보닛에 고양이 발자국이 어지럽게 찍혀 있는 일이 다반사였다. 아파트 단지 안으로 들어오면 터줏대감들의 괴롭힘에, 밖으로 나가면 존남의 처절한 응징에, 고덕은 안팎으로 고통받았다.

그럼에도 고덕은 그들에게 협상을 제안해야 했다.

시작부터 꼬여 버린 관계였으나 고양이가 아니면 답을 줄 존재가 없으니 미리 이실직고하는 것 외에 방법은 없었다. 이미 일대 10킬로미터 안에서 고덕은 고양이들에게 미운털 제대로 박힌 동네북이었다. 고덕이 천 년 집사 후보 주자라는 걸 아는 건 시간문제였다.

그나저나 이제 와서 녀석들 앞에 무슨 낯으로 서야 하나.

고덕은 한숨을 푹 쉬며 캔 사료와 츄르를 넉넉히 챙겨 들고 집 주변을 뒤졌다. 수풀 사이에서 나른하게 일광욕 중이던 통통한 회색 고양이 한 마리가 보였다.

"어이, 거기!"

회색 고양이는 한쪽 눈을 가늘게 뜨더니 다시 눈꺼풀을 감았다. 너 같은 인간 나부랭이와 할 말이 없다는 굳건한 의지로.

"잠깐 대화를 나눴으면 좋겠는데."

"에잇, 시끄러워. 전화는 딴 데 가서 해라, 인간."

고양이는 고덕이 말을 하는 게 전화를 하는 중이라 생각하는 모양이었다. 고덕은 미리 챙겨 온 뇌물인 츄르를 꺼내 들며 말했다.

"저기, 그쪽한테 말을 하는 건데."

"인간 놈이 시끄럽게 혼자 뭘 주절거려!"

"우선 이거라도 좀 먹을래?"

"저리 꺼져. 어디서 생겨 먹다 만 개뼈다귀 같은 놈이 고양이의 잠을 깨우나."

"개뼈다귀같이 생겨서 미안한데……."

그 말이 끝나기도 전에 수풀 속에서 앙칼진 비명과 함께 회색 고양이가 용수철처럼 튀어 올랐다. 못 들을 것이라도 들은 것처럼 당황한 눈빛으로 근처 나무 위로 기어 올라간 회색 고양이는 그를 향해 연신 하악질을 해 댔다.

"너 방금 뭐라고 했어? 내 말을 알아들은 거야?"

"어쩌다 보니 들리게 됐어."

"뭐 저런 미친놈이 다 있어. 씨, 간 떨어져 뒤지는 줄 알았잖아."

남들 귀에야 그저 하악질로만 들리는 이 소리가 인간 세계로 따지면 온갖 쌍욕이 난무하는 거친 욕지거리의 향연임을 그 누가 알까.

"난 그냥 이 구역 대장 고양이를 만나고 싶어."

그의 말에 회색 고양이가 앙칼지게 고래고래 소리를 질렀다.

"인간 놈이 고양이 말을 한다!"

"그래, 미안하게 됐다."

"너는 도대체 누구냐!"

"사정은 차차 얘기하고 이 아파트를 관리하는 대장이 있을 거 아냐. 그 고양이에게 날 데려다줘."

"인간 놈을 뭘 믿고. 어라? 너 혹시…… 돌아가신 정 여사의 인간 말종 막내아들?"

소문도 참 희한하게 났다. 회색 고양이는 발로 자기 눈을 쓱쓱 비비며 그를 다시 내려다봤다.

"인간 말종은 아니지만, 아들 맞아."

"고양이 싫어하기로 소문난 놈이 우리한테 무슨 볼일이지?"

"그건 가서 말할게."

회색 냥은 경계심이 가득한 표정으로 그를 노려보고는 꼬리를 살랑살랑 좌우로 흔들며 생각에 잠겼다. 그러고는 나무 위를 오 가며 그를 요리조리 뜯어보더니,

"주머니에 있는 거 다 꺼내 봐."

고덕은 시키는 대로 고분고분 주머니를 뒤져 잡동사니들을 내

놓았다. 부러진 이쑤시개, 차 키, 휴대 전화가 전부인 별 볼 일 없는, 무방비 상태임에도.

"신발 바닥에 왜 개똥 같은 게 붙어 있어?"

"이건 트레킹화야. 개똥 같은 게 아니고 걸을 때 잘 접지되라고 붙여진."

"울퉁불퉁한 거 맘에 안 들어. 저번에 그 비슷한 것 신은 어떤 미친놈이 새끼 고양이를 밟아 죽였다고!"

"아, 알았어. 집에 가서 바꿔 신고 올게."

"질질 끌고 다니는 거, 맥아리 없이 앞뒤 터진 거, 그걸로 바꿔."

슬리퍼를 참 창의적으로도 표현한다. 고덕은 집에서 슬리퍼로 바꿔 신고 바꾸는 김에 무릎이 튀어나온 후줄근한 운동복 바지로 갈아입었다. 회색 냥은 그걸 보고도 마음에 안 드는지,

"조금이라도 헛짓거리했다간 네놈 사지 육신을 뜯어 나비탕을 만들어 줄 테니까 그리 알아."

고양이 입에서 나온 나비탕이라니. 이 얼마나 섬뜩한 비유인가.

"아씨, 생긴 게 마음에 안 드는데……."

"아스팔트에 얼굴이라도 갈고 올까?"

"됐어, 그건 나중에. 따라와."

고덕은 회색 냥을 따라 풀숲으로 들어갔다. 사람이 들어갈 수 없는 험한 숲길로만 골라 가는 걸 보면 일부러 엿 먹이려는 것도

같고.

한참 만에 도착한 곳은 아파트 뒷산으로 이어지는 산책로에서 조금 떨어진 곳의 한갓진 수풀 속이었다. 그 안에 회색과 검은색 줄무늬가 골고루 섞인 덩치 큰 고양이 하나가 늘어져 있었다. 회색 냥은 줄무늬 곁으로 바짝 다가가 소곤소곤 이야기를 나눴다. 아무래도 고덕이 그들의 이야기를 알아듣는 게 무척이나 신경 쓰이는 모양이었다. 졸린 눈으로 이야기를 듣던 덩치 큰 고양이는 어떤 대목에서는 동공이 튀어나올 정도로 눈이 커지기도 했다. 세로줄 모양의 동공이 늘었다 줄었다로 감정이 드러났다. 대화를 끝낸 두 고양이는 고덕을 동시에 노려봤다. 줄무늬 고양이가 털을 곤추세우며 그에게 물었다.

"거기 인간, 직업이 뭐지?"

"경찰."

"묘한 놈이군. 근데 넌 어떻게 고양이 말을 하지? 정 여사도 가끔 몇 마디를 감으로 알아듣는 정도였는데."

난공불락의 요새와도 같은 이 아파트촌 안까지 고덕이 고양이의 목숨을 받았다는 소문이 퍼지지 않은 모양이다. 고덕은 해묵은 이야기를 꺼내기 위해 숨을 골랐다.

"우리 엄마가 사이코패스 살인마의 손에 돌아가신 거 너희도 알잖아. 그때 새끼 고양이 한 마리도 죽게 되었고. 그 고양이가 내게 뭔가를 준 것 같아."

"네가 고양이 목숨을 받았다고?"

"그렇다더군."

두 고양이의 동공이 놀란 듯 커다랗게 확장되었다.

"그런데 나를 찾아온 용건은?"

"그 새끼 고양이를 찾고 있어. 다시 태어났다면 석 달 남짓일 거야."

"그래서 찾는다? 왜지?"

"엄마를 죽인 범인을 찾고 싶어."

고덕은 기다렸다. 삼순이 해 준 말대로 자신이 정말 고양이의 생명 하나를 받은 것이고 환생한 그 새끼 고양이를 찾을 수 있다는 확답을.

줄무늬는 눈을 가늘게 뜨고 고덕을 보며 말했다.

"너는 인류 역사에 우리 고양이가 어떤 동물로 기록되어 있는지 알고는 있나?"

"이집트에서는 태양신 라의 현신이라고 기록되어 있다는 걸 알아."

"흠, 배운 인간이군. 그런데 그렇게 멀리 갈 필요 없이 조선 옛 학자 중 이익이란 사람이 쓴 《성호사설》이란 책이 있어. 거기에 고양이는 여러 해를 길렀다고 해도 제 비위에 틀리면 하루아침에 주인도 알은체하지 않고 가 버린다, 이런 구절이 있어. 이게 뭘 뜻하는 것 같아?"

"……."

"한 번의 실수! 우리는 단 한 번의 실수도 용납하지 않기 때문이야. 너는 정 여사가 애지중지 키운 여러 마리의 고양이가 있다는 걸 뻔히 알면서도 그들을 버렸어."

"버린 게 아니고 그들이 떠난 거야."

"메리, 풀 밟아 드려라. 손님 가신다."

그 말 한마디로 모든 상황이 정리되었다. 자신의 잘못을 인정하지 않고, 오직 범인을 잡기 위해 고양이의 도움만을 요구하는 고덕을 도와주지 않겠다는 확고한 의지의 표출. 또다시 막다른 길이다. 그러나 고덕은 여기서 물러날 수 없었다.

"이유가 뭐야?"

"……."

"가르쳐 줘. 부탁이야."

"너 오래 살고 싶으면 어디 가서 그 고양이 말 쓰지 마."

"왜? 왜 난 안 되는 거지?"

"첫째로 너는 고양이의 목숨을 받을 자격이 없어. 둘째로 우리는 천지 분간 못 하고 귀한 목숨을 내준 새끼 고양이와 달라. 고작 고양이 말 좀 알아듣게 됐다고 사이코패스를 잡아서 복수를 한다고? 고양이 월월거리는 소리 하고 있네. 네까짓 게 무슨 수로 그놈을 잡아? 무엇보다……."

줄무늬 냥의 눈이 세로로 가늘어지며 온몸이 적대감을 표출했다.

"다시 말하지만 넌 한 번 우리를 배신한 놈이야. 고양이 세계에서 한 번 배신은 영원한 배신이고 떠난 버스야."

구구절절 옳은 말이었기에 대꾸할 변명거리가 없었다. 하지만 여기까지 와서 빈손으로 돌아갈 수도 없었다.

"잠깐, 그럼 이것만이라도 들어줘."

줄무늬가 그를 바라봤다.

"얼마 전에 이 구역에 새로 들어온 노란색 암컷 얘기야. 너희들이 단체로 반쯤 곤죽을 만들어 놓은."

"그런데."

"그 친구를 여기 받아 줘."

"우리가 왜 그런 근본 없는 떠돌이에게 영역을 쪼개 줘야 하지?"

길고양이가 길고양이에게 떠돌이라니. 유체이탈 화법이 이 세계에서도 인기인 모양이군. 괜한 화를 불러일으키는 이런 말은 마음속에 꾹꾹 눌러 담고,

"오면서 보니 너희 밥그릇은 차고도 넘치던데 나눠 주는 게 그

리 어려운가."

"흥! 인간은 늘 제 눈에 보이는 게 전부라고 생각하지. 우리가 그 밥그릇을 얻기 위해 귀 끝 털과 생식능력을 포기했다는 걸 모르는 주제에."

고덕의 시선은 자연스레 그들의 잘린 한쪽 귀에 집중되었다. 길고양이의 한쪽 귀가 잘렸다는 건 불임수술을 받았다는 표시였다.

"예전 인간들이 턱 끝에 털을 달았던 것처럼 고양이의 귀 끝 털도 존엄함의 상징이야. 그건 떼인 불알 두 쪽보다 더 아름다운 존재지."

단 한 번도 동물의 존엄을 생각해 본 적이 없는 고덕에게 다소 놀라운 말이었다.

"어이 인간, 고양이 세계의 영역은 침범할 수 없는 우리의 성이야. 함부로 누굴 받아들이지 않아. 영역은 모든 고양이가 협의해서 결정할 일이야. 무엇보다 우리에게 중요한 뭔가를 부탁하면 넌 보은의 의무를 지게 돼. 고양이에게 복수와 보은은 최고의 율법이야."

"……."

고덕이 잠시 망설이는 모습을 보이자 줄무늬가 말했다.

"이만 돌아가."

"마지막으로 하나만 더 물을게. 최고의 율법인 복수랑 보은 중에 너희는 뭐가 먼저야?"

"흥! 복수와 보은이라 말했으니 당연히 복수지."

"눈에는 눈, 이에는 이라는 함무라비 법전은 사실 우리 경전의 카피본이라고."

두 마리의 고양이는 턱을 치켜들고 자랑스럽게 자신의 율법을 설파했다. 고덕은 정확히 그 대목을 기다렸다.

"복수가 먼저인 너희 고양이 세계에서 제일빌딩이라고 불렸던 암컷은 새끼를 밴 다른 암컷에게 자기 영역을 내주고 길가로 나왔어."

"너한테 보은할 게 있나 보지."

"내가 자기 새끼 한 마리를 데리고 있다고 해도 너희 말대로 복수가 먼저라면 그 새끼를 버린 사람을 찾아가는 게 먼저지 않아? 아무것도 얻을 게 없고 아무것도 갚아 줄 게 없는데 그 율법을 어기고 자기 터전을 내놓고 복수도 하지 않는다면 이건 고양이 세계에서 마더 테레사급이잖아. 그런 고양이를 내치면서 율법 운운하기는 부끄럽지 않나."

그들의 표정은 제각각 심각한 얼굴이 되었다. 줄무늬는 고덕의 말에 심기가 불편한 듯 앉은 자리에서 일어나 주위를 몇 바퀴 돌았다. 이윽고 무겁게 입을 열었다.

"어설픈 대변인 나셨군. 그런데 너 말이야. 이게 부탁이라면 잘 생각해야 해. 지금 떠돌이 고양이 한 마리 살려 달라고 부탁하는 걸 받아 주면 넌 우리에게 보은해야 할 의무가 생긴다고."

"잘 알아, 그러니 부탁할게."

"아니, 인간! 그건 그렇게 쉽게 대답할 문제가 아니라고. 고양이의 세계에서 복수와 보은에 함부로 발 도장을 찍어서는 안 된다는 불문율이 있어. 복수도 보은도 제 목숨을 걸고 해야 하는 약속이야."

"집, 직장, 차까지 너희는 내 모든 걸 다 알잖아. 언제든 갚을 준비가 되어 있으니까 찾아와."

줄무늬는 가늘게 뜬 눈으로 한동안 그를 바라봤다.

마치 고덕의 눈 안에 깃든 거짓을 찾아내겠다는 단호한 의지로. 그러나 그는 고덕이 진심으로 제일빌딩을 지켜 주고자 한다는 사실을 알게 되었다.

줄무늬는 말없이 고덕을 바라보다 꼬리로 땅바닥을 툭 치며 이야기가 끝났음을 알렸다. 결론이 무엇인지 확답을 듣지 못하고 돌아섰지만 고덕은 희미하게나마 희망에 찼다. 왜냐하면 그가 들어왔던 험난했던 숲이 누군가에 의해 밟혀 길이 되어 있었기 때문이다.

며칠 뒤 고덕은 피딱지가 앉고 얼굴의 부기가 빠진 제일빌딩을 다시 만났다.

퇴근 후 차에서 내리자마자 마주친 걸 보면 고덕의 퇴근을 기다리고 있던 게 분명했다. 기다렸다는 걸 티 내지 않고 피딱지를 열심히 핥고 있는 제일빌딩이었다. 그럼에도 그를 보자 고개를 치켜들고 조금 거만한 얼굴로,

"나 오늘부터 여기 정식 입주민이야. 이제부터 내 영역은 108동이라고."

"아, 그래?"

고덕은 알고 있었단 걸 내색하지 않으려고 무덤덤하게 반응했다.

"108동을 듣고도 뭐 느끼는 바가 없어?"

"그럼 이제부터 네 이름은 제일빌딩이 아니라 108동이 되나."

"아니, 네가 사는 동이라고. 내가 같은 동의 입주민이 되었다는 뜻이잖아."

"아는 얼굴이 있으니 잘됐네. 여기 텃세 세다더니 운이 좋았나봐."

"훗! 그깟 등쌀쯤이야! 터줏대감이 몇 마리 있기에 뇌물 좀 썼어. 잘사는 동네라 보증금으로 바칠 쥐가 별로 없어서 탈이지만."

고덕은 차에서 사료 봉지를 꺼내 한갓진 자리에 사료를 부어 주었다. 배가 많이 고팠는지 제일빌딩은 마파람에 게 눈 감추듯 허겁지겁 사료를 먹어 댔다. 고덕은 남은 사료 봉지를 둘둘 말아 집게를 꽂아 두고 무심한 듯 몇 마디를 건넸다.

"다음부터는 지하 2층 제일 구석에 차를 대고 그 옆에 사료통 갖다 놓을 테니까 그리로 와. 당분간 터줏대감들 공용 사료통에서는 조금만 먹고."

"경찰 인간, 나한테 더 할 말 없어?"

"뭐."

"나한테 바라는, 하찮은 심부름 같은 거."

보은이라는 말을 참 희한하게도 에둘러 했다.

"없어."

108동의 깊은 눈이 한참 동안 그를 향해 있었다. 그녀는 목숨 하나쯤을 내놓아야 하는 고양이의 보은을 받지 않으려는 고덕의 완곡한 거절을 눈치챘다.

"네가 나에게 청구하지 않으면 스리슬쩍 사라지는 게 있을 텐데."

"없어."

"네가 없다면, 나도 없는 거야."

그래, 그래야 고양이답지.

모든 걸 짐작했음에도 말을 아끼는 것은 그녀의 자존감을 지켜 주려는 고덕의 마음을 헤아린 것이었다. 제일빌딩은 고덕의 마음을 읽고 해석했다. 그래서 고덕의 서툰 거절이 무안하지 않게 드러내지 않고 받아 준 것이다. 그 마음을 알게 되니 놀라웠다. 도움을 받아도 당연하게 생각하는 고양이의 그 철면피 마음이 싫다고 외치던 그였다.

고덕은 이제야 차가움 속에 감춰진 고양이의 따뜻한 본심이 조금은 이해됐다.

"인간! 터줏대감들이 너한테 새로운 이름을 받으라던데."

"아, 이제 영역이 바뀌었으니 이름이 바뀌는 게 맞겠네. 근데 나더러 지으라고 했다고?"

고덕은 터줏대감들에게 들은 바 없는 금시초문인 이야기였다.

"이름은 주인 집사가 지어 주는 거라며?"

"인간과 인연이 얽히면 더 이상 길고양이라고 할 수 없어."

"그렇다고 내가 너를 집으로 들인 것도 아니잖아."

"오라고 해도 안 갈 거니까 걱정하지 마. 빨리 이름이나 하나 지어."

"그냥 108동으로 하면 되잖아."

"장기 입원 환자 같은 그런 이름 말고. 좀 더 성의 있게 지어 줄 수 없어?"

"난 작명에 소질 없어."

"충고 하나 하자면, 이름을 부른다는 건 아주 큰 의미가 있어. 이름은 그 존재 전체를 흔들 수 있지. 퇴마 의식 때 부르는 악마의 이름처럼. 이름을 지어 준다는 건 부모가 자식에게 생을 불어넣어 준다는 의미이고 그 이름을 거둔다는 것 역시 그 반대의 의미가 되니까."

"또, 뭘 그렇게 거창한 의미를."

"얼른 지어."

"그럼, 그냥 나비로 하자."

"한 골목만 털어도 줄줄이 뛰쳐나오는 게 나비란 이름이야. 경찰 인간, 너무 성의 없잖아."

"아, 뇨—."

고덕은 지끈거리는 이마를 짚었다. 아무래도 이 동네 고양이들에게 자신이 낚인 것만 같았다.

"그럼 좀 생각할 시간을 줘. 네 말대로 성의 있게 짓게."

꼬리로 좌우 바닥을 탁탁거리는 게 딱히 싫다는 뜻은 아닌 듯 보였다. 눈동자를 가늘게 세로줄로 만드는 걸 보면 딱히 맘에 드는 눈치도 아니었지만 시큰둥한 대답이 돌아왔다.

"쳇! 알았어. 근데 차 임시 번호판도 바꿔 다는 기한 있는 거 알지. 새 이름은 보름달이 일그러지기 전까지야."

"알았다고."

그 말을 끝내기도 전에 108동은 승합차 밑으로 기어들어 가 시야에서 사라져 버렸다.

108동이라.

고양이들이 명당이라 손꼽는 가장 외진 동을 제일빌딩의 새 거처로 내어 준 걸 보면 터줏대감들이 약속 하나는 확실하게 이 행한 셈이다. 하지만 그 고양이의 보은이란 게 무시무시한 이자 를 붙여 돌아오는 사채와도 같다는 사실에 고덕은 살짝 겁이 나 기 시작했다.

2회차와
3회차의 방문

잠에서 깬 분홍은 긴 기지개를 켜고 고덕에게 다가와 한쪽 등을 붙인 채 털을 그루밍 했다. 키보드와 모니터 사이에서 살랑살랑 꼬리를 흔들며 지능적으로 일을 방해했다. 모니터 앞을 지나가던 길인 양 아무렇지 않은 척, 딴청을 부리기 일쑤였다.

심술이 나면 교묘하게 물을 먹여 작성 중이던 보고서에 자꾸만 오타가 났다. 오타가 난다는 걸 알면서도 계속 꼬리로 팔을 쳐대는 걸 보면 강짜를 부리기로 작정한 모양이다. 자기랑 놀아 주지 않아서 심술이 났다고 시위라도 하듯.

"아빠 집사, 언제까지 일할 거야?"

"이거 오늘까지 넘겨야 해. 내가 일을 해야 네 사료도 사고 츄르도 사고 더 좋은 캣타워도 사지."

"일단 나랑 놀아. 내가 자면 다시 일해."

"안 돼. 그리고 넌 아빠면 아빠고 집사면 집사지, 아빠 집사가 뭐냐. 그리고 왜 만날 몸 한쪽을 나한테 붙이고 있는 거야?"

"충전, 시간 날 때마다 완충시켜 놓으려고."

"난 완충 필요 없는데."

"이봐, 집사! 오해가 깊은 것 같은데 충전은 내가 하는 거야. 집
사는 나의 보조 배터리고."

실로 어이없는 말이었지만 생각지도 못한 비유법에 실소가
났다.

"조그만 게 그런 말은 어디서 배웠어?"

"엄마가 아빠 집사가 용량이 딸려 아쉽지만 급한 대로 쓰라 그
러던데. 애정은 바닥을 치기 전에 틈틈이 충전해 두는 거라고 그
랬어."

"좋은 걸 가르쳐 줬네. 엄마가 그새 여길 다녀갔어?"

"가끔 창문 밖으로 봐."

분홍이 다가와 고덕의 팔에 제 몸을 비벼 댔다. 그러고는 파랗고
동그란 눈을 들어 빤히 쳐다보며 그의 손등을 할짝할짝 핥았다.

"나 충전 좀 할게."

그런 애교가 익숙지 않아 온몸이 굳어지기 일쑤였지만 하루가
다르게 녀석의 알랑방귀에 적응되는 중이었다. 그와 동시에 품
안에서 파르르 떨던 그 작은 고양이를 떠올렸다. 죽어 가는 순간
까지 자신을 바라보던 그 애처로운 눈빛을.

"만약 그 새끼 고양이가 다시 태어났다면, 지금쯤 너 정도 크기의 새끼 고양이가 됐으려나."

"그랬겠네."

"내가 알아볼 수나 있을까?"

"음, 그건 아빠 집사의 고양이 이해도로는 어렵겠고 그 고양이가 아빠 집사를 찾아오는 걸 기다리는 게 더 빠를지도 모르겠다. 아! 아니야. 말이 헛나왔어! 행여나 하나 더 입양할 생각은 꿈도 꾸지 마. 나 밥상 겸상하고 공간 나눠 쓰는 거 딱 질색이야."

"너 하나 기르는 것도 기적이야, 절대 그럴 일 없어."

"그럼 저 문밖에 떡대 같은 아저씨들은 뭐야?"

"떡대?"

고덕은 인터폰을 눌러 밖을 살펴보았으나 아무도 보이지 않았다.

"아무도 없는데."

"밖에 손님 왔다."

분홍의 말에 반신반의하며 문을 여는 순간 커다란 고양이 한 마리가 튀어 오르다 놀라 까무러치는 비명을 질렀다.

"메리?"

"1년 감수했네. 인간, 너는 그 이름 부르지 마!"

일전에 그를 안내했던 회색 냥 메리였다. 그의 뒤에는 줄무늬 대장 고양이도 함께였다. 그나저나 '10년 감수'가 아니라 '1년 감수'인

것은 고양이 목숨의 1할을 뜻해서 바꿔 표현한 말인 듯했다.

"너희가 어떻게 여길……."

"이 집 집사, 손님 대접이 영 엉망이네."

"아—."

잠시 넋 놓은 사이 두 마리 고양이는 그의 가랑이를 지나 자연스럽게 집 안으로 들어왔다. 폴짝 소파에 뛰어올라 앉아 제 집인 양 그루밍을 하는 모습을 보자니 어이가 없을 지경이었다. 한껏 예민해진 분홍이 고덕의 다리 사이로 숨자 주변을 두리번거리던 메리가 한마디 던졌다.

"어이, 거기 꼬맹이! 챱챱 빨아 먹을 거 좀 가져와 봐."

분홍이 털을 세우고 하악질을 하자 털을 바짝 세운 메리의 입에서도 쌍욕이 터져 나왔다.

"코에 먹물도 안 오른 새끼가, 팍!"

고덕은 흥분한 분홍을 안아 달래며 두 고양이에게 물었다.

"무슨 일이야?"

"혓바닥이 자꾸 마르네. 기름칠 좀 하자."

분홍을 방 안에 집어넣고 문을 닫은 뒤, 제일 비싼 캔 사료를 열어 종지 가득 짠 츄르와 함께 내놓았다. 누가 쫓아오기라도 하는 듯 허겁지겁 배를 채운 두 마리는 이번에는 배를 보이며 소파 한가운데 늘어지기 시작했다.

"설마 나를 집사로 삼겠다는 그런 말도 안 되는 소리를 하러 온 건 아닐 테고."

"어림도 없는 소리! 스트리트 고양이에게 자유는 프랑스혁명과도 같은 거야! 민중을 이끄는 자유의 여신이 가장 먼저 부르짖은 게 이 자유였어! 너 프랑스 국기가 왜 파랑, 하양, 빨강인 줄 알아?"

"그거야 자……."

"자유, 평등, 박해를 나타내는 거지!"

"박해가 아니라 박애 아닌가."

"시끄러워, 인간!"

그래, 박애든 박해든 무슨 상관이랴.

고덕은 고양이와 입씨름을 하느니 이쯤에서 입을 닫는 게 신상에 이로울 듯했다.

"그래, 자유로운 길고양이님께서 왜 나를 찾아온 거지?"

"……정 여사가 죽을 때 그 새끼 고양이가 죽었다고 했지? 그럼 그 고양이도 살인자를 봤다는 얘기잖아."

"그래."

"환생한 그 고양이를 찾아서 놈을 뒤쫓겠다는 거고?"

"맞아. 그래서 나에게 목숨 하나를 준 거겠지. 자기를 기억하고 찾아오라고."

그 말에 두 고양이가 동시에 배를 잡고 뒹굴기 시작했다. 살짝

기분이 나빠지려는 찰나,

"그 고양이를 기억해서 찾아간다고?"

"보면 알 수 있어."

"어이, 인간! 너희나 우리나 지난 생이 어떻게 생겼는지는 코털만큼도 중요하지 않아. 고양이로 태어난다는 점 빼곤 모습은 매번 바뀌니까. 같은 모습으로 태어나려면 남은 목숨을 다 버려야한다고."

"아……"

"난 1회차에 스핑크스 고양이였어. 왜 털 하나 없고 쭈글쭈글 주름 많은 고양이가 있지? 그 바람에 주인이라는 놈이 이름을 번데기라고 지었지."

메리에게 뒤질세라 줄무늬도 먼 기억을 더듬기 시작했다. 메리가 최면을 거는 시늉을 하며 "레드썬!"을 외치자,

"아, 보인다, 보여! 함경산맥의 끝자락, 눈이 내린 울창한 숲속을 거닐고 있는데 그 앞에 호랑이 사냥꾼 하나가 나타나 나를 향해 총구를 겨누고 있어. 수많은 사냥개가 쫓아와서 험준한 산 하나를 넘었더니 그 앞에 맞닥뜨린 건 키가 큰 러시아 병사……. 호랑이를 쫓던 그 병사가 나를 향해 다가와서 로시야(Россия)……."

"뭐?"

"로시야."

"러시아?"

"러시안블루."

"러시아산 호랑이?"

"아니, 나는 러시안블루. 그 잿빛에 눈알은 초록색인 고양이. 그 러시아 병사가 나를 입양해서 키웠다고."

그 말에 메리가 바닥을 뒹굴며 온몸으로 깔깔거렸다. 줄무늬는 만담으로 좌중을 웃겼다고 생각한 건지 만족스러운 얼굴로 고개를 끄덕였다. 가만 보니 이 둘은 개그 콤비에 가까운 녀석들이었다. 한 놈이 타격하면 또 다른 놈은 그 타격을 온몸으로 받아치는. 무게를 잡고 도도한 척 굴지만, 뼛속 깊이 애교 부리고 농담 따먹기를 즐기는 귀여운 집고양잇과가 아닌가.

그나저나 다른 모습으로 태어났을지도 모를 그 새끼 고양이를 찾는 일은 점점 현실성이 없어 보였다. 태어난 일시만 짐작할 뿐 그곳이 어디인지, 어떤 모습인지 아무런 정보도 없는 가운데 환생 기억 하나만으로 찾아낼 수 있을까. 고양이판 달라이 라마 찾기나 다름없는, 불가능에 가까운 일이었다.

줄무늬 고양이가 풍성한 가슴털을 핥으며 물었다.

"뭐, 다시 태어난 회차로 찾아보는 방법도 있어. 그 고양이는 몇 회차였는데?"

"회차 같은 게 있어?"

"회차 같은 게 있을 뿐만 아니라 중요해. 그 고양이가 환생한 횟수를 말해 준 적은 없겠지만 혹시 눈에 띄는 능력이 보이지는 않았어?"

"그게 왜?"

무지에 가까운 고덕의 상태를 확인한 녀석들은 자못 심각한 얼굴로 말을 잇지 못하다가 한참 만에야 말을 꺼냈다.

"환생한 회차를 알면 녀석이 어떤 능력을 갖추고 있는지 짐작할 수가 있어. 높은 회차일수록 능력치가 올라가 있을 테니까 찾기도 쉬워지고. 물론 대부분 자기 회차를 숨기려고 능력치를 대놓고 드러내진 않지만 낭중지추라는 말이 왜 있겠어. 그냥 툭 불거져 나오게 되어 있다, 이 말씀이야. 그래서 여기 있는 이 형님은 3회차고, 나는 2회차야. 그 큰 차이가 느껴지시나?"

능력치로 그 회차를 추정할 수 있구나. 고덕이 고개를 젓자 스크래처로 발톱을 다듬던 줄무늬가 끄응차— 소파에서 일어나 척추를 늘이며 말했다.

"정 여사 아들치곤 기초 교육이 덜 돼 있다니까. 이래서 우리가 친히 왕림하신 거잖아. 잘 들어, 경찰 인간! 첫 번째 생은 그냥 고양이가 가진 모든 능력을 얻어. 유연한 신체적 특징 같은 거. 척추를 늘여서 높은 곳에서 떨어져도 다치지 않고 안전하게 착지

할 수 있는 능력. 사실 이게 우리 능력의 핵심이야. 어떤 조그만 틈으로도 빠져나갈 수 있는 액체 같은 유연함과 엄청난 점프력, 어때? 이 몸의 능력이!"

고덕은 그저 고개를 끄덕이며 맞장구를 쳤다. 고양이란 기분이 좋을 때 한껏 그 기분에 맞춰 주지 않으면 언제 돌변할지 모르는 존재이므로.

"그럼 메리 너는?"

"2회차이신 나는 경계의 언어를 알지. 고양이의 말이 아니라 생명들의 다양한 언어, 더 넓게는 바람에 실려 오는 지구의 숨소리까지. 그래서 내가 네 개떡 같은 말을 찰떡같이 알아듣고 계시는 거지. 그러니까……."

"자연의 소리를 듣는 거네."

"뭐, 좋을 대로."

"근데 말이야. 내가 얻은 게 1회차의 목숨이라면 단순히 고양이의 언어가 아니라 고양이의 특별한 신체적 능력도 얻었다는 거잖아."

"이제야 깨달았군. 넌 그냥 1회차의 목숨을 얻어서 고양이 말을 할 줄 하고 고양이의 신체적 특징을 얻은 거지."

"하지만 나는……."

고덕은 자기 몸 이곳저곳을 살펴보았다. 그 어디에도 눈에 띌 만한 변화는 없었다. 자신의 척추는 여전히 경추, 흉추, 요추, 천추, 미추를 다 합쳐 서른세 개이고 고양이는 쉰세 개라는 점은 변함없는 사실이다. 스무 개의 척추뼈가 하늘에서 뚝 떨어질 일도 없고.

정리하자면, 고양이의 말을 하는 것은 기본 중의 기본일 뿐이고 고양이의 놀라운 점프력과 회복력이 1회차의 핵심 키워드라는 소리인데.

고덕은 의심이 가득한 눈빛으로 메리에게 물었다.

"난 너희 목소리를 듣는 것 외에는 별반 다를 게 없는데."

"사실 그게 문제야. 우리가 널 지켜봤는데 넌 1회차 목숨을 얻은 것치고는 몸이 너무 나무 막대기 같다는 거야. 뭐, 맞닥뜨리면 그 능력이 뒤늦게 발현될 수도 있어. 새끼 고양이가 처음부터 신체적 능력치를 가지고 태어나는 건 아니니까. 어느 정도는 훈련하고 배워서 만들어지는 것도 있지. 넌 종이 다르니까 발현되는 데 시간이 걸리는 건지도 모르고."

뭔가 설명할 수 없는 껄끄러움이 있지만 일단 고개를 끄덕이며 다음 질문으로 넘어갔다.

"그럼 바람에 실려 오는 지구의 숨소리, 그건 어떻게 듣는 거야?"

곁에서 이야기를 듣고 있던 메리가 가소롭다는 듯 송곳니를 드러내며 말했다.

"뭐, 다른 동물들이 하는 시답잖은 얘기들, 옆 동네 개들이 오줌 갈기며 하는 화장실 개그나 러시아에서 남하하는 철새들이 비행 못 해 먹겠다는 푸념이나. 봄 되면 나무가 기지개 켜면서 물관으로 땅속 수분 쪽쪽 빨아 먹으면서 겨우내 꿨던 지난한 꿈 해몽 이야기, 그런 거."

"동물은 그렇다 쳐도 나무가 이야기한다고?"

"나무만 하나? 흙도 하고, 강물도 하고, 구름도 하지."

"뭔 미친 소리를……."

"역시 인간들은 상상력이 빈약해. 그놈의 이성 줄만 부여잡는 실존이니 합리니 심장에서 먼 것들만 따지다가 눈이랑 귀가 멀어진 거야. 못 믿겠으면 오늘 밤 뉴스를 봐. 동쪽에서 산불 하나가 번지고 있다는 소식이 들려오니까."

고덕은 슬쩍 휴대 전화를 꺼내려다 너무 속 보이는 짓인 것 같아 그만두었다.

그러나 들으면 들을수록 대단히 의문스러운 것은 고덕이 고양이의 말은 할 줄 알지만 그들이 말한 고양이의 민첩성이나 유연성은 전혀 발현될 기미가 없다는 점이었다. 종이 달라서 나타나는 데 시간이 걸린다는 고양이들의 생각과 달리 고덕은 그 신체적 특징이 아예 제 몸에 없다는 생각이 들었다. 째째가 마지막 순간 말했던 '반쪽'이라는 단어가 이 능력의 반쪽을 의미하는 것이 아니었나, 스스로를 의심하기 시작했다.

고덕은 속으로 지레짐작한 답을 아꼈다.

아직 그에게는 한참 후의 일이겠지만 메리나 주변 고양이들에게 존경을 받고 있는 묘생 3회차 줄무늬의 능력치가 더 궁금했다.

"그럼 네 그 대단하다는 3회차의 능력은 뭐지?"

줄무늬는 평안한 얼굴로 그를 들여다보고 있었다.

"……나는 그 존재의 과거를 봐. 또한 눈동자로 죄를 들여다보지."

"죄?"

고덕은 줄무늬의 말이 믿기지 않았다. 별일을 다 겪고 여기까지 왔음에도 죄를 들여다본다는 고양이의 말은 순전히 뻥이고 사기처럼 들렸다.

"말도 안 되는 소리."

그 말을 하는 동안 머릿속에 이상한 생각이 떠올랐다. 이 녀석의 말이 진짜인지 가짜인지 검증할 데이터라면 널리고 널려 있지 않나. 고덕은 휴대 전화를 꺼내 얼마 전 이슈가 된 사건의 피의자 사진을 불러와 그 앞에 내밀었다.

"그럼 이 남자가 어떤 죄를 지었는지 맞혀 봐."

줄무늬 고양이는 아무 말 없이 고덕을 빤히 올려다보았다. 그의 눈동자가 자신이 내민 휴대 전화 속 사진을 보고 있는지 자신을 보고 있는지 알 수 없었다. 존엄하다고 말했던 남은 귀 털이 파르르 떨린 뒤 줄무늬가 말했다.

"모아 놓은 사진 속에 잡범들도 많을 텐데 하필이면 이런 놈이냐? 고양이 괴롭히는 악취미가 있나."

잠깐의 시간이 흐르고 줄무늬가 어렵게 입을 열었다.

"……가장 뜨거운 유황 지옥 불에 떨어질 운명이 보여. 단테의 《신곡》에서 베르길리우스가 안내했던 지옥의 고통이."

"그런 허무맹랑한 얘기 말고 구체적으로. 뭐가 보여?"

"……뒤틀린 욕망, 증오, 분노, 자아분열."

"정신과 의사처럼 말고 사진사처럼, 이 사람이 지은 죄를 사진처럼 말해 보라고."

줄무늬 고양이는 인상을 쓰며 말을 이었다.

"……엄마와 형을 수십 번 찌르고 밀가루로 뒤덮은 살해 현장, 화장실 욕조 가득 채워진 락스, 불태워진 가족사진, 죄명은 존속, 비속 살해."

그 말을 듣는 순간 고덕은 심장이 멈추는 듯한 충격을 받았다. 줄무늬가 말한 것은 사건 보고서를 읽지 않았다면 절대 알 수 없는 살해 현장의 구체적 정황이었다.

거칠게 뛰기 시작한 가슴을 진정시키며 생각을 정리했다.

어쩌다 한 번, 어떻게 알 수도 있었을 거야. 그 바람의 소리인지 뭔지를 통해. 앉은 자리에서 천 리의 소문을 들을 수 있다는 널리고 널린 고양이 귀를 통해. 아니 사실 그것도 말이 안 되잖아.

고덕은 사진첩을 뒤져 또 다른 사진 하나를 찾았다. 그리고 떨리는 손으로 사진을 내밀었다. 사진을 들여다보던 줄무늬는 묘한 표정이었다. 그는 한참 만에야 고덕을 불렀다.

"내가 뭘 말해 주기를 바라는 거야, 인간?"

"있는 그대로, 네 눈에 보이는 그대로."

"너희 인간들이 얼마나 한심한 족속인지 그대로 읊으라고?"

"그래."

"이 남자는 수의를 입고 있지만 아무런 죄도 짓지 않았어. 그런데도 감옥살이했다면 답은 하나겠지. 억울하게 누명을 쓰고 옥살이를 한 거지."

고덕은 휘청거렸다. 아니 생각의 갈피를 잡지 못한 채 혼란스러웠다. 죄를 본다는 3회차의 능력이 진짜라는 사실이 경찰로서 그의 본분을 자각하게 했다.

"그 억울한 옥살이 기간을 최저임금으로 계산된 돈으로 보상받는다고 해도 그 창창한 청춘의 시간이 보상되나, 그 문제가 남잖아. 그런데 말이야. 죄 없는 사람을 억울하게 옥살이하게 한 그 큰 죄는 관련된 모든 사람이 낱낱이 나눠지는 게 아니라 그들 각각이 그 무게만큼을 져야 해. 잘 알지도 못하면서 미운 마음에

증인으로 나선 죄, 괜한 입놀림으로 헛소문을 만든 죄, 쥐꼬리만
한 월급이라고 태만하게 변호한 죄, 무엇보다 숨어 있는 진범. 아,
인간들은 죄의 누진세가 적용되는 걸 모르더군. 살아서 죗값을
받는 게 더 싸게 먹혀. 죽어서 심판을 받으면 더 엄격한 잣대가
적용되지."

고덕은 더 큰 충격에 빠졌다. 3회차의 능력치를 가진다면 이
세상 그 어떤 범죄자도 그 눈으로부터 자유로울 수 없다는 사실
을 자각하자 소름이 돋았다.

줄무늬는 그를 차갑게 보고 있었다.

"넌 3회차의 능력이 그 무엇보다 더 욕심나겠지. 경찰이라는
네 알량한 직업의식 때문에, 또 엄마를 살해한 진범을 잡고 싶다
는 복수심 때문에. 그런데 너 말이야. 넌 새끼 고양이를 다섯 마
리나 얼어 죽게 했잖아."

고덕은 얼어붙은 표정으로 줄무늬를 바라봤다.

"내가 말했잖아. 죄를 본다고. 그 죄를 보는 것에서 너는 예외
일 거라고 생각했어?"

고덕이 할 말을 잃은 것은 줄무늬의 말에 반박할 수가 없기 때
문이었다.

"왜 아무 변명도 안 하는 거지?"

"……사실이니까."

"훗! 그걸 인정한대도 네 죄과는 사라지지 않아."

줄무늬는 의미심장한 눈으로 그를 바라봤다.

"인간은 모르지. 알고 짓는 죄에 얼마나 가혹한 잣대가 적용되는지. 씨실 날실처럼 촘촘하게 만들어진 죄과표를 본다면 감히 그런 생각을 할 수 없을 텐데 말이야."

고덕은 아무런 말도 하지 않았다. 적어도 그 다섯 마리 고양이의 죽음에 관해서는 그 어떤 변명도 소용없다는 걸 누구보다 잘 알고 있기 때문이었다.

설마 죽지는 않을 거라 생각하면서 새끼 고양이들을 버렸다. 고덕의 엄마는 고양이 밥은 챙기면서 남편과 자식의 끼니는 챙기지 않는 무책임한 사람이었고, 아들인 자신보다 엄마가 더 끔찍하게 챙기는 고양이들은 고덕에게 미움의 대상이 될 수밖에 없었다.

추운 날이었다. 누군가 고덕의 집 앞에 함부로 버리고 가면서 사랑으로 키워 달라는 쪽지를 남겼다. 다섯 마리에게 일일이 이름을 붙여 줬으면서도 새끼 고양이들을 박스째 유기했다.

고덕은 엄마가 알기 전 그 고양이 박스를 들고 동네 동물병원으로 향했다. 24시간 진료라는 그 동물병원 앞에 서서 벨을 눌렀다. 병원 안에 불이 켜져 있었고 곧 사람이 나오리라 생각했다.

혹시 몰라 제 점퍼를 벗어 고양이들을 덮어 주었고 그렇게 집으로 돌아왔다.

그리고 다음 날 아침, 학교에 가기 전 고덕은 혹시나 하는 마음에 동물병원에 들렀다. 박스는 여전히 닫힌 문 앞에 있었다. 고덕이 덮어 준 점퍼 아래 새끼 고양이 다섯 마리는 모두 얼어 죽은 채였다.

그 일은 10여 년이 훌쩍 지난 지금까지도 고덕의 마음을 괴롭게 했다.

"나는 정말 몰랐어. 그 고양이들이 거기서 죽을 거라곤 생각도 못 했었어."

"인간은 언제나 핑계를 대지."

곁에서 모든 얘기를 듣고 있던 분홍은 물끄러미 고덕을 바라보았다. 생각을 읽을 수 없는 세로 눈동자가 고덕의 진심을 응시하고 있었다.

"아빠 집사, 괜찮아?"

"……다 내 잘못이야. 나 때문에 그 새끼 고양이들이 죽게 된 거야."

분홍이 고덕의 무릎 위로 뛰어올라 그의 품에 안기자 고덕은 힘없이 등을 쓰다듬었다. 그 모습을 차갑게 지켜보던 줄무늬가 말했다.

"물론 너희 어머니가 키웠다고 사정이 아주 좋지는 않았을 거야. 이미 고양이는 차고 넘쳤고 새로운 새끼 고양이 다섯 마리를 키울 환경도 아니었겠지. 하지만…… 그걸 네가 결정할 자격은 없었어."

"그 고양이들을 키웠다면 좋은 점은 딱 하나, 우리 부모님이 더 빨리 이혼했을 거라는 거, 그게 있네."

고덕을 책망할 거라 예상했던 메리와 줄무늬 모두 입을 닫았다. 그들 역시 고덕의 진심을 읽고 있었다.

"아주 예전 인간들은 마당에 해당화도 키우고 능소화도 심고 난을 키우기도 했어. 다양한 꽃들의 아름다움을 눈여겨보고 귀하게 여겼지. 그런데 요즘의 인간, 너희는 그저 장미 아니면 백합, 꺾어서 들이는 꽃만 좋아해. 그냥 땅속에 뿌리를 둔 채 자라는 꽃들을 몰라. 고양이나 개도 눈바람이 휘몰아치는 밖에 두고 조금 제 세상을 살아가도록 둬야 하는데 그저 제 집 안으로 끼고 들어가. 나는 너희 어머니의 양육 방식에 동의하지 않아. 고양이를 사랑하는 방법이 너무 일차원적이라 그저 자신이 껴안고 모든 걸 감당하려고만 했어. 모자라면 포기하고 내려놓아야 하는데 네 어머니는 내려놓는 것도 사랑인 걸 몰랐던 거지. 근데 뭐, 사랑은 보고 배운다고 되는 게 아니니까. 네가 새끼 고양이들을 받아들일 수 없었던 마음을 모르는 바는 아니야."

고양이에게서 이런 위로를 받다니 고덕은 조금 뜻밖이었다.

줄무늬의 말은 자책하던 고덕에게 한 줌의 위로가 되었다. 내려놓는 게 사랑이라면 더 힘껏 안아 주는 것도 사랑이었을 텐데. 어머니의 서툰 방식을 위로하고 안아 주지 못했던 과거가 이제와 조금은 후회되었다.

✦

줄무늬는 고덕의 집에서 돌아온 뒤로도 한참이나 말없이 꼬리로 타닥, 타다닥, 짧게 혹은 길게 땅바닥을 치며 깊은 생각에 잠겼다. 메리가 고덕의 집에서 챙겨 온 츄르가 그의 몰입을 방해할 수는 없었다.

아무리 생각해도 이상한 일이었다.

정 여사의 아들은 분명 고양이의 언어를 이해하고 말까지 하는데 그 언어와 함께 와야 할 신체적 능력이 아직도 보이지 않는다.

그에게 고양이의 능력치가 늦게 발현될 수도 있다고 말했지만, 수개월이 지나도록 나타나지 않는 것에 의문이 생기기 시작했다.

물론 이 일에 전례가 있거나 매뉴얼이 존재하지는 않지만 줄무늬는 본능적으로 고덕의 1회차 능력치가 잘못되었음을 느꼈다. 헤어볼을 뱉어도 수십 개를 뱉었을 시간 동안 경찰 인간은 고작 지역이 다른 고양이들의 사투리 듣기, 말하기 능력만이 증가했을 뿐이었다.

새끼 고양이가 생명을 준 게 확실하다면 나머지 능력이 없다는 건 말이 되지 않는데. 줄무늬는 혹시 그 능력이 잠겨 있거나 아예 없는 것인지 시험해 봐야겠다는 생각이 들었다.

"메리."

"응."

"그 집 새끼 고양이 잘 뛰어다니지?"

"뭐, 2층 베란다에서 만날 깡총거리고 있지."

"정 여사 망나니 아들 말이야. 걔 저울에 달아 봐야겠다."

"갑자기 왜?"

"우리도 막다른 골목에 처하면 점프 능력이 향상되잖아. 담은 잘 뛰어넘는지 확인해 봐야겠다."

"어쩌려고?"

"쥐구멍에 몰리면 저도 모르게 능력을 쓸지 몰라."

"고덕은 고양이 능력치를 받았는데 무슨 쥐구멍이야?"

"비유야, 비유! 거참, 어른 말 뚝뚝 끊어 내는 재주가 있네. 혹시나 고덕에게 그 능력이 없는지 확인해 봐야 한다고."

"근데 능력이 없을 수가 있나? 말과 신체 능력은 세트처럼 있는 거 아닌가?"

"모르지. 나도 털 나고 인간이 고양이의 생명을 얻은 건 처음 본 거니까. 새끼 고양이의 능력에는 아무 이상이 없었는데 그걸 못 받았다면 그 능력이 쪼개진 걸 테고."

"쪼개져?"

"둘로 나뉜 거면 다른 어디에 흘렸을 테고 다른 누군가가 가졌다는 얘긴데⋯⋯."

뭔가를 깊이 생각하는 일에 둔한 메리조차 다른 가능성을 떠올렸다. 그 생각을 한 순간 털이 곤추서며 몸이 부르르 떨렸다.

노묘의 눈과
히말라야의 설표

시장 골목의 후미진 자리에 놓인 사과 상자 안에서 잠을 자는 늙은 고양이는 '국밥집 고양이'로 불렸다. 늙은 고양이는 어느 날 갑자기 국밥집을 찾아와 뒷문 옆에 있는 평상이 제 집인 양 굴기 시작했다. 국밥집 내외가 앞을 못 보는 늙은 고양이에게 밥을 주고 돌본 이후로 국밥집 고양이가 되었다. 사람들이 오가지 않는 뒷길 평상 옆에서 늙은 고양이는 짓무른 눈을 감고 잠을 자는 듯 보였다.

　그러나 저 멀리서 걸어오는 한 무리의 등산객들로 곧 가게가 만석이 될 것이고 자신의 밥때가 늦어질 것임을 알았다. 또한 살금살금 발소리를 줄이며 제 곁으로 다가오는 녀석의 존재도 이미 눈치채고 있었다.

　그녀는 크게 기지개를 켜며 사과 상자를 긁기 시작했다. 그 모습에 풀이 죽은 어린 고양이가 입에 물고 있던 고깃덩어리를 앞에 놓으며 말했다.

"할멈, 어떻게 알았어요?"

"아직 발소리가 너무 커. 몸을 더 가볍게 움직여야지."

"최대한 소리 안 나게 온 건데."

노묘는 빙그레 웃으며 고기 냄새가 나는 쪽으로 고개를 돌렸다. 몇 번 코를 킁킁거리더니 말했다.

"보쌈집에서 가져왔구나."

"어떻게 알았어요?"

"오늘 이 집 사장 내외가 좀 바쁠 테니 얼마나 다행이냐."

"엥? 도대체 할멈은 그런 걸 어떻게 알아요?"

노묘는 짓무른 눈에서 흘러나오는 고름을 앞발로 떼어 핥았다. 그놈에게 이 눈을 내어 주고 목숨을 지킨 이유가 바로 그것이었다. 그 녀석에게 가서는 안 될 자신과 어린 고양이 막내의 목숨. 자신이 가진 여덟 번째 능력과 막내의 전생 때문이었다.

물론 그 능력을 가졌다고 한들 검은 진액에 물든 살인마를 온전히 막을 수는 없었다. 만약 자신의 두 눈을 내어 주지 않았다면 눈앞의 이 어린 고양이도 그놈의 손에 죽어 살아 있지 못했을 것이다.

노묘는 기다리고 있었다.

천 년 집사가 될 그릇이 어서 눈앞에 나타나 이 능력치를 내어 줄 수 있길. 그 살인마가 자신들을 먼저 찾아낸다면 운명의 바퀴가 어그러질 것이다.

더불어 이 어린 목숨이 각성된 능력 없이도 제힘을 발휘할 수 있게 만들어야 했다. 자신은 여덟 번째 능력으로 다가올 미래를 읽지만 훈련된 고양이라면 능력 없이도 누구나 그만큼을 읽을 수 있다.

어제 보쌈집에서 더 많은 야채를 사 가고 평소보다 더 많은 수육을 준비한다는 건 예약 손님이 많다는 뜻이었다. 그래서 자투리로 남은 고기는 저 어린 녀석의 밥통에 던져 줄 수 있다는 의미이기도 했다. 반면에 돼지국밥집은 예약이 없더라도 몇 주 만에 비가 오지 않은 화창한 주말이라 손님이 몰릴 것이 당연했다. 등산로 입구에 있는 시장통인 데다 오랜 단골도 많고 인심도 넉넉한 두 가게가 문전성시가 되리라는 것을 스스로 깨닫는 힘이 필요하다.

스스로 생각하는 힘이 있어야 이 거친 길고양이의 세계에서 살아남게 될 것이다. 더군다나 녀석은 아직 제 존재를 깨닫지 못하고 있었다.

그때 뒷길로 지나가던 손님 한 명이 눈이 먼 고양이를 보고 화들짝 놀라 외마디 비명을 질렀다. 마침 물통을 가지러 나왔던 국밥집 주인이 기겁하는 손님을 보고 말했다.

"아이쿠, 왜요? 쥐라도 봤어요?"

"아뇨, 그게 아니라 저 고양이요. 아니 눈이 왜 저런 거예요? 아우, 깜짝이야."

"늙어서 그래요."

"늙어서 그런 게 아닌 것 같은데. 쟤 혹시 눈알이 없는 거예요?"

그 말에 주인은 잠자코 입을 닫았다.

"어머 사장님, 사람 많이 오가는 가게에서 저렇게 흉측한 애를 키우면 어떡해요? 사람들 입맛 다 떨어지게."

"괜한 걱정 마시고 가던 길 가세요."

주인은 물통에서 물을 한 바가지 퍼다 뒷길에 뿌렸다. 역정이 섞인 물세례에 행인은 기겁을 하며 떠났다.

"국밥 한 그릇도 안 팔아 준 년이 남의 집 식구한테 오지랖은!"

주인의 시선이 자신을 빤하게 올려다보고 있는 두 마리의 고양이에게로 향했다. 그들의 밥그릇에 담겨 있는 정체불명의 고깃덩어리를 본 그녀는 호탕하게 웃으며 말했다.

"요, 요, 요물 같은 놈들! 엄마가 또 깜빡할 거 같으니까 보쌈집 가서 밥을 얻어 왔구먼."

막내가 화답하듯 야옹— 하고 울자 주인은 쪼그리고 앉아 녀석의 머리를 쓰다듬었다.

"아이고 요 영특한 녀석 보게! 그래, 엄마가 미안하게 됐다. 엄마 바빠서 할멈 굶을까 봐 네가 걱정돼서 다녀왔구나. 그러면 내가 보쌈집 사장님한테 또 술을 사 줘야 하잖아. 그리고 밥때 잊었다고 지난번처럼 달포씩이나 집을 나가면 엄마가 서운해. 엄마가 까먹고 있는 것 같으면 막내가 와서 내 다리라도 물어, 알았지?"

주인은 바가지에 물을 담아 노묘의 짓무른 눈을 정성스레 닦으며 말했다.

"할멈은 참 복도 많아. 이 어린 것이 할멈 눈이 되어 제 살붙이처럼 보살펴 주고. 지나가는 사람들 정신 나간 소리는 새겨듣지 말고 따뜻하게 햇볕이나 쬐고 있어."

막내는 앞발로 자기 얼굴을 그루밍하며 주인의 말끝마다 '야옹' 하고 추임새를 넣었다.

"말 못 하는 짐승들 해코지하는 그 잡놈을 그때 잡아 족쳐야 했는데 말이야. 그놈 내 손에 잡히기만 하면 두 눈알을 확! 아이고, 미안하다. 내가 말이 헛나왔네. 암튼 그런 놈도 사람이라고 사람 가죽을 쓰고 오늘도 삼시 세 끼 잘 처먹으며 세상에 똥 한 덩이 보태고 살고 있을 텐데, 어디 그런 놈들만 때려잡는 홍길동은 없는지, 답답하네."

때마침 안에서 부르는 소리가 들리자 주인은 두 고양이의 머리를 양손으로 쓰다듬고 부리나케 가게 안으로 들어갔다. 그때 막내가 번쩍 무언가가 생각난 듯 말했다.

"참, 할멈! 내가 오다가 소문을 들었는데 이 근처 어디에 고양이 말을 하는 인간이 있대."

그 말에 시종일관 늘어져 있던 할멈의 귀가 쫑긋하고 움직였다.

"……음."

"인간 남자래."

"슬슬 소문이 나기 시작하는 모양이구나."

"어떤 고양이가 죽으면서 목숨 하나를 줬다던데. 근데 죽은 캣맘의 아들이래."

노묘는 막내의 말을 듣고 난 후에도 아무런 반응이 없었다.

"할멈은 다 알고 있는 거지?"

"뭘?"

"그 사람이 천 년 집사가 될 수도 있다는 거. 그런 거 다 보이잖아. 그 사람 몸에서 뿜어져 나오는 푸른 오라 뭐 그런 거로."

"……"

"그 사람 요새 정 여사가 다니던 하천 주변에서 고양이들한테 말을 시키고 다닌대."

"무슨 말?"

"태어난 지 얼마 됐냐, 날 기억하냐, 뭐 그런 걸 묻는다던데?"

그 말은 평온했던 노묘의 심장을 거칠게 뛰게 했다. 이 굼벵이 같은 양반이 이제 드디어 꿈틀대며 세상 밖으로 나오려 하나.

먼저 달려가 기다리는 아이에게 뒤처지지 않기 위해서라도 부지런히 달려야 할 텐데.

"막내야, 부지런히 배 채우고 해가 지기 전에 다녀오자."

"어디?"

"내가 그놈한테 눈알을 뽑힌 곳."

✦

그 무렵 인근 고양이들 사이에선 이상한 소문이 돌기 시작했다.

누구 하나 쉽게 믿지 않는 눈치였지만 고양이들은 소문의 허상을 두려워했다. 정작 소문의 당사자인 고덕에게 이 소문이 들어오기까지는 꽤 오랜 시간이 걸렸다.

그가 고양이의 목숨을 받았을 때는 잠잠했지만 이제 고덕이 고양이들의 세계에 발을 들이고 그들과 함께하면서 새로운 이야기가 퍼지고 있었다. 인근 수십 킬로미터 안의 고양이들이 소문을 실어 날랐다.

매일 밤 고덕이 사는 108동 뒤 야산에는 수십, 수백 마리의 고양이들이 몰려들어 울어 대는 기현상이 목격되었다.

영역에 민감한 고양이가 안전한 제 영역을 떠나 수 킬로미터나 떨어진 낯선 곳으로 이동하는 건 극히 드문 일이었다. 생존 본능을 뛰어넘는 더 강력한 끌림이었다. 근처 도로와 인근 화단을 점령한 고양이들을 구경하느라 많은 사람들이 베란다에 나와 사진을 찍었다.

"밖에 전쟁이라도 난 거야?"

베란다 창문에 코를 박고 바깥을 살피던 분홍의 말이었다.

"메리랑 줄무늬가 알려 주겠지."

"어, 저기 온다!"

그 말에 유리창 밖으로 고개를 내민 고덕은 어둠 속에서 수십, 수백 개의 눈이 전등처럼 반짝이는 놀라운 광경을 목격했다. 그들은 필시 고덕을 보고 있었다. 어둠 속에서 점점이 발하는 눈빛들이 그에게 무언가를 말하고 있었다. 고덕은 거실로 몸을 피했다. 바로 다음 순간, 현관문 밖에서 찢어지는 듯한 고양이의 울음소리가 들려왔다. 연이어 그들의 격렬한 싸움 소리도 들렸다. 문손잡이를 잡은 채 열까 말까 망설이고 있는데 익숙한 목소리가 들렸다.

"우리야, 경찰 인간!"

줄무늬의 목소리였다.

"어서 문을 열라고!"

현관문을 열자 비상문에 반쯤 몸을 걸친 채 하악질을 하고 있는 줄무늬가 보였다.

계단 아래쪽에서는 메리가 다른 고양이들과 근접전을 벌이고 있었다. 주먹질과 발길질이 난무하는 싸움터였다. 바로 그 순간 고덕의 가랑이 사이로 분홍이 뛰어나갔다.

아뿔싸! 분홍이 스트리트 출신에 열혈 전사 제일빌딩의 아들이라는 사실을 잊고 있었다. 열세에 몰린 메리에게 달려간 분홍이 힘을 합해 싸우는 동안 줄무늬가 무사히 집 안으로 들어왔다.

메리와 분홍은 다른 고양이들을 따돌린 뒤 있는 힘껏 비상문을 걷어차고 닫히는 틈으로 재빨리 뛰어들어 왔다. 집 안으로 들어온 두 고양이는 가쁜 숨을 몰아쉬었다.

"이게 무슨 난리야?"

"뭐긴 뭐야, 경찰 인간이 천 년 집사라는 소문 때문에 몰려든 거지. 영역이고 뭐고 나 몰라라 하고 밀어붙이니 당해 낼 재간이 있나. 그딴 소문이 뭐라고 어중이떠중이까지 다 모여든 모양이야."

"점점 심해질 텐데 어쩌지?"

상처를 핥던 메리가 걱정스러운 표정으로 줄무늬에게 물었다.

"저것들 싹 잡아다 거시기를 잘라 버린다는 소문이 나야 안 오지. 대장 격인 몇 놈만 발라 주면 나머지는 알아서 떨어지겠지."

고덕은 알아서 밥그릇에 사료를 채우고 츄르까지 뿌려 두 고양이 앞에 대령했다. 메리와 줄무늬가 자신을 찾아와 주길 그 누구보다 기다렸기 때문이다. 둘은 때늦은 저녁을 사양하지 않고 밥그릇까지 깨끗하게 핥아 가며 저녁을 먹었다.

소파에 풀썩 뛰어오른 줄무늬가 냉장고 위에 올라가 조용히 지켜보고 있던 분홍을 불렀다.

"거기, 꼬마! 너도 여기 와서 들어."

"내가 왜."

"우리 고양잇과 전체의 생존이 달린 중차대한 문제야."

"흥! 관심 없어, 그런 거."

"관심 없다는 놈이 아까는 왜 우리를 도왔지?"

줄무늬는 여전히 냉장고 위에서 내려오지 않고 있는 분홍을 향해 말했다.

"꼬맹이, 너는 몇 회차지?"

"나? 나는…… 아니, 왜 나부터 말해야 해? 그러는 아저씨는 몇 회차인데?"

"꽉, 아직 코털도 다 안 자란 게 꼬박꼬박 말대꾸야! 네놈부터 불알을 까 줄까?"

"아저씨 거나 까시지!"

"난…… 이미 깠다, 꼬맹이."

그 말은 세 마리의 고양이를 순식간에 숙연해지게 만들었다. 격앙된 분위기가 가라앉고 차분해지자,

"……꼬맹이, 너는 몇 회차냐고."

"나는 3회차야."

그 말에 메리가 배를 잡고 웃기 시작했다. 몸을 반쯤 접었다가 데굴데굴 구르며 웃는 모습이 분홍의 기분을 잡치게 했다.

"네가 줄무늬 형님이랑 같은 3회차라고? 이게 어디서 약을 팔아! 그래, 좋다! 3회차라면 죄를 읽을 수 있을 텐데, 그럼 여기 있는 경찰 인간이 여섯 달 전에 지은 죄를 읽어 봐."

그 말에 분홍의 목이 거북이 목처럼 기어들어 갔다.

"여섯 달 전이면 내가 아빠 집사한테 오기 전이야. 난 몰라."

"죄를 읽는 능력은 시간이랑 상관없어. 그냥 보기만 하면 저절로 알게 되는 거야. 꼬마, 솔직하게 말해 봐. 너 1회차지?"

그 말에 분홍이 하악질을 하며 허공에 주먹질을 해 댔다.

"이제 머리에 피가 돌기 시작한 놈이 욕은 어찌나 찰지게 배우셨는지, 원."

"메리, 그만하고 본론부터 얘기하자."

그 말에 시장통 같던 분위기가 다시 가라앉았다. 줄무늬는 고덕을 바라보았다.

"경찰 인간, 혹시 천 년 집사라는 말 들어 본 적 있나?"

"천 년…… 집사?"

고양이들은 천 년 집사의 소문을 정작 당사자인 고덕이 모를 거라고 생각했다. 하지만 비록 그 뜻은 모르더라도 새끼 고양이가 죽어 가며 남긴 마지막 유언을 어찌 잊을 수 있으랴.

"그래. 고양이들 사이에서 오래도록 내려오는 전설 같은 이야기야."

"무슨 이야기인데?"

"천 년에 한 번 나오는 인간 집사가 억압받는 고양이들을 구원하고 세상의 평화를 가져온다는 예언이야."

"너희 세계도 그런 허무맹랑한 믿음이 있나?"

"흥, 여전히 이성 줄만 부여잡고 마음을 열지 않는 인간이군. 좋아, 백 번 듣는 것보다 한 번 보는 게 더 낫다는 인간들의 말대로 네가 직접 보고 판단해."

그 말이 끝나기 무섭게 줄무늬는 고덕에게 뛰어올라 그를 넘어뜨렸다. 고덕의 눈이 줄무늬의 세로 눈과 마주한 순간 고덕의 눈은 줄무늬의 눈 너머의 무엇과 연결되었다. 줄무늬의 눈을 통해 들어간 통로의 끝에서 이상한 빛이 새어 나왔다.

동시에 머릿속에도 알 수 없는 장면이 재생되었다.

고덕의 영혼은 누군가의 시선을 따라 움직이고 있었다.

천연색에서 몇 가지 색이 빠진 듯 조금 퇴색된 세상은 험준한 산으로만 향했다. 멀리 설산이 보였고 메마른 정상 한 귀퉁이에는 오색찬란한 깃발이 나부끼고 있었다. 바람이 불교 경전을 적은 타르쵸를 흔들어 댔다.

절벽 사이를 달음박질하는 속도가 분명 사람의 것은 아니었다. 네발짐승 중 굉장히 유연하고 자유로운 동물, 그가 궁금증을 가진 순간 녀석은 히말라야산맥에서 흘러내리는 차가운 물줄기 앞에 섰다. 유리처럼 맑은 물에 새하얀 털을 가진 눈표범의 모습이 얼비쳤다.

고양잇과라고 하지만 호랑이에 가까운 외형은 보는 이로 하여금 두려움과 경외감을 느끼게 했다. 설표라고도 불리는 눈표범은 자신을 보고 있는 고덕을 알고 있다는 듯 물에 비친 자신의 눈을 들여다보았다. 그리고 말했다.

"감히, 나의 세계를 보여 달라니."

고덕의 귀에 설표의 목소리가 흘러들어 왔다. 그는 숨을 고르고 물을 통해 어른거리는 눈부처 안의 동물을 바라보았다. 고덕의 입을 통해 줄무늬의 목소리가 새어 나왔다.

"이것은 자신의 목숨을 바쳐 누군가를 살리려던 어떤 어린 생명의 열망이었다."

설표는 제 눈에 비친 고덕의 영혼을 뚫어지게 바라보았다. 고덕은 강렬한 그 시선을 피하지 않았다. 흩날리는 눈발 속에서 교교한 눈빛을 내뿜던 동물이 이윽고 입을 열었다.

"원한다면 네 인간의 눈을 벗고 그 어린 생명의 눈으로 이 세계를 보라."

그것은 설표를 통해 흘러나온 또 다른 누군가의 목소리였다. 그의 허락이 있자 설표는 고덕의 눈을 품고 다시 설산에 올랐다.

사원으로 가는 길목에 오체투지를 하는 붉은옷의 승려들이 줄을 지어 있었다. 안개가 자욱해 길조차 보이지 않았지만 그들은 엎드려 절하기를 반복하며 앞으로 나아가고 있었다.

설표는 익숙한 길인 듯 사원의 후미진 곳을 찾아 더 높은 곳으로 올라갔다. 지붕을 건너뛰고 담벼락을 올라타며 한참 만에 도착한 곳은 사원의 가장 높은 곳인 법당이었다. 그곳에는 예불을 드리러 온 많은 승려가 모여 있었고 가운데는 붉은 법복을 입은 노승이 앉아 있었다. 설표가 법당으로 들어서자 많은 이가 놀라 그 자리에 얼어붙었지만, 노승만은 빙그레 웃음 지으며 설표에게 가까이 다가오라고 손짓했다. 설표가 그의 곁에 서자 노승이 설표의 푸른 눈을 가만히 들여다보며 말했다.

"귀한 손님을 모셔 왔구나."

고덕은 너무 놀라 아무 말도 나오지 않았다. 설표 앞으로 따뜻한 차 한 잔이 날라져 왔다. 차는 설표가 아닌 그 눈 안에 머무는 고덕을 위한 것이었다. 설표가 혀로 차를 핥자 신기하게도 그 맛이 느껴졌다. 쓰면서도 뒷맛이 달콤한, 입안 가득 청량함을 남기는 오묘한 차였다.

"선물을 가져왔군."

고덕은 아무 말도 하지 못한 채 설표의 몸 이곳저곳을 둘러보았다. 그때 귓속에서 줄무늬의 목소리가 들렸다.

"질문! 선물은 질문이라고."

"어떻게 질문이 선물이 되지?"

같은 시각, 고덕의 집 거실에는 바닥에 쓰러진 그의 곁에 세 마리의 고양이가 옹기종기 모여 앉아 쓰러진 그의 입을 통해 흘러나오는 법당 안의 모든 이야기를 듣고 있었다. 그는 마치 최면술에 빠져 과거를 이야기하는 사람처럼 눈에 보이는 모든 광경과 이야기를 고양이들에게 들려주고 있었다.

줄무늬는 고덕의 연결이 끊어질까 좌불안석이었다. 너무 멀고 어려운 상대와의 연결은 마치 1980년대 장거리 전화 수신 상태처럼 불안했고 목소리가 툭툭 끊어지기 일쑤였다.

"호수는 저 혼자 물결을 일으키지 못하네."

고덕은 고승의 말에 멀뚱거리며 그 말의 숨은 뜻을 짐작하느라 애를 썼다. 보다 못한 줄무늬가 끼어들어,

"질문은 돌멩이고 답은 호수의 물결이니까. 됐고, 그냥 질문해. 네가 천 년 집사냐고."

"천 년…… 집사."

그는 가까스로 단어를 끌어 올렸고 그의 단어는 설표의 눈을

통해 고승에게 전달되었다. 그는 대답 대신 한 모금의 차를 입안에 굴렸다.

"······그대는 다른 이의 희생을 통해 오랜 시간을 살 수 있네. 아주 많은 경험을 하고 원하는 많은 것을 얻을 수도 있고. 많은 시간은 많은 것을 가능케 하지만 누군가의 집사가 되는 건 그대의 의지에 달렸지."

"고양이들의 집사가 되는 건 제 의지가 아닌······."

설표의 눈 안에 깃든 그의 영혼이 뒤틀리기 시작했다. 거실에 누워 있는 그의 몸이 연신 떨리며 입에서 거품을 뱉어 내자 고양이들은 종종거리며 그의 입술을 핥고 그의 심장께를 발로 두드렸다.

"견뎌, 경찰 인간! 아직 버텨야 해! 더 질문해. 좋은 질문을 해야 해. 부정적인 기운은 이 연결을 깨뜨릴 거야."

고덕의 손이 심하게 떨리자 고승이 그의 잔에 차를 더 따라 주었다. 찻잔 안에 차가 가득 차자 신기하게도 손 떨림이 가라앉고 몸도 안정이 되었다. 고승은 차를 마시며 말을 이었다.

"만나고 싶은 인연을 만나기 위해서는 시간이 무르익고 그대가 그 자격을 얻어야 해."

"제 자격은 무엇입니까?"

"아홉 번을 다시 태어나는 것."

귀로 듣는다고 해도 이해할 수 없는 이야기였다. 정말 죽으라는 말인지 고양이의 아홉 목숨을 얻으라는 뜻인지 가늠할 수 없었다. 직접 묻는다고 해도 선문답을 하는 고승에게 어떤 질문을 해야 원하는 답을 얻을까.

"고양이가 아닌데도 다시 태어난다는 건……."

"아, 이런 멍청이! 부정적인 말을 입에 담아서는 안 된다고!"

설표의 발 앞에 놓여 있던 찻잔이 조금씩 흔들리기 시작했다. 더 이상 지체할 시간이 없다는 걸 감지한 고덕은 마지막 질문을 던졌다.

"그 새끼 고양이는 지금 어디에 있습니까?"

"그건 그대의 몫이네."

고승이 빙그레 웃으며 차만 마시자 고덕은 줄무늬가 물어보라던 질문을 던졌다.

"제가 받을 반쪽은 어디에 있습니까?"

그 순간 얌전히 발치에 엎드려 있던 설표가 뛰어올라 고승을 향해 달려들었다. 고승이 설표의 눈을 가로막은 순간, 커다란 종소리와 함께 고덕의 의식은 어둠 속으로 삼켜졌다.

**

다음 날 지하 주차장으로 내려간 고덕은 엉망이 된 제 차를 보고 아연실색했다.

보닛과 지붕, 사이드미러까지 온통 고양이 발자국 천지였다. 바퀴와 범퍼 곳곳에 지린내를 풍기는 마킹 자국이 도배되어 있었다. 지독한 소변 냄새에 관광지에 기념으로 제 이름을 새기듯 할퀸 자국까지, 이 모든 게 고양이의 저주 같았다.

바로 그때 고덕을 기다리고 있던 제일빌딩이 나타났다. 고덕은 제일빌딩의 밥그릇에 새 사료를 채우고 물통을 깨끗이 비운 뒤 마실 물을 채웠다. 그동안 제일빌딩은 얌전히 고덕을 기다렸다. 그녀는 다가오는 고양이들에게 하악질을 해 대며 고덕을 지켜 주고 있었다.

그 모습을 보자 왜 터줏대감들이 자신에게 제일빌딩의 새 이름을 지어 주라고 했는지 이해가 되었다. 제일빌딩과 고덕은 서로에게 길들여지며 시간을 공유하고 있었다.

지하 주차장이란 그저 차를 타기 위해 어쩔 수 없이 내려가야 하는 곳이었지만 고덕은 이제 그곳에는 자신을 기다리는 생명이 있음을 알고 있다. 이 적막했던 공간이 기다림의 장소가 되고 고덕과 제일빌딩이 서로의 일상의 공유하는 사이가 되자 공간의 온도가 달라졌다.

그 마음을 자각하니 정말 제일빌딩에게 이름을 지어 주고 싶다는 생각이 들었다.

"……저, 너 말이야."

"뭐."

"누룽지 좋아해?"

"눌어붙은 밥 찌꺼기 말이야?"

"뭐, 비슷해."

"시장 뒷골목에서 지겹게 받아먹었어. 인간들이 안 먹는 건 다음식물 쓰레기통에 버리잖아."

"아—."

제일빌딩이 눈을 가늘게 뜨며 물었다.

"느닷없이 누룽지 얘기를 꺼내 놓고는 왜 다시 입을 닫지?"

"어, 그냥."

"넌 허튼소리에 소질 없어. 하려고 했던 말 얼른 뱉으시지."

"……어, 네 털 색깔이 노래서 그게 생각나더라고. 외국에서는 치즈 태비라고 부른다던데 치즈 이런 건 너무 흔할 것 같고, 한국에서는 누룽지란 이름이 더 잘 어울릴 것 같아서."

"뭐? 내 이름을 누룽지로 정했다는 거야?"

"싫으면 다른 이름 생각해 볼게."

"쳇! 그 머리에서 누룽지보다 더 좋은 이름이 나올 거 같지는 않네. 알았어. 네가 정 그렇게 생각했다면 누룽지가 되어 주지."

제일빌딩은 툴툴거리면서도 싫지 않은 듯 정성스레 앞발을 핥왔다. 말과 행동은 달랐지만 마음에 든다는 고양이식 표현이었다.

"근데 딱 하나 좋은 점이 있어. 동물병원 선생님께도 물어봤는데 병원에 온 고양이 중에 아직까지 누룽지란 이름은 없었대."

제일빌딩은 살짝 새침하게 돌아앉아 그르렁 골골송을 냈다. 내심 그 이름이 만족스럽다는 뜻이려니 넘겨짚기로 했다. 그리고 덧붙여 해 줄 말이 생각났다.

"……그리고 난 버리지 않아."

"당연하지! 너 내 새끼 버리기만 해 봐. 죽을 때까지 쫓아다니면서 네 두 쪽을 물어뜯어 대를 끊어 버리고 이 아파트 문주에 그 방울을 대롱대롱 매달아 둘 테니까."

"그게 아니라, 난 누룽지 안 버린다고."

그 말에 욕을 하던 제일빌딩의 입이 뚝 멈췄다.

"근데 대롱대롱은…… 생각만 해도 소름 돋는다. 어쨌든 누룽지는 내가 제일 좋아하는 음식이야. 엄마가 자주 해 주셨던 음식 중에 제일 좋아했던. 그냥 그렇다고."

누룽지를 버리지 않는다는 그의 말은 이제 막 누룽지가 된 제일빌딩을 버리지 않는다는 말처럼 들려 겸연쩍은 느낌이 들었다.

제일빌딩이었던 누룽지는 그의 진심을 듣고도 아무렇지 않은 듯 다시 앞발 그루밍에 돌입했다. 그러나 고덕은 그녀가 만족스러운 듯 계속 그르렁거리는 숨은 의미를 알았다.

"이제 불러."

"응?"

"이름! 네가 지었으니까 네가 처음 불러 줘야지. 이름은 상대가 많이 불러 줄수록 더 강력한 힘이 생겨."

"아, 그래. 누룽지."

"확인 도장, 세 번."

"누룽지, 누룽지, 너는 누룽지다."

누룽지가 그의 눈을 가만히 들여다보는 순간 고덕은 이상한 저릿함을 느꼈다. 바로 그 순간, 그는 자신이 이름 지어 준 누룽지와의 관계가 달라졌음을 알았다.

이름이란 불러 주고 응답할수록 힘을 가진다는 고양이 세계의 교훈은 오히려 인간인 고덕을 달라지게 만드는 기분이었다.

누룽지는 고덕이 준 사료를 한 알도 남기지 않고 깨끗이 다 먹었다. 마지막으로 정성스럽게 밥그릇을 핥았다.

이름을 불러 주고 밥을 준 집사에 대한 첫 예의였다.

누룽지는 먼저 자리를 떠났지만 고덕이 차를 타고 사라질 때까지 보이지 않는 곳에서 끝까지 그의 모습을 지켜보았다. 먼발치에서 고덕이 떠나는 뒷모습을 바라보며 지금 도시 전체에 퍼져 있는 소문을 다시금 떠올렸다. 고덕은 고양이들의 목소리를 들을 수 있을지언정 그들 사이에 떠도는 소문까지 알 수는 없었다.

고덕이 그 뜨거운 소문의 당사자였기 때문이다.

전설 속에 내려오던 천 년 집사가 어쩌면 고덕일지 모른다고. 만약 그가 천 년 집사가 되기 위해 나아가더라도 마지막 시험을 통과하지 못하면 결국 죽음에 이르게 되리라는 것을.

반면 고덕은 낯선 고양이들이 따라와 다급하게 아파트 단지를 빠져나왔다. 한갓진 곳에 차를 댄 고덕은 주위에 자신을 따라온 다른 고양이들이 있는지 확인하고 차의 시동을 껐다. 지나가는 차량도 드문 한적한 길에서 완전한 정적 속에 놓인 뒤에야 그는 누룽지에게도 말하지 못한 기억을 다시 생각했다.

설표의 눈을 통해 본 그날의 나머지 기억은 줄무늬와 메리조차 알지 못하는 일이었다. 그들과 통해 있던 눈과 귀를 막은 건 설산의 고승이었다.

그는 일부러 설표의 눈을 막은 뒤 어둠 속에서 고덕에게 직접 이야기를 전했다.

"열 번째 생을 찾아가시게. 자네 주위의 수많은 고양이의 눈과 귀를 조심해야 해. 지금 이 설표의 눈조차 그가 보고 들을 수 있는 통로가 되네. 그들 중 믿지 못하는 이들은 자네가 아홉 개의 목숨을 얻어 천 년 집사가 되는 걸 바라지 않아. 때가 될 때까지 그 어떤 고양이의 눈과 귀도 믿어서는 안 돼. 무엇보다 눈동자를 조심하게."

그는 자신이 들은 말을 줄무늬와 메리에게도 전하지 않았다. 고승의 마지막 말이 고덕의 마음을 괴롭게 했다.

고양이들은 여전히 그를 경계했고 속내를 짐작하기 어려웠다.

단지 엄마를 죽인 범인을 잡고자 시작했던 일이 천 년 집사라는 말도 안 되는 이상한 사건에까지 휘말리게 했다. 그 소문에서 벗어나고 싶은 건 고덕 역시 마찬가지였다. 이번만큼은 고덕 혼자 자신의 가치를 증명해 보여야 했다.

지금 자신이 가장 원하는 것은 무엇인가, 고덕은 다시 한번 생각했다. 어머니를 죽인 범인과 환생한 째째를 찾는 일 중 무엇이 더 먼저인지. 그러나 환생한 어린 고양이를 이 시점에서 찾겠다는 것은 모래사장에서 바늘 찾는 격이다.

그렇다면 방법을 바꿔야 하지 않을까.

고양이들이 저리 자신을 잘 찾아낸다면 그들 세계의 소문으로 째째도 자신을 찾아올 수 있을 테니 만나는 것은 녀석에게 맡겨두고 자신은 다른 일을 하는 것이 더 합리적일 듯했다. 새끼 고양이가 찾아와 범인을 지목하면 한 방에 해결될 일이겠지만 언제가 될지 모를 그 일을 마냥 기다리고만 싶지는 않았다.

지금 자신이 해야 할 일은 엄마의 사건을 경찰이라는 직분에서 처음부터 찬찬히 들여다보는 것.

물론 경찰이 직계 가족 사건을 조사하는 것은 불가능한 일이었다. 그러나 그 당시 사건 자료를 얻는 것은 가능했다. 담당 형사가 놓친 것이 있는지 확인하다 보면 해결의 실마리를 잡을 수도 있을 것이다.

고덕은 사건이 일어났던 탄천으로 차를 몰았다.

한갓진 갓길에 차를 대고 일대를 걷기 시작했다. 엄마는 아직 해가 뜨기 전인 새벽에 카트를 끌고 고양이들의 밥을 주기 위해 이곳으로 왔다.

원래 엄마의 활동 장소가 아니라고 했다. 익숙지 않은 곳, 익숙지 않은 시간대에 홀로 이곳에 있었다. 엄마의 영역이 아니었지만 그 일대를 담당하던 캣맘이 다치면서 엄마가 당분간 떠맡게 된 곳이었다.

엄마의 휴대 전화에는 당시 그 일대 캣맘으로부터 받은 지도가 있었다.

고양이들이 출몰하는 장소와 먹이를 주는 장소, 먹이를 주는 고양이들의 특징까지 세세하게 적혀 있었다.

사고가 난 지점은 교각의 아래, 경사면과 교각이 맞붙은 곳이었다.

고덕의 눈이 교각의 바로 아래에 가닿았다.

45도 이상의 경사도라 사람이 똑바로 걷기 힘든 곳임에도 엄마는 그곳까지 올라갔다. 그곳에는 치워지지 않은 사료통과 물통이 놓여 있었는데 아직 먹지 않은 사료가 남아 있었다.

고덕의 눈길을 잡아끈 것은 얼마 떨어지지 않은 곳에 자리 잡은 토사물 덩어리였다. 털이 섞인 것으로 보아 고양이가 토한 것이 분명했다.

딸랑― 종소리가 들렸다.

그 사원의 법종이 울리는 소리였다.

고덕은 빈 지퍼 백에 남아 있던 사료를 조심스럽게 담아 품에 챙겼다. 그리고 경사면을 내려오려다가 멀리서 안광을 발하는 네 개의 눈빛을 보았다. 분명 고양이였다.

고덕은 그를 뚫어지게 바라보고 있는 그들과 시선이 닿았다.

고덕이 조심스레 다가갔지만 둘은 입을 꾹 다문 채 아무 반응이 없었다. 서로가 서로를 탐색하는 낯선 고양이가 된 듯 고덕 역시 말을 아꼈다.

하지만 그중 늙은 고양이 한 마리의 눈이 짓이겨진 듯 상처가 나 있고 진물이 배어 있었다. 눈알이 빠진 것을 확인하자 묘한 기분이 들었다. 어쩌면 살인범의 범죄 현장에서 살아남은 흔적일지도 모르겠다는 생각이 들었다.

나머지 고양이는 늙은 고양이 몸에 한쪽 몸을 붙이고 길을 안내하고 있었다. 샴쌍둥이처럼 서로 맞붙은 채 한 몸이 되어 움직이고 있었다. 저 불편한 몸을 이끌고 여기까지 왔다는 것은 필시 그 이유가 있을 것이다.

고덕이 한 발 다가가려는 순간 운동복 차림의 남자가 뛰어왔다. 무심히 뛰어가는 남자에게 잠깐 시선을 돌린 사이 눈앞에 있던 고양이 두 마리가 감쪽같이 사라졌다. 고양이가 순식간에 사라지는 일이야 으레 있는 일이지만 눈이 보이지 않는 늙은 고양이와 그와 붙어 있던 다른 고양이가 일심동체가 되어 사라지는 것은 괴이한 일이었다.

집으로 돌아온 고덕은 집을 치우고, 분홍의 화장실을 비우고, 밥을 챙겨 주고 나서야 책상에 앉았다. 그리고 습관처럼 컴퓨터를 켜 사건 파일을 열었다.

분홍이 가르쳐 준 대로 째째를 처음 만난 날 마주친 수많은 이름을 찬찬히 되짚어 봤다.

경찰서에서 마주친 직원들, 민원인들, 보이스 피싱범, 부동산 실장, 세입자, 아파트 경비원, 108동 엘리베이터를 같이 탔던 꼬마, 엄마, 그리고 고양이 째째.

그날 스쳤던 이 많은 사람 가운데 엄마와 째째를 죽인 범인이 있었다라…….

글자를 따라 움직이던 고덕의 시선이 멈췄다. 엄마와 고양이를 지우고 남은 이름을 훑어보다가 소름이 돋았다. 사람과 동물을 이유 없이 죽인 사이코패스의 직업으로 가장 치명적인 답이 들어 있음이 오늘에야 보였다.

경찰관…….

그가 보아 왔던 수많은 외국 사이코패스 살인 사건 가운데 가장 치명적이고 악랄한 사건은 직업이 경찰관인 이들이 저지른 것이었음을 기억해 내는 순간, 그는 자신이 마주해야 할 지옥의 깊이가 가늠되었다.

고덕은 다시 분홍에게 물었다.

"그놈은 남자겠지?"

분홍은 고개를 내저으며 말했다.

"내가 누누이 말했잖아. 항상 질문이 답보다 먼저여야 한다고. 네가 좋은 질문을 던져야 내가 제대로 된 답을 할 수 있어. 닭이 먼저인지 달걀이 먼저인지는 관심 없지만 질문이 답보다 먼저인 건 이 세계의 불문율이라고."

분홍은 스무고개에 대한 답은 줄 수 없다고 못을 박았다. 고덕이 할 수 있는 건, 우주의 법칙에 어긋나지 않는 선에서 분홍이 답을 할 수 있는 단 하나의 제대로 된 질문을 만들어 물어야 했다.

고민의 고민을 거듭한 끝에 그는 고양이들이 답할 제대로 된 질문을 골랐다.

"그날…… 나는 그놈의 눈을 본 적이 있나?"

그 말에 분홍이 크게 기지개를 켜며 골골송을 불렀다.

"아우 지루해. 그날 네가 그놈과 직접 마주친 적이 있냐고 묻는 거지?"

"그래."

"있어. 그런데 너뿐만 아니라 그놈도 네 눈을 들여다보았지. 그놈의 기억에도 네가 심어졌다는 뜻이야. 게다가 그놈은 네 어머니의 장례식에도 왔었어."

누군가를 태워 죽일 수도 있을 것 같은 분노란 고덕 자신에게는 없는 것이라 생각했다. 그러나 살인마가 그의 어머니를 알고 장례식까지 찾아왔었다는 말에 고덕은 생전 처음 증오와 살의가 뒤범벅된 밑바닥의 감정을 느꼈다.

"그럼 장례식 때 내가 그놈을 두 번째로 봤다는 뜻이네."

"아니. 꼭 두 번째란 보장은 없어."

삶의 약속

아파트 지하 주차장으로 향하는 길 앞으로 여러 마리의 고양이들이 달려들었다. 그 안에는 좀처럼 자기 아지트를 떠나지 않는 줄무늬도 있었다. 다시 말해 그들은 지금 아주 위험하고 혼란스러운 상황에 맞닥뜨렸다는 뜻이었다.

지상 주차장 한곳에 차를 댄 고덕은 풀숲으로 고양이들을 따라 들어갔다. 사람이 다니지 않는 한갓진 곳에 이르기 전부터 고양이들의 앙칼진 목소리가 그의 귓전을 때리고 있었다.

"아이고, 내 귀 털 나고 정 여사네 망나니 아들 퇴근 기다린 건 또 처음이다."

"왜 이렇게 늦게 와. 고양이 숨넘어가기 직전이구면."

흥분해 고덕에게 달려오는 고양이들은 서로를 향해 냥펀치를 날리며 고덕의 곁을 차지하기 육탄 공격을 치고받았다.

"내가 먼저야!"

"내가 먼저 와서 자리 잡고 있었어, 저리 꺼져!"

"갑자기 무섭게 왜 이래?"

고덕은 고양이들의 애정 공세에 한 발 물러서며 손사래를 쳤다.

"이봐, 경찰 인간! 지금 뒷걸음질 칠 때가 아니야! 큰일 났다고!"

"밑도 끝도 없이 흥분하지 말고 차근차근 말해 봐."

"외계묘가 나타났어!"

"뭐?"

그야말로 자다가 봉창을 두드리는 말이라 어안이 벙벙했다.

"외계묘 몰라? 에일리언 말이야."

"그게 뭔데?"

"있어. 눈, 코, 입 우리랑 비슷하게 생겼는데 결정적으로 생태계가 다른 이상한 행성 같은 데서 온 놈!"

"그런 게 여기에 나타났다고?"

그 말에 고양이들이 고개를 주억거렸다. 들을수록 말이 안 되는 이야기라 고덕은 줄무늬에게 고개를 돌렸다.

"줄무늬 선생, 당신이 얘기해 봐. 도대체 무슨 일이 있었는지."

"그게 제3차 세계대전이 아니라 우주 전쟁이 일어난 수준이야. 원래 고양이계에서 영역을 침범하는 게 전쟁인 건 자네도 잘 알잖아."

"근데."

"예외인 놈이 몇 있거든. 워낙 맷집이 좋고 야생성이 강한 놈이라 이놈이 뜨면 우리는 상대도 안 된다고. 무조건 줄행랑쳐야 해."

"그래서 그게 누구냐고?"

"……삵."

"삵? 고양이처럼 생긴?"

"외계묘라니까. 주둥이는 짧고 이마에서 눈가까지 흰 줄무늬가 있어. 아우, 입은 얼마나 크게 벌리게. 쌍욕을 해도 입을 찢어지게 벌리고 욕을 해."

"같은 고양잇과라면 말이 통할 거 아냐."

"같은 종이라고 말이 통하냐. 남조선 사람이랑 연변 사람이랑 말이 다 통해? 서로 외국어 하는 기분이지. 그들과 우리는 급이 달라. 인간이야 바보로 살지 밥으로 살지 둘 중의 하나지만 우리는 존엄이 있는 존재라고."

"그래서 내가 어떻게 해 주길 바라는데."

"저기 야생동물구조협회에 신고해서."

바로 그 대목에서 웃음이 터져 나왔다.

이 길고양이들이 가장 싫어하고 두려워하는 존재가 그 야생동물구조협회가 아닌가. 그런데 삵을 잡아가라고 그들을 불러 달라니 어이가 없어 웃음이 터져 나왔다.

"그 사람들 잘못 불렀다가 너희마저 잡혀가면 어쩌려고."

"고양이 쥐 걱정해 주는 척하시네. 삵은 멸종위기 야생동물 2급
이고 우리는 멸종되기 바라는 동물이거든. 우리는 잡아다가 불임
수술을 시키지만 삵은 출산 장려 보호종이라고. 급이 달라, 급이."

그 말을 하는 줄무늬의 눈이 불안에 떨고 있었다.

천하의 줄무늬를 벌벌 떨게 만드는 존재라니. 그들이 시키지
않더라도 만나 보고 싶은 마음이 들었다.

"이봐, 정 여사네 망나니."

"이름 제대로 안 불러 주면 사건 접수 안 합니다."

"이봐, 고덕 선생. 그 삵이 말이지. 내가 보려던 건 아니고 우연
히 그쪽으로 눈이 가서 확인한 건데 젖꼭지가 네 개더라 이거야.
우리는 대칭으로 젖꼭지가 여섯 개에서 여덟 개지만 걔들은 야
생이라 부족하다 뭐 그런 거지."

"그게 이 시점에서 중요해?"

"근데 배가 부풀어 있었단 말이야. 무슨 뜻인지 좀 알아먹어."

"아, 새끼를 뱄구나."

"그게 그렇게 좋은 표정을 지을 일이 아니라고. 새끼를 낳은 어
미는 세상 가장 독하고 사나운데 삵은 그보다 한술 더 떠. 그리
고 여기서 새끼를 낳는다는 건 여기를 접수하겠다는 뜻이라고."

줄무늬는 제 앞발의 발톱을 지근지근 씹으며 불안에 떨고 있
었다. 그루밍을 하다 만 까칠한 털 모양새를 보건데 오늘 하루가

그에게 얼마나 큰 충격과 공포였는지 짐작이 가고도 남았다.

"이봐, 줄무늬."

"이름 제대로 부르라며. 고덕 선생도 내 이름 제대로 불러. 난 사실……."

"사실 뭐."

"그 이름 떠올리기 힘드니까 시간을 좀 줘. 고덕 선생은 아무렇게나 지은 이름을 이름이라고 생각하고 싶어?"

"알았어. 말하지 마."

"어차피 이렇게 된 거 어쩔 수 없잖아. ……내 본명은 '랑카'야. 날 버린 지난번 주인이 지어 준 이름."

그 말을 하는 줄무늬의 표정이 예사롭지 않았다. 절대 하지 않으리라 다짐했던 이야기를 제 입으로 말하는 이런 날이 오리라 예상이나 했을까.

"키우던 다른 고양이 이름이 '스리'였거든. 매번 우리를 부를 때 스리랑카라고 부르면서 박수 치며 좋아하던 여자였어."

고덕은 줄무늬가 꼭꼭 감춰 둔 자신의 치부를 들춰내는 이유가 궁지에 몰린 쥐가 되었기 때문이라고 생각했다. 삶은 그 도도한 줄무늬조차 한 마리의 쥐로 만들어 버렸다. 그는 마치 끔찍한 장면을 떠올리는 듯 몸을 부르르 떨며 불안 속에 말을 이었다.

"그런데 얼마 못 가 스리를 두고 랑카인 나를 버리더군. 알고 보니 전 남자친구의 별명이 '빅'이었던 거야. 스리의 본명도 '쓰리'였고. 그 고양이도 전 남자친구가 선물한 애였는데 그 둘이 합쳐 '빅쓰리'였던 거지. 그 남자친구가 돌아오니 빅쓰리가 합쳐졌고 랑카는 필요 없게 된 거지. 세상 어디에도 '빅쓰리랑카'는 없잖아. 그렇게 다 같이 드라이브를 나간 길에 길거리에 다 먹은 플라스틱 그릇 버리듯 날 버리고 떠나더라고."

줄무늬의 얼굴은 비통함에 젖어 있었다.

"그리고 유기묘 보호소로 가게 되었지. 임시 보호되는 동안에 유기묘 보호소 실장이 새 이름을 '파파고'라고 지어 주더군."

고덕은 파파고가 똑똑한 고양이에 어울리는 이름이라 생각했지만 줄무늬의 얼굴은 더욱 비통해졌다.

"웃긴 건 내 몸에 칩이 여러 개 삽입되어 있어서 그 모든 주인에게 연락했음에도 한사코 내가 자기 고양이가 아니고 얼마 전에 바뀐 전화번호라고 주장했대. 그래서 실장은 나를 파양되고 파양되는 고양이라 '파파고'라고 불렀던 거야."

함부로 이름을 지어 주면 안 된다는 고양이계의 금기가 떠올랐다. 이름은 그들에게 영광이면서 상처가 되기도 했다. 바로 그 생각을 하는 순간, 랑카였고 파파고였던 줄무늬가 눈물이 그렁그렁한 눈으로 고덕을 애처롭게 바라보며 말했다.

"난 랑카도 아니고 파파고도 아니야. 난 그저 나일 뿐이야. 그런데 고덕 선생은 날 또 줄무늬라고 부르고 있잖아."

"미안해. 그런 사정이 있는 줄 몰랐어."

"그러니까 고덕 선생, 혹시 지금이라도 날 입양할 생각은 없어?"

"뭐?"

"내가 그대의 줄무늬가 되어 줄게. 그냥, 우리 같이 살까?"

소중한 두 쪽과 존엄한 귀 끝 털을 내어 주고 얻은 자유를 포기할 만큼 공포에 질린 줄무늬의 눈빛을 보자 한시라도 빨리 어미 삵을 만나 이 사태를 해결해야겠다는 의지가 솟아났다.

그러나 진정한 야생성이란 절대 인간의 눈에 띄지 않는 것이다.

이 엄청난 명제를 고덕은 삵을 찾아 나선 뒤에 깨달았다. 고양이들이 말한 흔적은 있지만 일주일 내내 삵의 그림자는커녕 꼬리조차 보지 못했다.

가장 손쉬운 방법은 야생동물구조협회에 연락해 삵을 생포하는 일인데 같은 지역구 노묘의 조언을 듣고 온 줄무늬가 뒤늦게 반대 의견을 제시했다.

"저기, 삵은 잘못 건드리면 9대가 망한대. 만약 새끼를 낳았고 어미랑 이 시점에서 따로 떨어지게 되면 어린 새끼들이 죽을 확률이 높아서 구조협회에는 연락을 하면 안 된다시네."

"누가?"

"아, 있어. 여기 지역구 의원."

"고양이 세계도 정치인이 있네. 근데 구조협회의 도움을 받지 않으면 나 혼자서는 너무 어려운 일이야. 내가 찾으러 들어가면 귀신같이 모습을 감추고 새끼는커녕 숨어 있는 곳조차 찾을 수 없는데."

"우리는 저 숲에 들어갈 수도 없다고."

이유를 짐작하면서도 물어야 했다.

"왜?"

"이제 저 영역의 주인이 바뀌었으니까. 더 힘센 고양이가 들어오면 자리를 내어 주는 게 이 세계의 불문율이야."

"싸워 보지도 않고."

"무조건 져. 우리가 져. 일 대 백으로 덤벼도 새끼를 낳은 삵에게는 져. 메리와 나는 사실……."

줄무늬는 차마 뒷말을 잇지 못하고 한참을 망설였다.

"……우리는 사실 인간에게 버려진 집고양이라고 했잖아. 공격력은 눈곱만큼도 없다고."

또다시 자신의 과거를 고백하는 줄무늬의 목소리는 쓸쓸했다. 삵이 나타나지 않았다면 말할 일이 없었을 과거지사였을 텐데.

"나는 늘 그 쓰리라는 녀석에게 얻어맞고 살았어. 근데 왠지 너한테는 먼저 말해야 할 것 같아서."

"굳이."

"고덕 선생, 넌 내가 말하지 않아도 언젠가는 누군가의 과거를 알게 될 거야. 넌 왠지 그렇게 될 것 같아."

"그럼 108동, 아니 누룽지 받아 준 것에 대한 보은으로 치자. 그럼 되지?"

줄무늬가 그르릉 소리를 내며 고개를 끄덕였다. 사실 길고양이 한 마리를 받아 준 것과 새끼가 줄줄이 딸린 삶을 내쫓는 게 동급이 되는 게 말이 안 됐지만 지금으로선 딱히 그들의 부탁을 거절할 수 없었다.

보은과
목숨

보은이 결정된 이후 고덕의 삶은 수난 그 자체였다.

줄무늬가 공격력이라곤 눈곱만큼도 없는 집고양이였다는 사실은 그렇다 치더라도 나머지 길고양이들마저 삵을 피해 아파트 단지로 숨어들어 단지 안은 때아닌 고양이 집합소가 되었다.

고덕은 올무 대신 울타리를 설치하여 삵을 한 방향으로만 몰기로 했다. 이미 산속 어딘가에 새끼를 낳았다는 소식을 들은 뒤였다. 어미 삵을 잡기는 힘들 테니 새끼 삵들을 유인하는 게 더 빠를 듯했다. 먹이를 구하기 위해 자리를 비우는 때를 짐작해 새끼 삵의 은신처를 찾아 나섰다.

그가 몇 날 며칠째 산속을 헤매는 동안 그 어떤 고양이도 산 근처에 얼씬하지 않았다. 허탕을 치고 바위에 걸터앉아 땀을 닦고 있는 그의 앞에 누룽지가 나타났다.

"뭐야, 갑자기. 여기 어쩐 일이야?"

"네가 바보같이 이상한 곳만 찾아 뒤지길래 답답해서 쫓아왔어. 골짜기나 물가 쪽 사냥감이 많은 데를 찾아야지."

"어미 찾기는 글렀고 새끼를 찾으려는 거야. 걔들이 많이 먹어서 어미가 낮에도 사냥을 나간다며. 비어 있는 은신처를 찾아보려고."

"새끼를 찾으면?"

"기다려야지. 어미가 돌아올 때까지. 어미한테서 새끼를 떼어 놓지는 않을 거야."

"성질 사납다고 얘기 들었잖아. 너무 위험해."

"그래도 고양이 말이 통한다며. 말해 보면 뭔 답이 나올 텐데 코빼기도 보이지 않으니 답답한 거야."

누룽지는 골짜기 너머 먼 곳을 바라보며 말했다.

"경찰 인간, 아파트 고양이들이 삶이 무서워서 은신처 위치를 가르쳐 주지 않는 것만은 아냐. 물론 어미 삶에게 걸리면 초주검이 되니 피하는 것이지만 은신처를 찾는 건 누워서 다리털 그루밍 하는 것보다 더 쉬운 일이거든. 누구보다 간절히 삶이 떠나기를 바라지만 걔들은 살아 있는 것으로서 존엄성을 지키는 거야."

"존엄?"

"나는 새끼를 낳아 길렀던 어미로서 내 존엄이 있어. 그래서 똑같은 마음으로 새끼들을 키우는 삶의 은신처를 네게 알려 줄 수는 없어."

"삶을 몰아내 달라 부탁할 때는 언제고 이제 와 존엄이라니."

"그때는 몸을 풀기 전이었고 지금은 상황이 달라졌잖아. 몰아내되 새끼가 젖을 뗄 때까지, 어미와 떨어지지 않게 해 달라는 거지. 안전한 이별."

고덕은 고양이들의 세계를 들여다보면 들여다볼수록 놀라웠고 감탄스러웠다. 인간이 하찮게 대하는 거리의 목숨인 그들이 철칙으로 지키는 생명의 존엄에 달리 대꾸할 말이 없었다. 고양이란 알면 알수록 경이롭고 고고한 생명체라는 걸 다시 한번 깨달았다.

"그러니 경찰 인간, 어미 삶을 만나기 위해 나를 미끼로 써."

"뭐?"

"어미 삶은 자기 영역 안에 들어온 다른 생명체를 극도로 경계하지만, 같은 종족은 달라. 인간인 당신은 피하지만 난 싸워야 할 상대로 생각하니 곧 모습을 드러낼 거야."

"안 돼!"

고덕은 자신도 모르게 소리쳤다.

그것이 누룽지가 이곳까지 자신을 찾아온 진짜 이유였다. 그러나 그녀는 자신의 영역을 내어 주고 고덕의 아파트로 찾아와 이곳 터줏대감들의 핍박을 감내한 강인한 암컷이었다. 한번 싸워

보지도 않고 지레 겁을 먹었던 집고양이 출신 메리나 줄무늬와 달리 그녀는 진정한 스트리트 파이터다. 끝까지 새끼를 지키고 어떤 고난에도 굴하지 않는 강인한 고양이.

그런 누룽지의 얼굴에도 지금은 긴장감이 서렸다.

"너무 위험해. 어서 돌아가!"

"이미 늦었어."

뒤를 돌아본 고덕은 지난 일주일간 그림자도 찾지 못했던 그 존재를 보았다.

계곡 어둠 속에 숨어 제 본모습을 다 드러내지 않았지만 분명 모든 고양이들을 두려움에 떨게 만든 소문 속 존재였다.

누룽지가 낮게 그르릉 소리를 내자 삵은 조용히 어둠 속에서 걸어 나왔다. 형형한 두 눈이 어둠 속에서 빛을 발하며 고덕을 바라본 순간, 그는 묘한 전율을 느꼈다.

마치 설표의 눈을 통해 설표를 본 순간처럼 삵의 눈 너머 무엇인가가 있는 듯한 기분이었다.

삵이 바로 그들 지척으로 다가오자 누룽지는 더욱 위협적인 소리로 그를 자극했다. 모습을 드러낸 삵은 일반 고양이보다 덩치는 1.5배 정도 크나 둥근 귀를 가지고 있어서 외관상 뚜렷한 차이가 있었다. 덩치가 더 컸다면 호랑이라고 착각할 만큼 등골을 오싹하게 만드는 사나운 야생성이 느껴졌다.

누룽지가 고덕을 막아서며 말했다.

"원래 네 터전은 새 아파트 공사 때문에 파괴됐다고 들었다. 하지만 여긴 그곳에서 큰 산 다섯 줄기를 넘어야 올 수 있는 곳이야. 굳이 이곳을 찾아와 터를 잡은 이유가 뭐지?"

삵은 아무런 대꾸를 하지 않았다. 그는 언제든 공격할 태세처럼 온몸의 털이 솟구쳐 있었다.

"뭐냐고! 하고많은 야산을 두고 왜 아파트를 끼고 있는 이런 위험한 곳에서 새끼를 낳은 거야!"

삵의 눈동자는 질문을 던진 누룽지가 아닌 고덕을 바라보고 있었다. 그게 답이었다.

고덕이 있기 때문에 굳이 이곳을 선택했다는 무언의 답이었다.

하지만 누룽지는 무언가 일이 잘못되어 간다는 걸 깨달았다. 이상한 이유로 고덕의 곁에 고양이들이 몰려들고 경계의 규칙이 깨어지고 있었다. 삵이 위험을 감수하고 이곳까지 온 것은 큰 위험 이상의 무언가를 기대하기 때문이었다.

삵은 눈동자와 거래를 했다.

자신의 터전이 짓밟혀 오도 가도 못한 상태에서 네 마리의 새끼를 뱄지만 그중 한 마리를 천 년 집사에게 내어 주어야 했다. 눈동자는 네 마리 중 한 마리가 다리를 못 쓴 채로 태어날 것이란 걸 미리 알려 주었다. 지킬 수 없는 그 한 마리를 경찰 인간에게 내어 주면 남은 세 마리를 지킬 새로운 터를 얻게 해 주겠다고 말했다.

어차피 버려야 할 아이다. 다리를 못 쓰게 된 삵은 절대 야생에서 홀로 살아남을 수 없다. 어미일지라도 그 아이를 품을 수 없었다. 자식을 버리는 걸 비정하다 부르는 것은 인간 세계에나 있는 말이지, 약육강식인 동물의 세계에서는 순리이고 자연의 이치였다.

자연이 달라고 하면 내어 줘야 하는 게 야생 동물의 세계고, 눈동자가 그걸 요구했다면 어미 삵은 거스를 수 없었다.

삵은 몇 발짝 뒤돌아 걸어가 수풀 속에 숨겨 놓은 새끼 한 마리를 입에 물고 와 고덕 앞에 툭 내려놓았다.

고덕은 제 새끼를 순순히 내려놓는 어미의 행동에 놀랐지만 누룽지는 한눈에 가망 없는 새끼를 버리는 것임을 알아차렸다. 새끼 삵이 자신을 버리지 말라고 어미를 향해 길게 울었다.

그러나 어미는 새끼에게 눈길 한번 주지 않고 고덕을 뚫어지게 바라보며 말했다.

"약, 속, 지, 켜."

누구를 향한 것인지 모를 말과 새끼만을 남겨 둔 채 어미 삵은 뒤도 한번 돌아보지 않고 자리를 떠났다.

거실을 가득 채운 건 인간의 한숨 소리, 네 마리 고양이의 침묵, 그리고 두려움에 떨고 있는 새끼 삵의 울음소리였다.

동서남북으로 숨구멍을 뚫어 놓은 상자 속에서 가는 울음소리가 새어 나오자 거실에 있던 네 마리의 고양이가 바짝 긴장한 듯 털을 곤두세웠다. 메리와 줄무늬는 소파 밑으로 기어들어 갔지만 누룽지와 분홍은 낮은 포복 자세를 하며 상자에 시선을 고정했다.

"아, 씨! 같이 살자는 프러포즈를 이런 식으로 엿 먹이는 게 어딨어! 새끼 삵을 데리고 오는 건 심각하게 반칙이지, 고덕 선생!"

줄무늬가 절규하듯 목소리를 높이지 않아도 고덕 역시 머릿속이 복잡했다. 왜 어미 삵이 다친 새끼를 자신에게 맡겼는지 도저히 그 이유를 짐작조차 할 수 없었다. 무엇보다 어미가 남긴 마지막 말이 의미심장했다.

"약속을 지키라는 게 무슨 뜻인데, 도대체."

"고덕 선생, 설마 삵한테 약점 같은 거 잡힌 적 없지? 뭐, 진짜 약속했다거나."

"그게 말이 되냐고. 내가 아무리 고양이 말을 하게 되었다고 해도 갑자기 삵이라니. 난 머리털 나고 삵도 오늘 처음 봤다고."

"그럼 뚱딴지같이 무슨 약속이야."

약속을 지키라는 말이 의미심장한 건 그들 세계에서 약속이란 무엇 하나를 얻고 내어 주는 철저한 계약 관계에서 나오는 말이기 때문이다. 고덕이 내어 줘야 할 것은 무엇이며 받아야 할 것은 무엇인가.

아무래도 받을 것이 새끼 삵임은 분명해 보였다. 그렇다면 내어 줘야 할 것은 무엇인가.

"그냥 얘한테 물어보자."

"뭘?"

"얘가 뭘 알고 있을 수 있잖아. 새끼니까 아직 덜 지랄 같겠지. 일단 꺼내 봐."

그 말에 네 마리 고양이의 눈이 고덕에게 향했다. 손이 물어뜯길 위험을 감수하고 저 상자를 열어야 할 사람은 당연히 너지, 그들의 눈이 그리 말하고 있었다.

고덕은 옅은 한숨을 쉬며 조심스레 상자의 뚜껑을 열었다. 상자가 열리자 구석진 자리에 몸을 붙이고 있던 새끼 삵이 입을 한껏 벌리며 그를 향해 위협적인 목소리를 냈다.

"어린 게 성깔이 보통이 아니네."

"누가 삵 아니랄까 봐 근본도 없이 어른한테 욕지거리부터 하고 말이지."

보고 있던 누룽지가 한 발 앞으로 나서며 말했다.

"이봐, 꼬마. 해치지 않을 테니까 네 엄마가 너를 이 사람에게 맡긴 이유를 말해 봐."

새끼 삵은 극도의 흥분 속에서 연신 하악질을 해 댔다.

"널 버린 건 네 엄마지 우리가 아냐!"

그러나 새끼 삵은 공격 태세를 갖춘 채 위협적으로 그르렁거렸다. 메리와 줄무늬가 비명을 지르며 커튼 뒤로 숨자 누룽지가 혀를 차며 말했다.

"진짜 돌아 버리겠네. 말이 안 통하는 이런 짐승을 왜 떠안아 온 거냐고."

그 말은 고덕 자신이 하고 싶은 말이었다. 불과 얼마 전까지 말이 안 통하던 존재들이 본인 아닌가. 고덕은 한숨을 푹 내쉬며 다시 상자를 덮으려 손을 뻗었다. 그때 새끼 삵이 고덕에게 소리쳤다.

"날 엄마에게 데려다줘!"

"이봐, 꼬맹이. 아직도 현실 파악이 안 되나 본데, 널 버린 게 네 엄마야. 다시 데려다준다고 해도 네 엄마는 널 또다시 버릴 거라고. 어쩌면 이미 사람 냄새가 밴 널 그 자리에서 물어 죽일지도 모르지."

"날 내보내 줘!"

"다리도 못 쓰는 그 몸으로 숲으로 가면 넌 다른 들짐승 밥이 되거나 굶어 죽을 거야."

"여기서 죽는 것보단 나아!"

어린 삵은 죽음의 공포에 떨고 있었다. 무엇이 그를 그토록 불안에 떨게 했는지 궁금했다.

"왜 우리가 널 해칠 거라고 생각해?"

"난 저 인간에게 내 목숨을 줄 생각이 눈곱만큼도 없어! 엄마가 눈동자와 거래를 하든 말든 내 목숨은 내 거야!"

너무나 뜬금없는 말이었음에도 눈동자라는 단어를 듣는 순간 고덕은 새끼 삵이 두려워하는 것의 정체가 무엇인지 알았다. 그 말은 설표의 눈동자를 가리고 고승이 일러 주었던 이야기와 연결되어 있었다. 도대체 눈동자가 무엇이기에 어미 삵이 자신의 새끼를 내놓았을까.

그러나 새끼 삵은 곧이어 더 경악할 만한 이야기를 했다.

"나도 다 알고 있어. 저 인간이 고양이 목숨을 더 받을 때마다 고양이 능력을 하나씩 흡수하게 된다는 거."

고덕은 영문을 모르겠다는 듯 네 마리 고양이들을 둘러보았다. 네 마리가 모두 침묵인 걸 보면 그들 역시 이 사실을 알고 있다는 뜻으로 해석되었다.

"백 년 고양이만 찾으면 내가 아홉 가지 능력치를 얻게 된다며? 거짓말이었어?"

"……"

"나만 모르고 있었던 거네. 설마 내가 너희 목숨을 빼앗기라도 할까 봐 일부러 얘기를 안 한 거야?"

줄무늬나 메리는 그렇다 쳐도 제 손으로 거둔 분홍과 누룽지가 일부러 이야기를 하지 않았다는 사실은 조금 서운했다. 그런들 내가 너희 목숨 하나를 받았을까.

"그 살인마도 노리고 있잖아!"

새끼 삵의 입에서 뜻하지 않았던 존재가 튀어나오자 고덕은 그 자리에 얼어붙었다.

"방금, 뭐라고 했지?"

"……"

대답 대신 고덕을 노려보는 새끼 삵의 얼굴에 분노가 어려 있었다.

"그 살인마도 너처럼 고양이들의 목숨을 흡수할 수 있으니까 네가 먼저 천 년 집사가 되려는 거잖아!"

악다구니를 쓰던 새끼 삵의 고함 소리에 고덕은 정신이 혼미해졌다. 그 말은 고양이 말을 알아듣는 모든 이에게 충격과 공포를 안겨 주었다.

"고덕 선생, 어쨌든 넌 이 아이의 목숨을 거둬야 해."

"미친 소리 하지 마! 무엇 때문에 내가 아무 죄 없는 이 어린 목숨을 거둬야 하지?"

"너도 들었잖아. 네가 하지 않으면 그 살인마가 고양이들을 죽여 천 년 집사가 될 거라고! 그놈이 고양이를 통솔하는 자리에 가면 인간들의 삶도 지옥이 된다고."

고덕은 충격에 휩싸였다.

"……살인마 그놈이 고양이들의 목숨을 흡수한다는 건 우리도 몰랐던 일이야. 그저 짐작만 했을 뿐이지."

"왜 말해 주지 않았지?"

"어차피 너에게 선택권은 없어. 넌 이미 천 년 집사의 길에 발을 들여 놨어."

"내가 뭘 어떻게 하게 되어 있는데?"

"저 새끼 삵이 자기 목숨을 주고 넌 2회차 능력을 받아야 돼."

"순순히 내놓지 않을 거란 걸 알잖아."

"자발적이어야 하는 건 1회차일 뿐이야. 그다음부터는 네가 강제로 저 새끼 고양이의 목숨을 취해도 얻게 되어 있어. 이게 천 년 집사의 약속이야."

"강제로라도 말이지. 그 살인마가 고양이들의 목숨을 얻는다면 고양이들의 나머지 능력을 차곡차곡 얻게 된다는 뜻이기도 하겠네."

"……고덕 선생, 망설일 시간이 없어. 단 하나 불행 중 다행이랄 사실은 살육의 대상이 고양이가 아닌 사람으로 넘어가서 당분간은 고양이를 죽일 일이 없을 거라는 것뿐이야. 살인의 쾌락이 더 큰 존재로 옮겨 간 걸 다행이라고 해야 할지 모르겠지만."

고덕은 비바람이 몰아치는 창밖을 보았다. 야생동물보호협회에 전화를 했지만 날씨 탓인지, 시간 탓인지 지금 당장 올 수 없다는 답변을 들었다.

"이렇게 천둥 번개가 치는 날의 죄를 우리는 하늘이 숨겨 준 죄라고 부르지. 어미 삵이 이날을 잡은 건 그나마 자네가 삵의 생목숨을 거두는 죄를 덮어 주기 위함이야. 그래야 자기 죄도 덮일 테니."

줄무늬가 다가와 고덕만이 들을 수 있게 낮은 목소리로 속삭였다.

"저 새끼는 태어날 때부터 다리가 잘못됐던 게 아니야."

"……."

과거와 과거의 죄를 볼 수 있는 줄무늬의 말이었다.

"제 어미가 일부러 관절을 탈구시킨 거야. 눈동자인지 뭔지와의 거래를 지키기 위해서."

"하지만 눈동자의 예언은 태어나기도 전에……."

"저 어미가 어디까지 갈 수 있는지 시험해 본 거지. 어미는 네 마리 중 가장 약한 이 녀석을 골라 다리를 탈구시켰어."

나머지 세 마리의 목숨과 터전을 위해 한 마리 새끼의 다리를 부러뜨린 매정한 어미라니. 고덕은 삶의 선택을 이해할 수 없었다. 어쨌든 이 모든 일은 천 년 집사를 향한 맹목적인 믿음 때문에 벌어진 일이다.

누구인지 모를 눈동자에 의해 짜맞추어진 판이었다.

고덕은 그가 시키는 대로 차곡차곡 고양이들의 목숨을 그러모아 무언가가 되고 싶은 생각이 추호도 없었다. 그러나 이 일 역시 눈동자의 시험일지도 모를 일.

고덕은 새끼 삵이 담긴 상자의 뚜껑을 닫고 어딘가로 전화를 걸었다. 전화는 여전히 불통이었다. 고덕이 결연한 표정으로 상자를 들고 일어서자 줄무늬가 참담한 얼굴로 말했다.

"집에서 멀리 떨어진 산으로 가. 불빛은 켜지 말고, 이름을 세 번 불러 주고 목숨을 거둬."

"죽일 마당에 이름을 지어 주는 게 더 잔인하지 않나."

"이름이 있어야 돼. 그래야 죽음이 헛되지 않지."

그의 눈이 거실에 있는 죽은 화분의 나뭇가지에 가닿았다. 경상도 출신인 어머니는 삭다리라고 불렀고 고덕은 삭정이라고 배웠던 나뭇가지였다.

삭정이, 죽음을 앞둔 이 새끼 삵에게 이보다 더 잘 어울리는 이름이 있으려나.

어차피 큰 나뭇가지가 되지 못하고 꺾여 불쏘시개가 될 운명인 것은 똑같았으니.

"……그럼 삭정이로 하자."

그 말을 남기고 고덕은 상자를 든 채 홀로 집을 나섰다.

고덕이 새끼 삵을 데리고 떠난 다음 날 새벽, 비에 흠뻑 젖은 몰골로 돌아왔을 때 아무도 그 이유를 묻지 않았다. 고덕은 혼자 돌아왔고 그의 옷 여기저기에 피 냄새가 가득했다.

씻고 잠이 든 고덕은 다음 날 아침이 되자 아무 일도 없었다는 듯이 출근했다. 고양이들은 아무것도 묻지 않았고 모두가 자신의 일상으로 돌아왔다.

그렇게 두 달여의 시간이 흐르고 누룽지로부터 줄무늬가 다쳤다는 소식을 전해 듣게 되었다. 청설모에게 호되게 당했는데 한사코 치료를 거부해서 앓아누워만 있는 모양이었다. 메리도 입을 닫고 있으니 보다 못한 누룽지가 고덕에게 터줏대감의 와병 소식을 전했다.

고덕은 동물병원에 연락해 고양이의 상태를 말하고 필요한 약을 처방받아 줄무늬를 찾아갔다. 누룽지가 흘려준 말대로 줄무늬는 얼굴 여기저기가 긁히고 피딱지투성이인 채 누워 있었다.

"상처가 꽤 심한데 어쩌다 이렇게 된 거야?"

"나무에서 떨어졌다니까 그러네."

"떨어져서 얼굴에 이런 상처가 난다고? 누가 작정하고 긁어 놓은 얼굴인데."

"시끄러!"

"알았으니까 얼굴이나 돌려봐. 소독하고 약 발라 줄게."

"뭐가 어쩌고 어째? 저놈의 청설모 새끼가 어디서 말 같지도 않은 소리를 지껄이고 있어!"

"⋯⋯."

줄무늬가 악다구니를 쓴 대상은 고덕이 아닌 나뭇가지 위 청설모였다. 고덕이 줄무늬를 빤히 바라보자 그는 당황한 듯 횡설수설 변명 같은 말을 늘어놓았다.

"서, 설마 저 말을 다 믿는 건 아니지?"

"⋯⋯."

"이거 왜 이래? 나 3회차 줄무늬야. 내가 저런 쥐새끼 한 마리한테 당했을 거 같아? 저거 덩치만 컸지 산에 사는 쥐새끼 저거."

"너 청설모 쫓다가 이렇게 된 거야?"

"아이참! 저놈 말 믿지 말래도 그러네. 어디 쥐가 신성하신 고양이님을 안 무서워해. 저거 간이 배 밖으로 나온 놈이야. 어쭈! 내가 언제! 언제, 어디서, 몇 월, 몇 시에!"

돌아보니 가까운 나무 위에 있는 청설모가 시끄럽게 찍찍거리며 줄무늬를 자극하고 있었다. 고덕은 모른 척 외면하며 줄무늬의 상처를 치료했다.

하지만 뭔가 이상함을 감지한 줄무늬는 찬찬히 고덕의 얼굴을 들여다보기 시작했다.

"역시 천둥 번개가 친 바람에 그날의 죄과가 기록되지는 않았네."

"……."

"근데 말이야. 고덕 선생, 난 왜 선생이 저 청설모 얘기를 못 듣는 것 같지? 그날 삶을 죽여 2회차 능력을 얻었으면 경계의 언어가 들릴 텐데 말이야."

"다 들려, 네 욕 하는 거."

"내 욕을 구체적으로 어떻게 하고 있어?"

"그걸 굳이 내 입으로 말해 줘야 하나?"

"말해 봐."

"고양이 주제에 쥐를 무서워한다고, 너도 부끄럽잖아."

줄무늬의 세로 눈동자가 더 가늘어지고 있다는 건 여전히 고덕을 의심하고 있다는 증거였다.

"야, 거기! 큰 쥐새끼! 예서 설치지 말고 썩 꺼져!"

그때 사료를 가지러 나갔던 메리가 사료 봉지를 물고 돌아와 줄무늬에게 내놓았다. 고덕은 미리 챙겨 온 캔을 뜯어 건사료를 부어 놓아 주었다.

먹을 것을 챙겨주고 떠나려는 고덕을 붙잡은 건 줄무늬였다.

"고덕 선생, 왜 거짓말했어?"

"응, 뭔 거짓밀?"

듣고만 있던 메리가 끼어들어 고덕의 말을 대신했다.

"당신은 경계의 언어가 들리지 않잖아. 저 청설모의 말이든, 나무의 이야기든, 아무것도 들리지 않아."

고덕이 대꾸하지 않자 줄무늬가 말했다.

"저 청설모는 나를 놀렸지만 내가 나무에서 떨어진 걸 말한 게 아니었어. 내가 당신에게 길들여진 집고양이라고 말한 거야. 당신이 내 주인이라고. 그게 더 심한 욕이거든."

"……."

"그날 너는 새끼 삶을 죽이지 않은 거지. 두 번째 능력을 얻는 방법은 그것뿐인데, 그것도 어미 삶이 친절히 자기 새끼를 내놓아 준 판인데 그걸 왜 거부한 거야?"

고덕은 달리 할 말이 없었다. 그러나 고양이들은 고덕의 입에서 제대로 된 답을 듣기 전까지 물러날 생각이 없어 보였다.

"말해. 사실대로 얘기하지 않으면 난 앞으로 당신을 두 번 다시 보지 않을 거야."

"……근데 거래를 위해 자기 새끼의 목숨을 내어놓는데 '친절'이란 단어를 쓸 수 있는 건가. 인간이든 동물이든 너무나 비정하고 참혹한 일이잖아."

"친절이든 비정이든 무슨 상관이야! 너는 네 목적만 달성하면 되는 거잖아!"

"내 목적이 천 년 집사가 되는 게 맞아?"

"네가 이렇게 얼빠지게 구는 사이 그놈이 천 년 집사가 될 수도 있다고!"

"천 년이 아니라 백 년도 못 살게 할 거야. 제 명줄이 몇 년이 됐든 그 반의 반토막도 못 살게 만들 거야."

"너 따위 하찮은 인간이 무슨 수로!"

"3회차인 너는 뭐 그리 대단한데? 목적을 위해서 새끼 삵을 죽이라는 너희나 그놈이나 뭐가 다른데!"

고덕의 외침에 풀숲에 있던 새들이 놀라 하늘로 날아올랐다.

그는 정신없이 휘몰아치는 광기에 휩싸이고 싶지 않았다.

누가 선이고, 누가 악이든 스스로 생각하고 결론 내리지 않은 채 몰아붙이는 대로 흘러가고 싶지 않았다. 제멋대로 이름표를 붙여 놓고 이게 악이고 이게 선이다 갈라놓고 생각할 틈을 주지 않는 건 인간이든 동물이든 따르고 싶지 않았다.

대의를 위해 희생시켜야 하는 작은 목숨 따위라는 건 더 이상 고덕에게 없었다. 작은 생명을 키우고 그 생명과 함께하게 된 그의 인생에 하찮은 목숨이란 존재하지 않았다.

분노가 채 식지 않은 채 집으로 돌아와 거실에 앉아 있는데 분홍이 다가왔다. 곧이어 열린 창문으로 누룽지가 집 안으로 들어왔다.

누룽지는 이미 모든 걸 알고 있었다. 말을 빙빙 돌리지 않고 직설적으로 물었다.

"고덕 선생, 그래서 지금 그 새끼 삵은 어디 있어?"

"응? 하늘나라에 간 거 아냐, 엄마?"

"아가, 넌 매일 밥을 주는 이 경찰 인간이 새끼 삵을 죽였을 것 같아? 너 하나도 어쩌지 못해 끙끙거리던 사람이."

"아, 그런 거야?"

"고덕 선생, 이제 말해 봐."

"……수술 잘됐고 야생동물보호단체에서 재활 치료를 마쳤어. 치료가 끝나고 야생으로 돌아갔고."

"어? 그날 피투성이로 돌아왔잖아."

분홍의 질문에 누룽지가 대답했다.

"새끼 삵이 고분고분 있지 않았겠지. 할퀴고 물어뜯는 건 우리보다 위니까 피투성이 만드는 건 순식간이었을 거야."

"아, 그런 거야? 근데 아빠 집사, 그럼 두 번째 목숨은 어디서 구하려고? 설마 엄마나 나를 죽일 셈이야?"

분홍의 볼멘소리에 고덕이 엉덩이를 툭툭 두드리며 달래듯 말했다.

"절대 그럴 일 없어. 밥 줄게, 가자."

이미 다 알면서도 그의 입으로 직접 그 말을 해 주길 바란다는 것을 어찌 모를까. 서로의 마음을 알면서 굳이 물어보고 확인하는 과정을 보면 고덕과 분홍은 종과 성을 뛰어넘은 연인이나 다름없어 보였다.

분홍은 그르렁거리는 기분 좋은 소리를 내며 고덕의 뒤를 졸졸 쫓았다.

그 순간 누룽지는 고덕이 진정한 집사로서의 첫발을 내딛고 있음을 알았다. 그것은 분홍을 대하는 태도 때문만은 아니었다. 자신이 키우든 키우지 않든 생명에 대한 기본적인 존엄이 깃든 사람만이 집사의 자격을 얻을 수 있기 때문이다. 그는 가망이 없는 새끼 삶조차 연민의 눈으로 바라보고 최선을 다했다. 그리고 그 자격이 갖추어졌음이 누룽지의 눈에 보였다. 기울어졌던 달이 가득 찬 밤이었다. 곧 그 기회가 찾아올 것이 분명했다.

누룽지는 저녁을 먹고도 지하 주차장으로 내려가지 않았다. 아들 분홍이 귀찮게 치근대기 시작하면 주차장으로 달아나기 일쑤였는데 오늘은 웬일로 분홍의 치근덕거림을 받아 주고 있었다.

"엄마, 오늘은 여기서 잘 거야?"

"그래야 할 듯해. 밤에 손님이 올 것 같아."

"혹시 엄마도 미래를 본다는 그 눈을 가지고 있어?"

"내가 그 눈이 있었으면 제일빌딩에서 그 잡놈이 널 데려가도록 뒀겠니? 그 능력을 갖춘 고양이는 이 도시를 통틀어도 한두 마리밖에 없어. 그중 한 마리는 되게 늙은 할멈이고."

"그럼 손님이 온다는 건 어떻게 알아?"

"숲속에 살고 있는 애들이 가르쳐 준 거야. 빌딩 숲에 살 때는 듣지 못했던 말들을 여기에선 들을 수 있거든."

고덕은 일찍 잠이 들었지만 분홍과 누룽지는 깨어 고덕의 곁을 지켰다. 열린 창문으로 밤바람이 시원하게 불고 있었다. 잠시 바람이 멈추었을 때 그림자 하나가 베란다 창문으로 들어왔다.

제법 덩치가 자라 성체의 모습이 보이는 새끼 삵이었다. 2층 높이를 올라오는데 아무 지장이 없는 걸 보면 다친 다리도 잘 치료가 되었다는 뜻이었다.

"인간을 만나러 왔다."

누룽지가 고갯짓을 하자 분홍이 안방으로 달려가 고덕을 깨웠다. 자던 도중 분홍에게 다리를 깨물리는 봉변을 당한 고덕이 잠에서 깨어났다. 얼떨결에 거실로 나와 눈앞의 새끼 삵을 보고 깜짝 놀란 그가 말했다.

"네가 여긴 어떻게?"

"사람 인간, 나 삵정이 인사를 하러 왔다."

"그 이름, 기억하고 있었구나."

"네가 나를 불러 주었으니까."

"뒷다리는 좀 어때?"

"보는 대로. 너희 인간 의사가 내 대퇴골두를 잘랐지만 보시다시피 근육이 잘 붙어서 뛰는 데는 지장이 없지."

"넌 사람 곁에 오면 야생성을 잃어. 앞으로 절대 사람 가까이 오지 마."

"알아. 오늘 사람 인간을 찾아온 건 날 살려 준 것에 대한 보은을 하기 위해서다. 야생으로 돌려보내지고 바로 엄마를 찾아갔거든. 가서 내 다리를 일부러 부러뜨린 것에 대한 대가를 요구했지."

"모녀 관계 한번 살벌하군."

"엄마가 날 버린 그 순간부터 우리의 운명은 돌이킬 수 없으니까."

"근데 어떤 대가?"

"너는 어차피 날 죽여서 목숨을 받진 않을 거잖아. 그 대신 다른 방법으로 2회차의 능력을 얻을 수 있는지 물어는 보고 싶어서. 엄마에게 아문 내 다리를 보여 주고 치료비로 그걸 요구했지."

품을 떠난 뒤 다시 만난 혈육 관계는 잔인하고 비통한 관계구나, 인간인 고덕은 그리 생각했다.

"그래서 받았어?"

"엄마는 네가 바보 멍청이라고 하더군. 다 차려진 밥상을 자기 발로 걷어차 버렸다고. 대답 대신 날 영역에서 몰아내려고 했어. 하지만 난 엄마가 답하기 진에 떠날 생각이 없었어."

그 대목에서 누룽지와 분홍의 눈이 반짝였다. 이 바보 같은 고덕 선생을 설득하기보다 차라리 야생 삶을 설득해 방법을 찾는 게 더 빠를 것이란 직감이 왔다.

"방법이 있구나."

"그래서 그 방법이 뭐래?"

"고대 이집트 예식에 따라 사람 인간인 널 내가 집사로 삼으면 돼."

"안 돼!"

분홍과 누룽지가 동시에 소리쳤다.

삶이 길들여지겠다니! 사람을 집사로 삼는다니!

이건 있을 수 없는 재난과도 같은 일이었다. 특히 이미 한집에서 살고 있는 분홍과 영역 안에 들어와 살고 있는 누룽지에게는 청천벽력과도 같은 일이었다.

"내가 사람 인간을 집사로 삼고 목숨을 다해 보은하겠다고 맹세하면 그걸로 한 회차의 목숨이 내려가는 것과 같대. 이건 고양잇과의 오래된 전설이라고 하던데."

"안 돼! 안 돼! 안 돼! 있을 수 없는 일이야!"

분홍이 절규하고 누룽지가 하악질을 해 댔다.

"너희와 한집에 살겠다는 게 아냐! 나도 너희와 같은 공간에 있는 게 내키지 않는다고. 난 자유롭게 이 인간의 영역 안에서 살아갈 거야."

"그건 이 숲을 공유하겠다는 거잖아. 다른 고양이들이 가만있지 않을 거야!"

"삵이 나타나면 자리를 비우는 게 고양이들 아닌가. 내가 너희를 허락해 주는 입장인데 누가 누구에게 가만있지 않겠다는 거지?"

이 대목에서 분홍과 누룽지는 할 말이 없었다. 아직은 새끼일지라도 이제 몇 달이 지나 완전히 성체가 되면 그의 말이 반경 10킬로미터 안의 법이 될 터였다.

그가 나가라고 하면 나가야 하고, 머물러도 좋다고 하면 머물 수 있게 된다.

"그래서 하는 말이니까 노란 고양이 너는 지금 숲에 가서 회차가 가장 높은 고양이를 데려와."

"왜?"

"오늘 바로 여기서 이 사람 인간과 그 언약을 맺을 거거든."

"뭐? 지금?"

노려보는 새끼 삵의 매서운 눈초리에 당황한 누룽지가 한숨을 푹 쉬며 고덕에게 말했다.

"고덕 집사는 어때? 같은 생각이야?"

"목숨을 받지 않고 인약으로 회차를 받을 수 있다면 그게 더 나은 일이겠지."

"그럼 가서 높은 회차를 데려와. 그리고 저 문밖에 남자 인간 하나가 기다리고 있을 거야. 사람 인간이 가서 문을 열어 줘."

고덕은 의아해하며 현관 카메라로 복도를 보았다. 삵의 말대로 누군가가 문이 열리기만을 기다리고 있는 모습이었다.

문을 연 고덕은 흠칫 놀랐다. 문 앞에 서 있는 남자가 앳된 소년이란 사실에 놀랐고, 그가 태어나 지금까지 본 사람 중에 가장 잘생긴 남자란 사실에 또 한 번 놀랐다.

고덕의 다리 사이로 빠져나와 소년을 올려보던 누룽지가 말했다.

"너랑 같은 과네."

고덕은 눈앞의 소년이 자신처럼 고양이들의 집사가 되는 운명에 들어선 존재임을 눈치챘다. 반면에 테오는 이미 고덕의 모든 것을 알고 있었다. 너무 오랫동안 그의 모든 것을 지켜보았기에 이제는 친숙하게까지 느껴질 정도였다.

테오가 꾸벅 인사를 하자 고덕이 안으로 들어오게끔 몸을 비켜 주었다.

수분도 지나지 않아 거실 안에 삵과 고덕, 분홍, 누룽지, 줄무늭, 그리고 그를 따라 온 메리와 테오까지 일곱이 예식에 모였다.

테오는 시종일관 말이 없었지만 이미 오늘 이 자리에서 무슨 일이 일어나는지 알고 있다는 듯 한편으로 비켜나 조용히 예식을 지켜봤다.

줄무늬의 능력치를 확인한 삵은 속을 게워 내 헤어볼 하나를 토해 냈다. 삵은 그 헤어볼을 줄무늬에게 굴렸다. 그는 굴러온 수류탄을 받은 듯 벌벌 떨며 털 뭉치를 뒤졌다. 삵의 털 속에는 종이 한 장이 구겨져 있었는데 그 안에는 정체를 알 수 없는 이상한 글씨가 적혀 있었다.

"이게 뭐지?"

"고대 이집트어. 지금은 콥트어로 불리니까 경계를 보는 눈으로 읽으면 보일 거야. 그리고 사람 인간, 너는 제일 마지막에 샤브흐무드*이라고 말하면 돼."

"무슨 뜻인데?"

"감사합니다. 네 소명을 받아들이겠다는 뜻이야."

삵은 물통에 발을 적셔 커다란 원을 그렸다. 그 원은 곧 열두 개의 점을 가진 커다란 시계가 되었고 자신은 시계의 2시에, 고덕은 0과 1 사이에 서게 했다.

* ϣⲉⲡⲥⲙⲟⲧ.

고덕이 새끼 고양이 목숨의 절반만을 받았으리라 어림짐작으로 알고 있던 줄무늬는 삵의 행동에 오소소 소름이 돋았다.

모든 준비를 완료하자 불이 꺼지고 온은한 달빛만이 거실을 가득 메웠다. 또한 다섯 마리의 고양잇과 동물이 밝히는 형형한 불빛이 그 방 안을 더욱 밝게 만들고 있었다.

줄무늬가 종이를 들었다. 콥트어를 읽기 위해 경계 언어의 눈을 발휘하자 눈동자의 색깔이 초록색으로 바뀌었다. 줄무늬가 천천히 제문을 읽기 시작했다.

"인간에게 일부일처제가 있다면 고양이에겐 '일묘일집사'란 제도가 있다. 고양이는 밥 준 이를 주인으로 섬기지 않고, 친절히 잠자리를 내준 이도 경계한다. 오직 제 마음이 가는 이만이 자신을 주인으로 섬길 집사라 생각한다. 인간의 착각과 달리 고양이는 그들이 돈을 주고 사 오든, 길에서 주워 오든 절대 소유되지 않는다. 고양이는 오직, 스스로 간택할 뿐이다."

그 대목에서 자리에 있는 모든 고양이가 자신이 지켜야 할 고양이의 덕목을 또 한 번 가슴에 새겼다. 우리는 선택되지 않고 스스로 선택하는 주체적인 생명이다.

긴 제문의 끝에 달하여 마침내,

"나, 삭정이는 인간 이고덕을 집사로 삼아."

자신의 차례를 기다리고 있던 삵은 줄무늬의 말을 그대로 따라 읽었다.

"나, 삵정이는 인간 이고덕을 집사로 삼아."

"기쁠 때나 슬플 때나 변함없이 그를 아끼고 사랑하며."

"기쁠 때나 슬플 때나 변함없이 그를 아끼고 사랑하며."

　달빛이 교교하게 내리쬐는 밤이었다. 흡사 미합중국 대통령의 취임식 연설 같기도 했고, 연인의 엄숙한 결혼 선서 같기도 한 묘한 장면이었다.

"……저 달빛에 내 목숨 하나를 걸고 맹세한다."

"이제 인간 이고덕이 답하라."

"샤브샤브……."

　삵이 발톱을 드러내며 하악질을 하자 지켜보던 테오가 낮은 목소리로 말했다.

"샤브흐무드."

"……샤브흐무드."

　고덕이 온전한 콥트어로 답하자 의식의 마지막에 달했다. 줄무늬는 조금 난감한 표정으로 예식의 마지막 순서를 읊었다.

"이제 두 생명은 존엄을 담아 서로에게 입맞춤함으로써……."

　이 대목에서 모두의 발작 버튼이 눌러졌다.

　메리는 구토했고, 분홍은 벽지를 뜯어 댔으며, 누룽지는 세상

다시 없을 심한 하악질을 내뱉었다.

저녁으로 간단히 개구리 한 마리를 잡아먹었다는 삶을 내려다 보던 고녁은 결심을 굳혔다. 개구리 맛 입맞춤이라 해도 이 운명을 겸허히 그리고 용감히 받아들이겠다고.

그리고 삶을 안아 입을 맞추었다.

고덕이 삶을 자신의 반려동물로, 삶이 고덕을 자신의 집사로 받아들인 그 순간 오랫동안 잠겨 있던 천 년 집사의 운명이 기록된 바퀴가 육중한 소리를 내며 돌기 시작했다.

끼익끼익— 거대한 바퀴가 모습을 드러내자 주변에 있던 모든 고양이가 놀라움을 금치 못했다. 바퀴는 생생한 현실이 되어 땅에서 솟아올랐고 육중한 시곗바늘은 0과 1 사이에 있던 고덕을 들어 올려 삶이 있는 2로 데려갔다.

반대로 삶은 고덕에게 제 목숨이 아닌 회차를 내어 주고 1의 시곗바늘로 내려갔다.

고덕이나 다른 고양이들은 몰랐지만 지켜보던 테오는 삶의 강력한 생명력이 고덕에게 부족한 반쪽을 메우고 그를 2회차로 데리고 갔음을 알았다.

만약 다른 고양이의 보은이었다면 고덕의 회차는 영원한 미결로 남았을 것이다. 아주 운이 좋거나 아주 운명적이거나.

제 생명을 건 보은권이 고덕에게 넘어간 순간 고덕의 몸을 감싸던 황금빛이 그의 몸 안으로 들어갔다. 한 생명의 가치를 덧입게 된 고덕은 2회차 능력을 갖춘 집사로 거듭났다.

그러나 다른 이들의 눈에는 발밑에 새겨진 수많은 다른 이들의 시곗바늘은 보이지 않았다. 그들 역시 천 년 집사가 될 재량을 갖춘 이들이지만 그들의 시곗바늘은 0이라는 숫자 저 깊은 곳에 잠들어 있었다.

그 육중하고 거대한 시곗바늘을 볼 수 있는 눈은 오직 테오뿐이었다.

수많은 시곗바늘이 여전히 0의 자리에 머물러 있었고 고덕의 시계는 이제 막 2에 도달해 자신의 자리를 찾았다.

그리고 그 곁에는 아직도 0과 1 사이에 머물러 있는 누군가의 시곗바늘과 어느새 앞서가 5에 머물러 있는 시곗바늘도 있었다. 테오는 그 시곗바늘이 공중으로 솟구쳐 정확히 자신을 가리키는 것을 보았다.

살인마와 이고덕, 그리고 자신.

이 세 사람이 천 년 집사를 향해 무거운 제 운명의 시곗바늘을 움직이게 만든 것이다.

먼 곳의 천둥소리와 달리 하늘은 어둡고 깊었다. 무엇인가가 아주 먼 곳으로부터 그들을 향해 다가오고 있다는 걸 어렴풋이 느꼈을 뿐이다.

히말라야산맥의 맑은 물을 통해 이 과정을 지켜보고 있던 설
표는 각자의 운명을 좇기 시작한 세 사람의 수레바퀴를 아득한
눈으로 바라보았다.

래빗홀YA

천 년 집사
백 년 고양이

추정경 장편소설

초판 1쇄   2024년 11월 20일
초판 2쇄   2024년 12월 27일

지은이 | 추정경

발행인 | 문태진
본부장 | 서금선
책임편집 | 이은지   래빗홀 | 최지인 김수현

기획편집팀 | 한성수 임은선 임선아 허문선 이준환 송은하 김광연 송현경 원지연
마케팅팀 | 김동준 이재성 박병국 문무현 김윤희 김은지 이지현 조용환 전지혜 천윤정
디자인팀 | 김현철 손성규   저작권팀 | 정선주
경영지원팀 | 노강희 윤현성 정헌준 조샘 이지연 조희연 김기현
강연팀 | 장진항 조은빛 신유리 김수연 송해인

펴낸곳 | ㈜인플루엔셜
출판신고 | 2012년 5월 18일 제300-2012-1043호
주소 | (06619) 서울특별시 서초구 서초대로 398 BnK디지털타워 11층
전화 | 02)720-1034(기획편집) 02)720-1024(마케팅) 02)720-1042(강연섭외)
팩스 | 02)720-1043   전자우편 | books@influential.co.kr
홈페이지 | www.influential.co.kr

ⓒ추정경, 2024

ISBN 979-11-6834-243-9   (43810)